WARUM DER SCHNEE WEISS IST

Märchenhafte Welterklärungen

DIE ANDERE BIBLIOTHEK
HERAUSGEGEBEN
VON HANS MAGNUS ENZENSBERGER

Warum der Schnee weiss ist

Märchenhafte Welterklärungen

GESAMMELT UND MIT EINEM ESSAY
VON REINHARD KAISER
UND ELENA BALZAMO

EICHBORN VERLAG
FRANKFURT AM MAIN 2005

ISBN 3-8218-4558-9

INHALT

WELTALL

Sonne, Mond und Sterne

(1) Wie die Sterne an den Himmel kamen 18
(2) Die Sterne 18
(3) Ursprung der Sternschnuppen 18
(4) Siebengestirn, Abendstern und Kuckuck 18
(5) Das Siebengestirn 19
(6) Die Milchstraße 22
(7) Ein Nebelstreif am Nachthimmel 24
(8) Die Sonne 25
(9) Warum die Sonne am Tag und der Mond in der Nacht scheint 26
(10) Warum der Mond zu- und abnimmt 27
(11) Gottvater erschafft den Mond 28
(12) Der heilige Elias auf dem Mond 28
(13) Warum der Mond Flecken hat 29
(14) Der Mond 30

Die Erde und ihr Wetter

(15) Wie die Erde erschaffen wurde 33
(16) Warum der Himmel so hoch über der Erde ist 34
(17) Wie Täler und Berge entstanden 35
(18) Warum wächst das Gestein nicht? 35
(19) Wann die Steine die Größe bekamen, die sie heute haben 35

(20) Wie Feuer und Blitz entstanden 36
(21) Warum das Meerwasser salzig ist 38
(22) Die Graupelmühle 41
(23) Ursprung der Stürme 42
(24) Wind und Sturm 42
(25) Warum der Wind heult und winselt 42
(26) Warum die Sonne mehr Kraft hat als der Wind 43
(27) Der Tau 44
(28) Das Nordlicht 45
(29) Der Regenbogen 45
(30) Warum der Regenbogen nur ein Halbkreis ist 45
(31) Die Schafwölkchen 46
(32) Warum der Schnee weiß ist 46
(33) Wie Petrus der Pächter des Herrn wurde 47

Zeiten und Räume

(34) Die Monate 34
(35) Januar und Februar 35
(36) Wie der April den März besuchte 36
(37) Der Altweibersommer 37
(38) Das Abendrot im Herbst 38
(39) Der Ursprung des Winters 52
(40) Die Entstehung des Siebengebirges 52
(41) Wie Eiger, Mönch und Jungfrau entstanden sind . . . 54
(42) Die Insel Hiddensee 55
(43) Wie die Geißen ins Hessenland gekommen sind 58
(44) Wie die Ziegen in das Lumdatal gekommen sind . . . 59
(45) Des Teufels Haus 60
(46) Die Legende vom Paradies 60
(47) Wo das Paradies lag 61
(48) Die Arche Noah in Südtirol 62

MENSCHENWELT

Leib und Leben

(49) Gott erschafft die Menschen beim dritten Versuch . . . 68
(50) Hund und Teufel bei der Erschaffung des Menschen . 69
(51) Wie der Herr die Menschen schuf 69
(52) Die Erschaffung von Mann und Frau 71
(53) Wie der Herr die Frauen schuf 71
(54) Die Fortpflanzung der Menschen 72
(55) Herkunft der Kinder 73
(56) Warum der neugeborene Mensch nicht laufen kann . . 74
(57) Warum die Haare dort wachsen, wo sie es tun 75
(58) Wie dem heiligen Petrus die Haare ausgerupft wurden 76
(59) Warum die Männer Glatzen haben 77
(60) Warum der dicke Zeh so dick und die anderen so mager sind 78
(61) Warum die Nase eines Hundes und der Ellbogen einer Frau immer kalt sind 78
(62) Warum die Frauen kratzen und beißen 79
(63) Woher kommen die Buckligen? 79
(64) Der Adamsapfel 80
(65) Die Lebenszeit 82
(66) Warum der Tod so mager ist 84
(67) Weshalb die Menschen ihren Todestag nicht wissen . . 86

Alltag, Arbeit, Lustbarkeiten

(68) Wie der Undank aufkam 87
(69) Von der Not in der Welt 88
(70) Wie Haß-und-Neid auf der Welt geblieben ist 90
(71) Warum unsere Kochtöpfe nie voll sind 92
(72) Die Buttermilch 92

(73) Der Unsegen in der Butter 92
(74) Die ungleichen Kinder Evas 93
(75) Die verschiedenen Stände 95
(76) Warum die Frau die Hauswirtschaft führt 97
(77) Warum arbeitet der Bauer so viel? 99
(78) Warum der Weber der ärmste aller Menschen ist . . . 100
(79) Der erste Müller 100
(80) Warum keine Müller in die Hölle kommen 101
(81) Warum keine Advokaten mehr in den Himmel kommen 102
(82) Die Wirkung des Weines 104
(83) Warum der Wein am Bodensee sauer ist 105
(84) Warum die Weingläser an der Mosel so klein sind . . . 106
(85) Woher der Branntwein seinen Ursprung nahm 108
(86) Der Tabak 110
(87) Weshalb es in den Gasthäusern meist übel riecht . . . 111
(88) Die Erschaffung der Geige 112
(89) Der erste Frack 113

Völker, Glaubenssachen, Sprachen

(90) Ursprung der Sachsen und der Deutschen 114
(91) Wie der Herr die Westfalen schuf 115
(92) Wie der Herr die Böhmen, Slowaken und Kroaten schuf 116
(93) Wie der erste Franzose geschaffen wurde 119
(94) Wie Finnen und Russen geschaffen wurden 120
(95) Die Erschaffung der Schweden und der Dänen 121
(96) Die Entstehung des Stechapfels und die Abkunft der Zigeuner 122
(97) Die Verteilung des Glücks unter den Völkern 123
(98) Christus am Kreuz bestimmt das Schicksal der Serben, Türken und Katholiken 125
(99) Der erste Mönch oder: Der Teufel ist unsers Herrgotts Affe 126

(100) Woher die Lutheraner stammen 129
(101) Warum der Beutel des Pfaffen immer leer ist 130
(102) Warum man spricht: »Der arme Teufel!« 131
(103) Wann das »muß sein« aufgekommen ist 134
(104) Das Niesen 135
(105) Das Sprachgemengsel in Graubünden 137

TIERWELT

(106) Wie Adam den Tieren die Namen gab
und der Storch das Klappern lernte 142
(107) Wie die Tiere Waffen bekamen 144
(108) Des Teufels Tiere 145

Vierfüßler

(109) Wie der Wolf erschaffen wurde 146
(110) Warum der Wolf ein steifes Genick hat und hinkt . . 149
(111) Des Herrn und des Teufels Getier 150
(112) Warum die Ziege einen so kurzen Schwanz hat . . . 151
(113) Warum ist das Schaf dümmer als die Ziege? 152
(114) Der Ursprung der Wildschweine 153
(115) Warum die Schweine Ringelschwänze haben 154
(116) Warum die Schweine in der Erde wühlen 154
(117) Warum der Esel lange Ohren hat 156
(118) Das Rückenkreuz des Esels 156
(119) Warum der Ochse langsam geht 156
(120) Die bunten Kühe 157
(121) Warum das Pferd nie satt wird 158
(122) Jesus, das Pferd und der Krebs 158
(123) Warum auch die Pferde ihre Augen im Kopf tragen . 159
(124) Warum das Pferd dem Menschen gehorcht 159
(125) Der erste Affe 159
(126) Die Fledermaus 162

(127) Der Fuchs als Hirte 164
(128) Warum der Fuchs des Hasen Feind ist 165
(129) Warum der Fuchs nie mit erhobenem Schwanz herumläuft 165
(130) Warum der Bär einen Stummelschwanz hat 168
(131) Warum die Hasen ein geborstenes Maul und die Frösche einen zerbrochenen Rücken haben . 169
(132) Wie die Hunde entstanden sind 170
(133) Warum der Hund so treu ist 172
(134) Warum der Hund kein Haus hat 173
(135) Warum die Hunde nur Knochen fressen 173
(136) Warum die Hunde einander beriechen 174
(137) Warum die Hunde den Katzen spinnefeind sind . . . 175
(138) Warum sich die Katze erst nach der Mahlzeit den Mund wäscht 176
(139) Der Maulwurf 176

Vögel

(140) Der Stieglitz 177
(141) Warum die Taube ein so liederliches Nest baut . . . 178
(142) Der Ganter 178
(143) Warum das Huhn nicht fliegen kann 179
(144) Warum der Kuckuck kein Nest baut 179
(145) Warum der Kuckuck die eigenen Kinder nicht pflegen darf 180
(146) Turteltauben und Kuckuck 180
(147) Warum die Weihe im Sommer Durst leiden muß . . 181
(148) Warum die Lerche immer singt 181
(149) Gimpel und Kreuzschnabel bei der Kreuzigung Christi 181
(150) Lerche und Krähe bei der Kreuzigung 182
(151) Warum die Krähen auf dem Feld hausen müssen . . 182
(152) Die Schwalbe bei der Kreuzigung 182
(153) Spatz und Schwalbe bei der Kreuzigung 183

(154) Die Schwalbe 183
(155) Die Schwalben 184
(156) Wo bleiben die Schwalben im Winter? 185
(157) Warum die Rauchschwalben einen roten Fleck
an der Kehle haben 185
(158) Der Schwarzspecht 185
(159) Die Elster. 186
(160) Der Zaunkönig 187
(161) Warum sich die Eule nur des Nachts hervorwagt . . 190
(162) Rohrdommel und Wiedehopf 191
(163) Die Nebelkrähe. 192
(164) Wie die Krähe graue Federn bekam 192
(165) Warum die Nachtigall nicht mehr am Tage singt . . . 194
(166) Der Storch und die Frösche 195
(167) Warum die Wachteln keinen Schwanz haben 196

Kriechtiere und Fische

(168) Schlange, Aal und Eidechse 197
(169) Warum kriechen die Schlangen auf dem Boden?. . . 198
(170) Weshalb die Menschen die Schwalbe lieben
und die Schlange hassen 198
(171) Wie die Schildkröte entstanden ist 199
(172) Die Eidechse 200
(173) Warum die Menschen Fische quälen dürfen 200
(174) Woher die Menschen das Recht haben,
die Krebse zu kochen 200
(175) Warum die Fische kaltes Blut haben 201
(176) Woher das Rotauge rote Augen hat 201
(177) Die tauben Austern 201
(178) Der Schellfisch 202
(179) Der Stör 202
(180) Die Scholle 202
(181) Die Schönheit der Brassen 204
(182) Die Muschelperle 204

Insekten

(183) Die Biene und die Laus 205
(184) Warum die Bienen den roten Klee nicht befliegen . . 205
(185) Wie der Schneider den Flöhen, Bienen und Hornissen die Stacheln einsetzte 206
(186) Spinne, Fliege und Milbe 207
(187) Warum die Ameisen ein zerbrochenes Kreuz haben . 207
(188) Die Ameise und die Spinne 208
(189) Wie die Ameisen ihre Gestalt erhielten 209
(190) Ursprung der Fliegen 209
(191) Die Wanze 210
(192) Wie die Seidenraupen entstanden sind 210
(193) Die Kreuzspinne 211

PFLANZENWELT

Gewächse des Waldes

(194) Warum die Bäume nicht gehen können 214
(195) Warum die Bäume nicht mehr reden 215
(196) Warum das Holz Knoten hat 216
(197) Warum manche Pflanzen im Winter ihre Blätter behalten 217
(198) Der Hagebuttenstrauch 218
(199) Die Blätter der Eiche 219
(200) Warum der Blitz nicht in die Buchen schlägt 219
(201) Woher der wilde Rosenstrauch seinen Geruch hat . . 220
(202) Die Haselrute 220
(203) Warum die Tanne ihre Äste niederhängen läßt 221
(204) Der Schlehdorn 221
(205) Warum manche Birken ihre Zweige zur Erde niederhängen lassen 222
(206) Die Espe und der Haselstrauch 222

(207) Warum die Espe bebt und zittert 223
(208) Warum der Holunder stinkt 224
(209) Der Brombeerstrauch 224
(210) Die Nelken 225
(211) Herkunft der Pilze 225
(212) Warum es giftige und eßbare Pilze gibt 226
(213) Die Morchel 226

Wiesen und Felder

(214) Das Vergißmeinnicht 226
(215) Des Teufels Glockenblume 227
(216) Die Preiselbeere 227
(217) Warum man von Erdbeeren nicht satt wird 227
(218) Das Immergrün 228
(219) Muttergottesgläschen 229
(220) Die Schlüsselblume 229
(221) Der Enzian 230
(222) Die Kornähre 231
(223) Warum die Ähre handgrifflang ist 231
(224) Strohhalm, Kohle und Bohne 232

EPILOG

(225) Wer hat den Zaun geflochten? 234

ERZÄHLTE ERKLÄRUNGEN

Nachwort von Reinhard Kaiser und Elena Balzamo 236

Literaturverzeichnis 258
Nachweise und Anmerkungen 268
Danksagung 290
Register 291

Warum der Schnee weiss ist

Weltall

SONNE, MOND UND STERNE

1 **WIE DIE STERNE AN DEN HIMMEL KAMEN.** Als unser Herrgott älter wurde und einen Stock brauchte, schlug er, um nicht beim Gehen mit ihm auszugleiten, in dessen Ende einen Nagel. Wenn er nun umherwanderte und sich auf seinen Stock stützte, stieß er jedesmal kleine Löcher in den Boden unter seinen Füßen, durch die ein wenig Licht nach unten fiel. Diese Löcher nennen wir Sterne. (Ångermanland, Schweden)

2 **DIE STERNE.** Das Himmelsgewölbe war einst ohne Sterne; nur Sonne und Mond leuchteten. Da warfen die Riesen mit Kugeln nach der Sonnenscheibe und durchlöcherten den Himmel. Aus diesen Löchern, den Sternen, sieht man das Licht des inneren Himmels. (Oberpfalz)

3 **URSPRUNG DER STERNSCHNUPPEN.** Die Riesinnen haben ihr schönes Haar mit Roßgerippen gekämmt. – Eine schöne Riesin, die einen himmelhohen Stuhl hatte, strählte ihr blondes Seidenhaar mit der Sichel des Mondes: die Stäubchen, welche vom Haare fielen, flimmerten in der Luft: es sind die Sternschneutzen. (Oberpfalz)

4 **SIEBENGESTIRN, ABENDSTERN UND KUCKUCK.** In alten Zeiten lebten ein Mann und eine Frau, die hatten sieben Kinder. Der Mann war unverträglich und mißhandelte Weib und Kind. Da flüchtete die Frau in ihrer Not mit den sieben Kindern zum lieben

Gott und rief ihn um Hilfe an. Der liebe Gott war sehr entrüstet über die Roheit des Gatten und Vaters und wollte ihn zur Rechenschaft ziehen. Doch dieser war in seinem Hause nicht zu finden. Als aber Gott seinen Namen rief, antwortete eine Stimme aus dem Backofen: »Kuckuck!« Und Gott sprach: »Da du deine Frau und deine Kinder so schlecht behandelt und nun auch mich noch verhöhnt hast, sollst du ein Vogel sein, der nur Kuckuck ruft – der Welt zum mahnenden Beispiel. Deine Frau und Kinder aber will ich zu mir nehmen und zu Sternen machen. Hüte dich nun, daß dich deine Kinder nie sehen, sie würden sonst Rache an dir nehmen.«

Wie der Herrgott gesagt, so ist es geschehen. Der Kuckuck ruft seinen Namen noch heute durch die Welt. Die Frau glänzt als Abendstern am Himmel, und die sieben Kinder leuchten als »Siebengestirn«. Aber sobald sie sich am Himmel zeigen, versteckt sich der Kuckuck und hütet sich wohl, seinen Ruf erschallen zu lassen. (Ostpreußen)

5 **DAS SIEBENGESTIRN.** Es war einmal ein Mann und der hatte sechs Söhne. Er gab ihnen aber keine Namen, wie sie andre Menschen haben, sondern nannte sie schlechtweg nach ihrem Alter: »Ältester, Zweitältester, Drittältester, Drittjüngster, Zweitjüngster und Jüngster«. Andere Namen hatten sie nicht.

Als der älteste achtzehn und der jüngste zwölf Jahre alt war, schickte sie ihr Vater in die Welt hinaus, damit jeder ein Handwerk lerne. Da zogen sie aus und gingen anfangs ein Stück Weg miteinander, bis sie zu einer Stelle kamen, an der sich ein doppelter Kreuzweg befand, so daß sechs Wege nach verschiedenen Richtungen auseinander führten; da wurden sie miteinander einig, sich hier zu trennen, und jeder sollte seinen eigenen Weg gehen. Aber am zweiten Jahrestag wollten sie alle wieder an derselben Stelle zusammenkommen und zusammen zu ihrem Vater heimkehren.

Am bestimmten Tag fanden sich alle richtig wieder an Ort und Stelle ein und gingen miteinander zu ihrem Vater. Der fragte nun einen jeden, was er für eine Kunst gelernt habe. Der »Älteste« sagte, er sei ein Schiffsbaumeister geworden und könne Schiffe bauen, die von selbst gingen. Der »Zweitälteste« war zur See gegangen und Steuermann geworden und konnte ein Schiff ebensogut über das Land als auf dem Wasser steuern. Der »Drittälteste« hatte nichts anderes als horchen gelernt, aber das konnte er nun so gut, daß er in dem einen Königreich hörte, was im andern vorging. Der »Drittjüngste« war ein Schütze geworden und jeder seiner Schüsse war ein Meisterschuß. Der »Zweitjüngste« hatte klettern gelernt, er konnte an der Wand hinaufgehen wie eine Fliege und keine Felswand war so steil, daß er sie nicht hätte erklettern können.

Als der Vater diese fünf angehört und erfahren hatte, was ein jeder von ihnen konnte, sagte er, daß es zwar recht gut und alles mögliche sei, daß er sich aber doch mehr von ihnen erwartet hätte; denn das, was sie da gelernt, könnten doch andere auch noch. Nun wollte er schließlich wissen, was der »Jüngste« gelernt hätte; auf ihn hatte er immer die größte Hoffnung gesetzt, es war ja sein Lieblings- und Schoßkind.

Der »Jüngste« war froh, endlich auch an die Reihe zu kommen, und antwortete ungemein vergnügt, daß er ein Meisterdieb geworden sei. Als der Vater das hörte, wurde er so böse, daß er ihn bei den Ohren nahm und rief: »Pfui der Schande, die du über mich und die ganze Familie gebracht hast!«

Da traf es sich zur selben Zeit, daß dem König des Landes seine liebreizende junge Tochter von einem bösen Zauberer gestohlen wurde. Und der König versprach sie demjenigen, der sie ausfindig machen und dem Zauberer wieder entreißen könnte, zur Frau und sein halbes Reich als Mitgift obendrein. Da wollten die sechs Brüder ausziehen und ihr Glück versuchen. Der Schiffsbaumeister baute ein Schiff, das von selbst ging. Der Steuermann steuerte es über Land und Meer. Der Horcher lauschte beständig nach allen Seiten herum und sagte endlich, daß er sie im Innern eines Glasberges höre. Dort segelten sie hin. Der Kletterer war in größter Geschwindigkeit oben auf dem Berg und erblickte den Zauberer darin, welcher seinen häßlichen Kopf auf dem Schoße der Prinzessin ruhen ließ und schlief. Da kletterte er wieder herunter, nahm den kleinen Meisterdieb auf den Rücken und stieg mit ihm ganz in den Berg hinein. Der Meisterdieb stahl dem Zauberer die Prinzessin unter dem Kopfe weg, ohne daß er es merkte, und der Kletterer trug dann alle zwei zum Schiff hinunter.

Sobald sie unten an Bord angekommen waren, segelten sie fort, und der Horcher mußte unterdes auf den Zauberer Obacht geben. Als sie noch nicht allzuweit vom Land entfernt waren, sagte er zu den andern: »Jetzt erwacht der Zauberer – jetzt reckt er sich – jetzt vermißt er die Prinzessin – jetzt kommt er!«

Da geriet die Prinzessin in schreckliche Angst und sagte, es wäre nun aus mit allen, wenn sie keinen Meisterschützen bei sich an Bord hätten. Der Zauberer könne überallhin durch die Luft fahren und würde jetzt gleich bei ihnen sein. Er sei unverwundbar und kugelfest, ausgenommen an einem kleinen schwarzen Punkt mitten auf der Brust, der nicht größer als ein Stecknadelkopf sei. – Da kam der Zauberer auch schon durch die Luft gesaust. Der Schütze nahm ihn sogleich aufs Korn, schoß und traf ihn mitten in den schwarzen Punkt hinein. Und im selben Augenblick zersprang der ganze Zauberer in tausend und tausend feurige Stücke, daß die Splitter rauchend weit auseinander flogen, und daher stammen die vielen Feuersteine, die man allerwegen findet.

Die sechs Brüder langten endlich zu Hause an mit der Prinzessin und führten sie an ihres Vaters Hof. Alle waren in sie verliebt und jeder einzelne konnte mit vollem Recht von sich sagen, daß sie ohne ihn nicht gerettet worden wäre. Da war der König in großer Not, denn er wußte nicht, welchem er seine Tochter geben solle. Und ebenso war die Prinzessin in großer Not, denn sie wußte nicht, welchen sie am liebsten hatte.

Der liebe Gott wollte aber nicht, daß ein Streit zwischen ihnen entstehe, deshalb ließ er alle sechs Brüder und die Prinzessin in ein und derselben Nacht sterben. Dann versetzte er alle sieben als Sterne an den Himmel, und sie sind das, was man jetzt das Siebengestirn nennt. Der am meisten funkelnde Stern ist die Prinzessin, der matteste aber ist der kleine Meisterdieb. (Dänemark)

6 **DIE MILCHSTRASSE.** Einen Patensohn bewog einmal der Teufel, zu seinem Paten zu gehen und ihn zu bestehlen. So sollte er seinem eigenen Wohltäter Böses tun, wie es der Wolf in seinen Bezirken tut. Was tat der Junge? Er ging zur Sennhütte seines Paten und, schau, er stahl ihm die Milch. Wie stellte er das an? Er schlich sich zu einer Stunde ein, in der alle Hunde schliefen, und auch die, die ihn bemerkten, bellten nicht; denn sie kannten ihn ja von früher.

Er aber füllte sich die Schläuche, die er mitgenommen hatte, voll mit Milch und schlich dann leise davon, band den mitgenommenen Esel von einem Baum frei, belud ihn mit den Schläuchen und faßte ihn am Halfter. So ging es auf den Weg.

Gott aber, der keinen Schlaf kennt, weder bei Tag noch bei Nacht, und vor dem nichts verborgen bleibt, schickte augenblicks, als er diese Bosheit sah, wie der Patensohn den Paten bestahl, einen Engel hin, der die Milch aus den Schläuchen schütten sollte. Der Engel aber war gewitzter als Gott, denn was sagte er? – »Wohin soll ich auf einmal alle Milch schütten? Es wird besser sein, sie tropfenweise ausfließen zu lassen, so daß man die Spur dessen findet, der sie gestohlen hat.« So sprach er und machte zwei kleine Löchlein in die Schläuche, so daß die Milch langsam ausfloß, und bis der Patenjunge zu Hause ankam, war alle Milch aus den Schläuchen verschüttet.

Als am Morgen der Pate aufstand, sah er, daß die Schaffe und Kannen leer waren. Er forschte hin, er forschte her, er frug den einen, er frug den anderen, die Hirten, die Hunde, nichts! Niemand wußte, wohin die Milch gekommen sei. Als der Alte ein wenig vor das Haus trat, sah er den Weg weiß von Milch. »Wir haben den Dieb«, sagte er, »hier haben wir ihn.« Dann verlor er keine Zeit und machte sich auf den Weg, in der Spur der verschütteten Milch, und siehe da, er kam beim Hause seines Patenjungen an.

»Daß ihn der Wolf fressen soll, dort in seinem Hause!« sagte er erstaunt und empört. »Mein Patensohn sollte mir diesen Schabernack gespielt haben?« Er konnte es nicht glauben, daß der Patensohn vom Paten stiehlt, aber die Sache war klar wie die Sonne.

»Guten Morgen, Patensohn.«

»Willkommen«, sprang der Junge auf die Füße, wie wenn ihn eine Bremse in die Nase gestochen hätte. »Was bringt Ihr Neues, Pate? Was für ein Wind hat Euch zu uns hergeführt?« Der Junge versuchte, den Alten irrezuführen.

»Junge, Junge, ich bin nicht gekommen, um mich mit dir zu unterhalten, denn wisse, du hast unsere Gevatterschaft zerstört!«

»Ja, was ist denn los, Pate?«

»Was los ist? Du stellst dich, als ob du es nicht wüßtest? Du hast mir einen bösen Streich gespielt, mir, deinem Wohltäter, wie der Wolf auf seinem Gebiet. Deshalb bin ich da.«

»Pate, Pate, tobt hier nicht so wild, denn ich weiß gar nichts. Sagt mir doch, worum es sich handelt.«

Dann sagte ihm der Alte, was und wie, aber der Junge wollte es gar nicht hören, leugnete alles und stellte sich unschuldig, wie ein neugeborenes Kalb. Da führte ihn der Pate hinaus, zeigte ihm die Spuren der verschütteten Milch, die immer noch zu sehen waren, und sagte:

»Schau, mein Junge, und jetzt willst du mir noch Sand in die Augen streuen? Wir sehen den Wolf, und wir sehen, was er angerichtet hat. Jetzt rede du.«

Als der Junge sah, daß er so auf frischer Tat ertappt worden war, schwieg er zuerst und bat dann um Verzeihung.

»Ich habe Ungehöriges getan, tu du es nicht auch, Pate«, sagte er. »Auch ich sehe es jetzt ein, daß ich einen ungehörigen Streich an dir verübt habe, aber geschehen ist geschehen.« Was konnte der Pate tun? Er überließ es Gott, ihn zu strafen.

Und als warnendes Wunder blieb von da ab die Milch verschüttet und trocknete nicht, wie du sie auch heute noch siehst. Deshalb nennt man sie: die Milchstraße. (Mazedonien)

7 **EIN NEBELSTREIF AM NACHTHIMMEL.** Die Milchstraße, welche sich am Nachthimmel wie ein Nebelstreif mitten durch Sternbilder hinzieht, ist nichts anderes als zerstreutes Stroh. Denn die Mutter Venus stahl einmal in einer Nacht von den Schobern im Hofe des heiligen Petrus Stroh, und als sie eilig damit heimlief, zerstreute sie viel davon. (Banat, Rumänien)

8 DIE SONNE. Bevor Adam und Eva gesündigt, gab es noch keine Sonne, wie zu unseren Zeiten, sondern bloß Sterne, die den Menschen und den übrigen Geschöpfen leuchteten, und zwar die einen bei Tag, die anderen bei Nacht. Erst nachdem die ersten Menschen gesündigt, da erst erschuf Gott diese Sonne, die wir noch heutigen Tages sehen. Das kam so. Als jene gesündigt, erkannten sie ihre Nacktheit und verbargen sich im Dickicht. Doch Gott kam auf die Erde herab, ging sogleich ins Paradies hinein, rief, wo sie denn seien, und sie meldeten sich an; Gott aber hieß sie dort bleiben und ihm nicht nahen; dann fragte er sie, wer von ihnen der Schuldtragende sei. Da schob Adam die Schuld auf Eva, sie wieder auf ihn, und jedes wollte ganz unschuldig an dem Fehltritte sein. Hierauf zankte sie Gott recht tüchtig aus und ließ sie aus dem Paradiese hinausjagen und sagte: »Ich hatte euch genaue Weisung gegeben, und was ihr zu tun und wie ihr euch zu benehmen habt, doch ihr habt es verschmäht, meinen Geboten gemäß zu leben. Jetzt aber lasse ich am Himmel meiner Hand Spur erscheinen, die soll euer Richter sein, vor dem weder ihr noch euer Anwalt euch bei Tage werdet verbergen können. Sie soll so leuchten, daß ihr kein Mensch wird ins Angesicht sehen können; und diese Spur soll euch die Sonne sein. Licht und Wärme wird sie euch spenden, sie wird meines Willens Verkünderin sein, sie die Mahnerin euerer Sünden und Vergehungen, sie soll wandern von einem Ende der Welt bis zum anderen, nichts soll dieser meiner Spur geheim bleiben, und jedermann soll ihren Auf- und Niedergang sehen können.« – Dies pflanzte sich durch mündliche Überlieferung von einem Menschengeschlecht zum anderen fort, und es gibt noch heutigen Tages viele alte Leute, die da behaupten, die Sonne sei Gott auf Erden. (Südslawen, Balkanhalbinsel)

9 **Warum die Sonne am Tag und der Mond in der Nacht scheint.** Sonne und Mond sind Weib und Mann. Als sie Hochzeit hielten, tat der Mond, der stets als etwas kalt und langweilig gilt, in der Brautnacht der feurigen begehrenden Braut nicht zur Genüge: er hätte lieber geschlafen. Das verdroß die Sonne und sie schlug dem Manne eine Wette vor, daß, wer von ihnen zuerst erwachen würde, das Recht haben solle, bei Tage zu scheinen: dem Trägen gehöre die Nacht. Würden sie beide zugleich wach werden, sollten sie fortan nebeneinander am Himmel glänzen. Da lachte der Mond gar einfältig vor sich hin: er ging die Wette ein, weil er nicht glauben wollte, daß er verlieren könne, und lachend schlief er ein. Davon hat er das Lachen behalten. Die Sonne aber ließ der Ärger nicht lange ruhen; schon vor zwei Uhr wach, zündete sie der Welt das Licht auf und weckte den frostigen Mond, und hielt ihm ihren Sieg vor und zugleich die Strafe, daß sie nun nie mehr eine Nacht mitsammen verbringen würden.

Darum habe sie die Wette gesetzt und mit einem Eide bekräftiget, daß sie gebunden sei und nicht schwach werden könne. Seitdem leuchtet der Mond bei Nacht, die Sonne bei Tag.

Die Sonne aber reute bald der Schwur, den sie in der Hitze des Zornes getan; sie liebt ja den Mond. Und auch dieser fühlt sich immer zur Braut gezogen: er hielt ja die Wette für Spiel, für Neckerei, und Scherz war es, daß er sich so kalt gezeigt. Daher möchten sich beide gar gerne wieder vereinen. Sie kommen sich auch öfter näher und treffen manchmal zusammen; es ist dieses die Zeit der Sonnenfinsternisse. Weil sie aber mit gegenseitigen Vorwürfen beginnen, keines die Schuld der Trennung tragen will, so geraten sie hintereinander zum Streite; doch keines wird Herr. Die Zeit, welche ihnen zur Versöhnung geboten ist, läuft ab, und es kommt die Stunde wieder, wo die Sonne ihrem Schwur gemäß wandern muß. Blutrot von Zorn macht sie sich auch auf den Weg. Hätten sie nicht gestritten, wären sie vereiniget worden. Bis der Zorn sich legt, vergeht wieder geraume Weile, erst eine neue Finsternis zeigt an, daß sie sich wieder getroffen. Aber immer wieder wird diese Zeit nicht benützt.

So ist die Sonne immer heiß vor Liebeszorn; manchmal aber, wenn sie so allein wandelt, sieht sie ihr Unrecht ein: dann weint sie blutige Tränen und geht blutrot unter.

Aber auch der Mond empfindet Trauer und Leid, daß er zur Sonne nicht kann; darum nimmt er ab, bis er zur kleinsten Sichel wird; wird er nach und nach voll, so hofft er; ist er aber voll, sieht er sich getäuscht und nimmt wieder ab. – Von seiner unglücklichen Liebe ist er weich gestimmt: daher sein Licht so mild und melancholisch. Daher klagen ihm auch unglücklich Liebende ihr Leid. (Oberpfalz)

10 Warum der Mond zu- und abnimmt.

Ein Riese wurde mit dem Alter faul und ging nicht mehr zu Fuß. Da stieg er auf den Grat der Berge, als eben der Mond aufging, und setzte sich wie ein Reiter auf den Mond und ritt mit ihm bis dahin, wo die Sonne untergeht. Der Riese war aber so schwer, daß die Mondscheibe nach jedem Ritte wie ein Sattel eingedrückt war und etliche Zeit brauchte, um wieder rund und voll zu werden. Der Mond geriet in große Furcht vor dem Riesen und ließ sich oft längere Zeit gar nicht sehen. Daher das Zu- und Abnehmen des Mondes, das Neulicht und der Vollmond. Noch jetzt sieht man die Striemen und Narben am Bauche des Mondes, die der böse Riese ihm geritten. (Oberpfalz)

11 GOTTVATER ERSCHAFFT DEN MOND.

Als Sankt Michael Adam und Eva aus dem Paradiese vertrieben hatte, kehrte er zurück in den Himmel. – »Nun, hast du sie ausgejagt, diese Herrgottssakramenter?« fragt der Gottvater. – »Hätt' der Herr auch einen andern schicken mögen!« brummt Sankt Michael in seinen Bart – nein, Bart wird er keinen gehabt haben. »Ich hab' mir«, sagt er, »in dieser Höllenfinsternis da unten das Knie angestoßen, daß schon all des Teufels! Beim Tag geht's noch an, da schupfen die Engel den Sonnenball hin und wider; aber in der Nacht ist das schon eine stockfinstere Welt übereinander! Kann's der Eva gar nicht für übel halten, wenn sie in der rabenschwarzen Nacht einen unrechten Apfel erwischt hat; wird schon noch öfters so was passieren. Die Leut' müssen einen Mond haben!« – »Ja?« fragt der Gottvater, »nu, so steh ein wenig beiseite, Sankt Michael, ich erschaff' jetzt den Mond!« – Richtig, hat's getan! »Aber«, sagt der Gottvater, »auf daß die Leute wissen, daß es nur ein guter Wille ist von mir, und daß sie sich nicht eine Rechtssache daraus machen, so lasse ich den Mond im Monat allemal vierzehn Nächte scheinen, die übrigen vierzehn Nächte laß ich's finster sein.« Und deswegen haben wir den zunehmenden und den abnehmenden Mond. (Steiermark)

12 DER HEILIGE ELIAS AUF DEM MOND.

Der heilige Elias hatte einmal Langeweile und ging spazieren. Da kam er ans Gestade des Meeres, setzte sich dort nieder, saß da drei Tage lang, und weil er hungrig wurde, fing er an, langsam die Krebse aus dem Meere aufzuessen. Sie mundeten ihm so gut, daß er beinahe alle aufaß. Doch Gott wollte dies nicht geschehen lassen und ließ deshalb einen großen Sturm entstehen, der den heiligen Elias in die Höhe hob. So reiste der Heilige dreimal drei Tage lang, bis er endlich nachts auf dem Monde anlangte. Und Gott strafte ihn, daß er die ganze Nacht aufs Meer hinabschauen muß, wie die Krebse im Meere wachsen. Nun bekam der heilige Elias so großen Hunger, daß er Stück für Stück vom Monde abbiß und hinunterschluckte, und wenn Gott der Herr nicht so gnädig gewesen wäre, es so einzurichten, daß der Mond immer zunehme, wäre der heilige Elias, nachdem er den Mond gegessen, vor Hunger gestorben und auf die Erde herabgefallen und in tausend Stücke zerschellt. Doch Gott der Herr schonte seiner und versetzte ihn auf den Mond; denn der heilige Elias würde sonst alle Krebse des Meeres aufgegessen haben und ein anderer hätte dann das leere Nachsehen gehabt. Also nimmt der Mond zu oder ab, je nachdem der Heilige ißt oder verdaut. (Südslawen, Balkanhalbinsel)

13 Warum der Mond Flecken hat.

A – Ein Bauer hat einmal an einem Sonntag die Messe versäumt und ist in den Wald gegangen, Besen zu binden. Wie er aber wacker Besen bindet und dazu pfeift, kommt ein Engel zu ihm und sagt: »Feierst du so den Sonntag? Wohlan, jetzt hast du die Wahl: willst du lieber zur Strafe in der Sonne brennen oder im Monde frieren auf ewige Zeit?« Der Besenbinder macht ein saures Gesicht und denkt: »Lieber möchte ich keins von beiden.« – Aber mit einem Engel läßt sich nicht spaßen. Er sagt: »Wenn denn eins sein muß, will ich noch lieber im Monde frieren.« – Damit nimmt ihn der Engel mit dem Besen in den Arm und fliegt mit ihm in den Mond. (Deutschland)

✦

B – In der Zeit, da noch das Wünschen half, stahl einmal ein Mann am Weihnachtsabend Kohl aus dem Garten seines Nachbarn. Eben wollte er mit der vollen Hucke davongehen, da wurden die Leute seiner gewahr und verwünschten ihn in den Mond. Da ist er nun ganz deutlich zu sehen, wie er in alle Ewigkeit die Kohlhucke tragen muß. (Holstein)

✦

C – Die heilige Jungfrau Maria schickte das Jesuskind eines Abends mit einem Korb voll Äpfel heraus; die sollte es zu seinem Pflegevater Josef tragen. Auf dem Wege aber wurde dem Kind der Korb gar zu schwer, und da gerade ein Jude daherkam, so bat es den, er sollt' ihn ihm ein Stück Weges abnehmen. Der Jude aber war ein hartherziger Mensch und sagte zu dem Jesuskindchen: »Ich mal' dir was! Trag du deine Sache selber!« Danach sagte das Jesuskindchen: »Willst du mir dann tragen helfen?« Auch das wollte der Jude nicht tun. »Dann halt nur Wache bei meinem Korb. Unterdessen lauf ich zur Mutter, die soll mir helfen!« – »Was?« rief der Jude, »ich soll dir deine Äpfel hüten? Viel lieber säße ich doch da oben im Mond!« Und von der Zeit an sitzt der Jude, der unserm Jesuskindchen nicht helfen wollte, im Mond. (Köln)

14 DER MOND. Vorzeiten gab es ein Land, wo die Nacht immer dunkel und der Himmel wie ein schwarzes Tuch darüber gebreitet war, denn es ging dort niemals der Mond auf, und kein Stern blinkte in der Finsternis. Bei Erschaffung der Welt hatte das nächtliche Licht ausgereicht. Aus diesem Land gingen einmal vier Bursche auf die Wanderschaft und gelangten in ein anderes Reich, wo abends, wenn die Sonne hinter den Bergen verschwunden war, auf einem Eichbaum eine leuchtende Kugel stand, die weit und breit ein sanftes Licht ausgoß. Man konnte dabei alles wohl sehen und unterscheiden,

wenn es auch nicht so glänzend wie die Sonne war. Die Wanderer standen still und fragten einen Bauer, der da mit seinem Wagen vorbeifuhr, was das für ein Licht sei. »Das ist der Mond«, antwortete dieser, »unser Schultheiß hat ihn für drei Taler gekauft und an den Eichbaum befestigt. Er muß täglich Öl aufgießen und ihn rein erhalten, damit er immer hell brennt. Dafür erhält er von uns wöchentlich einen Taler.«

Als der Bauer weggefahren war, sagte der eine von ihnen »diese Lampe könnten wir brauchen, wir haben daheim einen Eichbaum, der ebenso groß ist, daran können wir sie hängen. Was für eine Freude, wenn wir nachts nicht in der Finsternis herumtappen!« – »Wißt ihr was?« sprach der zweite, »wir wollen Wagen und Pferde holen und den Mond wegführen. Sie können sich hier einen andern kaufen.« – »Ich kann gut klettern«, sprach der dritte, »ich will ihn schon herunterholen!« Der vierte brachte einen Wagen mit Pferden herbei, und der dritte stieg den Baum hinauf, bohrte ein Loch in den Mond, zog ein Seil hindurch und ließ ihn herab. Als die glänzende Kugel auf dem Wagen lag, deckten sie ein Tuch darüber, damit niemand den Raub bemerken sollte. Sie brachten ihn glücklich in ihr Land und stellten ihn auf eine hohe Eiche. Alte und Junge freuten sich, als die neue Lampe ihr Licht über alle Felder leuchten ließ und Stuben und Kammern damit erfüllte. Die Zwerge kamen aus den Felsenhöhlen hervor, und die kleinen Wichtelmänner tanzten in ihren roten Röckchen auf den Wiesen den Ringeltanz.

Die vier versorgten den Mond mit Öl, putzten den Docht und erhielten wöchentlich ihren Taler. Aber sie wurden alte Greise, und als der eine erkrankte und seinen Tod voraussah, verordnete er, daß der vierte Teil des Mondes als sein Eigentum ihm mit in das Grab sollte gegeben werden. Als er gestorben war, stieg der Schultheiß auf den Baum und schnitt mit der Heckenschere ein Viertel ab, das in den Sarg gelegt ward. Das Licht des Mondes nahm ab, aber noch nicht merklich. Als der zweite starb, ward ihm das zweite Viertel mitgegeben, und das Licht minderte sich. Noch schwächer ward es nach dem Tod des dritten, der gleichfalls seinen Teil mitnahm, und als der vierte ins Grab kam, trat die alte Finsternis wieder ein. Wenn die Leute abends ohne Laterne ausgingen, stießen sie mit den Köpfen zusammen.

Als aber die Teile des Monds in der Unterwelt sich wieder vereinigten, so wurden dort, wo immer Dunkelheit geherrscht hatte, die Toten unruhig und erwachten aus ihrem Schlaf. Sie erstaunten, als sie wieder sehen konnten: das Mondlicht war ihnen genug, denn ihre Augen waren so schwach geworden, daß sie den Glanz der Sonne nicht ertragen hätten. Sie erhoben sich, wurden lustig und nahmen ihre alte Lebensweise wieder an. Ein Teil ging zum Spiel und Tanz, andere liefen in die Wirtshäuser, wo sie Wein forderten, sich betranken, tobten und zankten, und endlich ihre Knüppel aufhoben und sich prügelten. Der Lärm ward immer ärger und drang endlich bis in den Himmel hinauf.

Der heilige Petrus, der das Himmelstor bewacht, glaubte, die Unterwelt wäre in Aufruhr geraten, und rief die himmlischen Heerscharen zusammen, die den bösen Feind, wenn er mit seinen Gesellen den Aufenthalt der Seligen stürmen wollte, zurückjagen sollten. Da sie aber nicht kamen, so setzte er sich auf sein Pferd und ritt durch das Himmelstor hinab in die Unterwelt. Da brachte er die Toten zur Ruhe, hieß sie sich wieder in ihre Gräber legen und nahm den Mond mit fort, den er oben am Himmel aufhing. (Deutschland)

DIE ERDE UND IHR WETTER

15 **WIE DIE ERDE ERSCHAFFEN WURDE.** Am Anfang war nur Dunkelheit und Wasser, und Gott fuhr auf einem Kahn über das Wasser. In einem anderen Kahn aber fuhr der Satan, der Teufel, ganz übermütig einher. Der Teufel aber hatte nur einen Gedanken: nämlich den, wie er den Kahn, in dem Gott war, umstoßen könne. Aber Gott – oh, der liebe – erkannte diesen teuflischen Plan, und so ließ er den Bösen nicht an sein Boot herankommen. Dann sagte Gott zum Teufel: »He, Skaraótzki, tauche einmal auf den Grund des Wassers und hole das, was du mit deinen Händen erwischen kannst, heraus.« Und der Teufel gehorchte, denn wenn er nicht gehorcht hätte, weh ihm samt seinen Hörnern. So tauchte er in das Wasser und holte mit seinen Händen Schlamm und Sand vom Grund des Wassers. Dann kam er wieder herauf, aber dabei wusch ihm das Wasser alles aus den Händen, und er langte oben mit leeren Händen an. – »Was hast du gebracht?« fragte ihn Gott, und der Böse, der wußte, daß er etwas gepackt hatte, und nun sah, daß er nichts mehr habe, schämte sich. In seinem Zorn tauchte er von neuem unter. Diesmal steckte er seine langen, schwarzen Krallen in den Schlamm und füllte sein Maul damit an, damit es ihm nicht noch einmal widerfahre, so beschämt zu werden und mit leeren Händen anzukommen. Aber als er diesmal auftauchte, hatte ihm wieder das Wasser den Schlamm, den er in den Fäusten gehalten hatte, weggewaschen. Nur ein wenig Schlamm war in seinen langen Krallen geblieben. Aus diesem Schlamm machte Gott die Erde, aber klein, nur so groß, daß sie beide Platz darauf hatten: Gott und der Teufel.

Einmal war Gott müde und legte sich hin, um zu schlafen. Der Teufel aber wollte ihn unbedingt vom Trockenen in das Wasser werfen. Aber sieh, sooft er ihn auch wälzte, die Erde bewegte sich immer dem Wasser zu, und sein Plan gelang ihm nicht. Als Gott seinen Übermut merkte, erhob er sich und befahl ihm, den Schlamm, den er im Munde hatte, auszuspucken. Der Satan spuckte und wuchs so durch diesen Schlamm mit der Erde zusammen, die Gott vorher gemacht hatte. Die Erde aber begann zu wachsen und wuchs und wuchs und umfing den Satan von allen Seiten, auch von oben und von unten, so daß es war, als ob er in ein Faß eingeschlossen würde. So schloß ihn Gott in das Innere der Erde, in die Hölle, ein. Da kann er nun mit seinen langen Krallen stehen und Verwirrung in der Welt anrichten. Auf der Oberfläche der Erde aber schuf Gott alles, was wir sehen und was wir nicht sehen, denn es war nun niemand mehr, der ihn in seinem Werk stören und Unfug hätte treiben können. (Siebenbürgen)

16 **WARUM DER HIMMEL SO HOCH ÜBER DER ERDE IST.** Man erzählt sich, daß einmal der Himmel ganz nahe an der Erde war. Er war so nahe, daß du, wenn du auf die Planken stiegst, mit der Hand den Himmel erreichen konntest. Zu der Zeit wandelte noch der Herr mit dem heiligen Petrus auf der Erde, denn die Welt war noch gut. Da geschah es, daß eine unverschämte Frau, als sie die Windeln ihres Kindes auswusch, beim Schütteln der Windeln den Himmel mit dem Kot des kleinen Kindes beschmutzte.

»Oh, du sündige Welt! Von nun ab sollt ihr nicht mehr wissen, wie hoch der Himmel ist und wie tief die Erde«, sagte Gott mit feuriger Stimme. Da erhob sich auf einmal der Himmel hinauf in die Ewigkeit. Schau, seitdem ist der Himmel so hoch. Wie hätte es auch anders sein können bei so viel Bosheit! Du wunderst dich nur, wie die Erde die Menschen noch erträgt! (Wallachei)

17 WIE TÄLER UND BERGE ENTSTANDEN. Zur Zeit, als die Erde neu geschaffen und noch weich war, machten die Riesen, wenn sie darauf herumgingen, mit ihren Fußtritten die Täler und Berge der Erde. So groß und schwer waren sie. (Oberpfalz)

18 WARUM WÄCHST DAS GESTEIN NICHT? Als Gott der Herr, Lob und Dank sei ihm, diese Welt und alles, was auf ihr ist, erschuf, fragte er die Bäume: »Was wollt ihr haben?« – »In die Höhe und in die Breite wachsen, unsere Äste ausdehnen und nach deinem Willen und Befehl uns befruchten.« – »Wohl, es soll euch zuteil werden. – Und du Gräschen! Was wünschst du dir?« – »Ich will grünen und blühen, und wenn ich alt bin, daß man mich abmähe und den Tieren als Futter reiche.« – »Soll dir sein. – Und ihr Wiesen und Auen, was wünscht ihr?« – »Menschen sollen uns mit Ochsen beackern, damit wir nach deinem Befehle Früchte tragen und die Welt ernähren.« – »Seid gesegnet und fruchtbar für und für. – Und du Gestein wünschst dir…?« – »So zu bleiben, wie du mich erschaffen, ich wünsche weder in die Höhe noch in die Breite zu wachsen, weder zu grünen noch Früchte zu tragen.« Da sprach Gott der Herr: »Wenn dem so ist, so sei von mir verflucht von der Erschaffung der Welt an bis zum Tage des Gerichtes. Du sollst unfruchtbar sein, immer kalt wie Eis und regungslos!« (Südslawen, Balkanhalbinsel)

19 WANN DIE STEINE DIE GRÖSSE BEKAMEN, DIE SIE HEUTE HABEN. Es gab eine Zeit, da waren alle Steine auf Erden noch ganz klein, aber sie wuchsen größer und größer, bis der Heiland der Welt geboren wurde. Nun standen die Steine in ihrem

Wachstum still, und wir sehen sie in der Größe, die sie am Tage der Geburt Christi hatten. (Preußen)

20 **WIE FEUER UND BLITZ ENTSTANDEN.** Es gab eine Zeit, wo die Bäume und Steine gehen und sprechen konnten, aßen und tranken, und ihren Geschäften geradeso nachgingen wie die Menschen. Das war eine gar glückliche Zeit für die Menschheit; denn wenn jemand Äpfel benötigte, so rief er nur dem ersten vorüberspazierenden Apfelbaume zu: »Komm her und schüttle dich!« Und der Baum schüttelte sich, und die Äpfel fielen dem Menschen ohne Mühe in den Schoß. Oder wenn jemand Gold brauchte, so rief er dem ersten besten Goldsteine zu: »Komm her und gib mir ein Stück von deinem Felle; es wächst dir ja ohnehin wieder nach!« Der Stein trat sogleich an den Menschen heran und ließ sich von ihm ein Stück seines Goldpelzes abreißen. Die Menschen lebten ohne Sorgen und Mühe, denn sie ließen sich von den Steinen und Bäumen bedienen, die ihnen alles Nötige herbeischaffen und besorgen mußten. Alle Geschöpfe lebten in Frieden und Eintracht miteinander. Dies ärgerte den Teufel sehr, und er sann nach, diese Zustände zu stören, und gar bald hatte er einen Plan ausgeheckt. Er ging zu Gott und sprach also zu ihm: »Himmlischer Vater! du hast alles erschaffen und gut eingerichtet, aber etwas, das ich eben benötige, hast du vergessen! Erlaube mir, daß ich es mir erschaffe, damit ich auch, gleich den übrigen Geschöpfen, glücklich und zufrieden werde.« Gott schüttelte sein hehres Haupt und sprach: »Du wirst Zufriedenheit für dich und Unheil für die übrigen Geschöpfe erschaffen; das weiß ich, denn ich kenne dich gar zu gut. Trotzdem soll deine Bitte gewährt sein, damit du nicht sagen kannst, ich sei ungerecht! Gehe hin und erschaffe dir das, was du willst und kannst!«

Der Teufel flog sofort lächelnd und vergnügt auf die Erde hinab und begab sich in die Versammlung der Steine, die zusammengekommen waren, um sich einen König zu wählen. Lange konnten sie sich über die Wahl nicht einigen und wählten schließlich den Goldstein zu ihrem Könige. Da lachte der Teufel hell auf und rief: »Ihr seid doch recht dumme Kerle! Ihr wählt den Goldstein wegen seines schönen, glänzenden Gewandes zu eurem Könige und wißt nicht einmal, daß der Kieselstein bedeutend mehr kann, als ihr alle zusammen. Wartet, gleich sollt ihr es sehen, was der Kieselstein zu leisten imstande ist!« Hierauf sammelte er sehr viel Stroh, Mist und Reisig zu einem großen Haufen und rief dann: »Komm her, du Kieselstein, auch du, Eisenstein! Stellt euch her vor diesen Haufen und rennt mit den Köpfen aneinander.« Er hatte nämlich oft bemerkt, daß aus dem Kieselstein Funken sprühten, sobald er sich mit dem Eisensteine raufte. Auch jetzt täuschte er sich nicht, denn aus dem Kieselsteine sprühten viele helle Funken hervor, die alle in den aufgerichteten Haufen fielen und ihn entzündeten. Da liefen die Steine erschreckt auseinander, die Menschen aber liefen herbei, denn sie hatten nie ein Feuer gesehen. Die Flammen aber griffen um sich, und bald war die ganze Umgebung ein Feuermeer. Die Menschen fanden gebratene Tiere und Früchte, die ihnen gar sehr mundeten. Sie holten sich daher Kohlen und unterhielten in ihren Wohnungen ein kleines Feuer, an dessen Glut sie von nun an verschiedene Speisen bereiteten. Das große Feuer aber hatte schon so sehr um sich gegriffen, daß es schon die halbe Oberfläche der Erde bedeckte. Da rief Gott den Teufel zu sich und sprach: »Was hast du gemacht? Welch Unheil hast du wieder angestiftet!« Der Teufel erwiderte lächelnd: »Ich habe kein Unheil angestiftet, sondern im Gegenteil die Menschen beglückt! Siehst du denn nicht, wie sie das Feuer benützen und in ihren Wohnungen sorgsam unterhalten?« – »Ich sehe es wohl«, versetzte Gott, »aber dies ist ihr Unglück zugleich, denn jetzt muß ich ein noch gewaltigeres Feuer erschaffen, das ihnen Furcht und Grauen einflößt, ihnen gar oft den Tod bringt.« Da fuhr der erste Blitz auf die Erde herab und erschlug auf einmal zehn Menschen. Als dies der Teufel sah und den Donner hörte, rannte er davon und kam seit der Zeit nie mehr zu Gott, denn er fürchtet sich vor dem Blitze. Weil die Steine die Ursache der Erschaffung des Feuers waren, strafte sie Gott, daß sie seit der Zeit weder gehen noch sprechen, weder essen noch trinken können, sondern wie tot daliegen. Auf dieselbe Weise bestrafte Gott auch die Bäume, weil sie den Menschen bereitwillig Holz geliefert hatten. – So entstand das Feuer und der Blitz. (Armenisch, Bukowina und Siebenbürgen)

21 **WARUM DAS MEERWASSER SALZIG IST.** Es war einmal ein lieber, wackerer Knabe, der hatte weiter nichts auf Erden als eine blinde Großmutter und ein helles Gewissen. Als er nun aus der Schule war, wurde er Schiffsjunge und sollte seine erste Reise antreten. Da sah er, wie alle seine neuen Kameraden mit blankem Gelde spielten, und er hatte nichts, auch nicht den geringsten Mutterpfennig. Darüber war er traurig, und er klagte es der Großmutter. Sie besann sich erst ein wenig, dann humpelte sie in ihre Kammer, holte eine kleine alte Mühle heraus, schenkte sie dem Knaben und sprach: »Wenn du zu dieser Mühle sagst:

›Mühle, Mühle, mahle mir
Die und die Sachen gleich allhier!‹

so mahlt sie dir, was du begehrst; und wenn du sprichst:

›Mühle, Mühle, stehe still,
Weil ich nichts mehr haben will!‹

so hört sie auf zu mahlen. Sag aber nichts davon, sonst ist es dein Unglück!« Der Junge bedankte sich, nahm Abschied und ging aufs Schiff. Als nun wieder die Kameraden mit ihrem blanken Gelde spielten, stellte er sich mit seiner Mühle in einen düstern Winkel und sprach:

»Mühle, Mühle, mahle mir
Rote Dukaten gleich allhier!«

Da mahlte die Mühle lauter rote Dukaten, die fielen klingend in seine lederne Mütze. Und als die Mütze voll war, sprach er nur:

»Mühle, Mühle, stehe still,
Weil ich nichts mehr haben will!«

da hörte sie auf zu mahlen. Nun war er von allen Kameraden der reichste; und wenn es ihnen an Speise fehlte, indem der Schiffshauptmann sehr geizig war, sprach er nur:

»Mühle, Mühle, mahle mir
Frische Semmeln gleich allhier!«

so mahlte sie so lange, bis er das andere Wort sagte; und was er auch sonst noch begehrte, alles mahlte die kleine Mühle. Nun fragten ihn die Kameraden wohl oft, woher er die schönen Sachen bekomme; doch da er sagte, er dürfe es nicht sagen, drangen sie nicht weiter in ihn, zumal er alles ehrlich mit ihnen teilte.

Es dauerte aber nicht lange, da bekam der böse Schiffshauptmann Wind davon, und das war Wasser auf seine Mühle. Eines Abends rief er den Schiffsjungen in die Kajüte und sprach: »Hole deine Mühle und mahle mir frische Hühner!« Der Knabe ging und holte einen Korb voll frischer Hühner. Damit jedoch war der gottlose Mensch nicht zufrieden: er schlug den armen Jungen so lange, bis dieser ihm die Mühle holte und ihm sagte, was er sprechen müsse, wenn sie mahlen solle; den andern

Spruch aber, wenn sie aufhören solle, lehrte er ihn nicht, und der Schiffshauptmann dachte auch nicht daran, ihn darum zu fragen. Als der Junge gleich nachher allein auf dem Verdeck stand, ging der Hauptmann zu ihm und stieß ihn ins Meer und dachte nicht daran, wieviel Sorge und Mühe er Vater und Mutter gemacht hatte und wie die blinde Großmutter auf seine Rückkehr hoffte; daran gedachte er nicht, sondern stieß ihn ins Meer und sagte, er sei verunglückt, und meinte, damit sei alles abgetan! Hierauf ging er in seine Kajüte, und da es eben an Salz fehlte, sagte er zu der kleinen Mühle:

»Mühle, Mühle, mahle mir
Weiße Salzkörner gleich allhier!«

da mahlte sie lauter weiße Salzkörner. Als aber der Napf voll war, sprach der Schiffshauptmann: »Nun ist's genug!« Doch sie mahlte immerzu, und er mochte sagen, was er wollte, sie mahlte immerzu, bis die ganze Kajüte voll war. Da faßte er die Mühle an, um sie über Bord zu werfen, erhielt aber einen solchen Schlag, daß er wie betäubt zu Boden fiel. Und sie mahlte immerzu, bis das ganze Schiff voll war und zu sinken begann, und ist nie größere Not auf einem Schiffe gewesen. Zuletzt faßte der Schiffshauptmann sein gutes Schwert und hieb die Mühle in lauter kleine Stücke; aber siehe! aus jedem kleinen Stück wurde eine kleine Mühle, gerade wie die alte gewesen war, und alle Mühlen mahlten lauter weiße Salzkörner. Da war's bald ums Schiff geschehen: es sank unter mit Mann und Maus und allen Mühlen. Diese aber mahlen unten am Grunde noch immerzu lauter weiße Salzkörner, und wenn du ihnen nun auch den rechten Spruch zuriefest, sie stehen so tief, daß sie es nicht hören würden. Siehe, davon ist das Meerwasser so salzig. (Niedersachsen)

22 DIE GRAUPELMÜHLE. Es war einmal eine Frau, die hatte eine kleine süße Tochter und weiter nichts; und sie wohnten zusammen auf einem hohen Berge. Einst wurde die Mutter krank, und da mußte das kleine Mädchen alle Tage allein ins Holz und Beeren suchen. Als es nun einmal gar keine mehr finden konnte, setzte es sich hinter einen Busch und weinte. Da kam eine alte Frau aus dem Busch, die hatte eine lange Nase und fragte: »Was fehlt dir?« Das Mädchen klagte seine Not, und die alte Frau holte eine kleine Mühle aus dem Busch hervor und sagte: »Drehst du die Mühle links herum, so mahlt sie schönes weißes Mehl, drehst du sie rechts herum, so mahlt sie feine Graupen; legst du den kleinen Finger hier oben auf den blanken Knopf, so hört sie auf, und sagst du dies jemandem, so mahlt sie gar nicht mehr.« Damit war die alte Frau weg; das Mädchen aber lief mit der Mühle nach Haus, und nun hatten sie zu essen, soviel sie wollten. Einige Jahre nachher wurde das Mädchen krank, und die Mutter mochte beten, soviel sie wollte, es starb und ging zum lieben Gott. Nun zog ihm die Mutter das beste Kleidchen an, legte es in ein Grab und weinte und weinte. Nachher, als sie wieder hungrig wurde, drehte sie die Mühle rechts herum, und sie mahlte lauter feine Graupen. Als es genug waren, sollte die Mühle wieder aufhören; die mahlte aber immerzu. Die Mutter hielt einen Stock zwischen die Flügel; der Stock zerbrach, und die Mühle mahlte immerzu und mahlte die ganze Hütte und den ganzen Berg voll. Da lief die Mutter fort, und keiner weiß, wo sie geblieben ist; die Mühle aber mahlt noch immerzu, und wenn sie einen großen Haufen gemahlen hat, so kommt der Wind und weht es über die Erde, und dann sagen die Leute: »Es graupelt.« (Niedersachsen)

23 **Ursprung der Stürme.** Eine Riesin hatte so schöne Augen, blau von Farbe, daß Meer und Himmel darüber in Streit kamen: von diesem Streite kommen die Stürme. (Oberpfalz)

24 **Wind und Sturm.** Ein Weib namens Selamena war mit ihrem kleinen Kinde ob ihrer Schönheit so stolz geworden, daß sie sich Unserer Lieben Frau gleich achtete und sogar versuchte, gen Himmel zu fahren. In Mitte des Weges aber zwischen Himmel und Erde ward sie gestürzt und von ihrem Kinde getrennt. So schweben nun beide in der Luft. Die Mutter ruft im heulenden Sturmwinde nach ihrem Kinde, das sie nicht findet, aber in seinen wimmernden, klagenden Tönen, dem winselnden Winde, vernimmt. (Oberpfalz)

25 **Warum der Wind heult und winselt.** Ein Förster hatte einen Sohn. Dieser bekam den Dienst nicht, als der Vater starb, und ging also in die Fremde, sein Brot zu suchen. Auf dem Wege verirrt er sich in einer Wildnis; er hat nur mehr ein Stück Brot, das ißt er, nun ward er durstig und sucht nach einer Quelle. Er findet einen Fußsteig, geht ihm nach und gelangt zu einem Brunnen, aus welchem eine wunderschöne Frau Wasser schöpft. Sie bietet ihm einen Trunk, er trinkt. Sie fragt ihn, wohin er ziehe. Er antwortet: »In die Fremde, einen Dienst zu suchen.« Den kannst du bei mir haben, wenn du willst, entgegnete sie ihm. Sie war schön, und so folgte er ihr in ihr Haus am Brunnen. Bald fanden sie sich zusammen und hielten Verlobung; doch eine Bedingung mußte er zuvor eingehen, nämlich, daß er an keinem Donnerstage nach ihr frage, wenn sie zu wenig wäre. So lebten sie glücklich vierzehn Jahre lang, und

sieben Knaben hatte sie ihm geboren, als er doch neugierig wurde, welches das Geheimnis seines Weibes sei. Noch war das vierzehnte Jahr nicht um, da sah er an einem Donnerstage durch das Schlüsselloch in ihr Gemach und erblickte sie in einer Badwanne sitzen, unten in der Gestalt eines Fisches. Des anderen Tages tritt das Weib zutraulich zu ihm hin; er aber stößt sie zornig zurück: mit einem Drachen wolle er nicht leben. Da weinte sie bitterlich: hätte er nur die zweimal sieben Jahre durchgemacht, wäre sie erlöst gewesen, denn sie sei von ihrer Mutter aus verwünscht; nun müsse sie in der Luft herumfliegen bis an den jüngsten Tag. »Des Windes Heulen wird meine Stimme, das Wirbelgestäube meine Speise, meine Tränen mein Trank sein«, wehklagte sie. Da wollte er sie zurückhalten, sie aber entwich ihm und flog immer ums Haus. An jedem der sieben Fenster saß eines ihrer Kinder: zu diesen weinte sie hinein, Abschied zu nehmen, und die Kinder winselten ihrer Mutter nach und wurden von ihr nachgezogen; ihre Stimmen sind das feine klagende Winseln des Windes. (Oberpfalz)

26 **WARUM DIE SONNE MEHR KRAFT HAT ALS DER WIND.** Ich habe von einer alten Russin gehört, der Wind und die Sonne hätten einst darüber gestritten, wer von ihnen einem Mann, der des Weges kommt, den Rock ausziehen könnte.

Der Wind begann zuerst, denn er meinte, er würde den Mann aus seinem Rock herausschütteln. Er fing stark zu blasen an. Doch der Mann zog seinen Rock noch enger zusammen. Der Wind blies immer kräftiger. Der Mann suchte hinter den Sträuchern Schutz. Der Wind drückte die Äste der Sträucher sofort zu Boden. Der Mann hielt die Rockschöße fest und dachte nicht daran, den Rock auszuziehen.

Dann sagte die Sonne: »Höre jetzt auf, deine Kraft zu zeigen. Ich zeige dir, wie man dem Mann den Rock auszieht.«

Da legte sich der Wind, und die Sonne begann zu scheinen. Der Mann stand hinter dem Strauch auf und ging weiter seines Weges. Zuerst öffnete er sein Gurtband. Die Sonne schien noch wärmer. Da zog er seinen Rock aus, band ihn mit dem Gurtband zusammen, nahm ihn auf die Schulter und ging weiter.

Die Sonne sagte: »Sieh, so zieht man dem Mann den Rock aus. Du aber mit deinem stolzen Sinn und Trotz schaffst gar nichts.«

So ist auch bis auf den heutigen Tag die Kraft der Sonne größer geblieben als die des Windes. (Estland)

27 **DER TAU.** Die Tauperlen sind die Tränen der gefallenen Engel, der jüngeren nämlich und unerfahrnen, welche unwissend dem Luzifer gefolgt sind. Nun weinen sie jeden Morgen und Abend; ihre Tränen fallen als Tau zur Erde; sie dürfen nämlich vor und nach der Sonne fliegen, und sehen noch auf kurze Zeit den Glanz ihrer Tränen in der farbigen Pracht des von der Sonne beschienenen Taues, damit sie daran erinnert werden, wie auch sie einst geglänzt haben. – Am Morgen, wenn die Sonne kommt, verbergen sich die Geisterchen in den Schoß der Frauenmäntelchen und sehen da noch ihre Tränen glitzern und blitzen, bis diese auch hier von der Sonne aufgezehrt sind. Dann aber müssen sie sich in ihre Räume zurückziehen zwischen Himmel und Erde und dürfen erst wieder fliegen, wenn die Sonne untergeht. (Oberpfalz)

28 **DAS NORDLICHT.** Die Schwäne flogen um die Wette, welcher von ihnen am weitesten käme. Einige wollten nicht innehalten, bis sie das Ende der Welt erreicht hätten. Das gelang ihnen auch, aber es war dort so kalt, daß sie am Himmel festfroren. Man sieht sie noch heute dort oben, wie sie mit den Flügeln schlagen. Wir nennen es das »Nordlicht«. (Småland, Schweden)

29 **DER REGENBOGEN.** Der Regenbogen ist der Saum des Kleides Unserer Lieben Frau. Erscheinen zwei auf einmal, so hat den schwächeren der Teufel gemacht, um seine Kunst zu zeigen. (Oberpfalz)

30 **WARUM DER REGENBOGEN NUR EIN HALBKREIS IST.** Der Teufel brauchte einmal einen Zirkel, um seine Höhle zu bauen, fand aber keinen. Da ging er zu einem Engel, der Herrgotts Werkmeister, und bat sich einen Zirkel aus, um den Bogen für seine Höhle zu ziehen. Der Engel nahm den Zirkel vom Himmelsbogen und warf ihn dem Teufel hinunter. Der aber wußte nicht mit ihm umzugehen und ersuchte den Engel, ihm zu zeigen, wie er denn das Werkzeug handhaben solle. Da stellte der Engel den goldenen Zirkel auf und machte auf das Gewölk einen Halbkreis, welcher in den sieben Regenbogenfarben glänzte. »Halt«, rief der Teufel, »jetzt kann ich es schon selbst«, und griff nach dem Zirkel, um den Kreis zu vollenden. Er vermochte ihn aber nicht zu halten und nicht zu drehen. Der Zirkel fiel um und dem Teufel auf die Stirne und schlug ihm ein Horn. Seitdem hat der Teufel ein Horn und der Regenbogen nur einen halben Ring. (Oberpfalz)

31 **DIE SCHAFWÖLKCHEN.** Wenn die Wolken sich ausgeregnet haben, dann erscheint am Himmel der Regenbogen. Dessen Enden senken sich, ohne daß man es immer sieht, stets in einen Fluß, einen See oder ein Meer und ziehen Wasser an. Aus der Ferne sieht man es ganz deutlich, wie das Wasser darin zum Himmel aufsteigt. Gott hat es gar prächtig angeordnet, daß die Wolken nie lange leer bleiben, sondern sich immer wieder anfüllen.

Wie nun der Regenbogen das Wasser anzieht, das wollte sich einst in frevler Neugier ein Hirtenknabe aus der Nähe ansehen. Er weidete eine große Schafherde an einem Bergabhange und trieb sie ins Tal hinab an den Fluß. Da wurde er samt seiner Herde aufgesogen und weidet nun ewig am Himmel seine Schafe. An heiteren Frühlings- und Sommertagen kannst du ihn oft mit der Herde sehen. (Siebenbürgen)

32 **WARUM DER SCHNEE WEISS IST.** Als Unser Herr alles erschaffen hatte, Gras und Kräuter und Blumen, und ihnen die schönen Farben gegeben, in denen sie prangen, machte er zuletzt auch den Schnee und sagte zu ihm: »Die Farbe kannst du dir selbst suchen, denn du frißt ja so alles.« – Der Schnee ging also zum Gras und sagte: »Gib mir deine grüne Farbe.« Er ging zur Rose und bat um ihr rotes Kleid, dann zum Veilchen, und wieder zur Sonnenblume, denn er war eitel und wollte einen schönen Rock haben. Aber Gras und Blumen lachten ihn aus und schickten ihn seines Weges. Da setzte er sich zum Schneeglöckchen und sagte betrübt: »Wenn mir niemand eine Farbe gibt, so ergeht es mir wie dem Winde, der nur darum so bös ist, weil man ihn nicht sieht.« Da erbarmte sich das Blümchen und sprach bescheiden: »Wenn dir mein schlechtes Mäntelchen gefällt, magst du

es nehmen.« Und der Schnee nahm es und ist seitdem weiß; aber allen Blumen bleibt er feind, nur nicht dem Schneeglöckchen. (Oberpfalz)

33 **WIE PETRUS DER PÄCHTER DES HERRN WURDE.** Als Petrus noch auf Erden wandelte, bat er eines Tages den Herrn, er möge ihm ein Stück Land verpachten, das er bestellen wolle.

»Und wenn ich auch das Wetter selbst bestimmen darf, bezahle ich dir eine höhere Pacht«, sagte er.

»Es sei, wie du wünschst«, erwiderte der Herr. »Du brauchst nur zu sagen, welches Wetter du haben willst!«

Petrus wünschte sich Regen, wenn er ihn wollte, und Sonnenschein, wenn ihm danach zumute war. So geschah es, und anfangs ging alles gut. Das Gras wuchs, und die Saat keimte.

Weil aber Petrus vergessen hatte, sich auch den Wind und die Kühle zu wünschen, trieben aus der Saat zwar Halme hervor, aber Ähren bildeten sich nicht, und er selbst verschmachtete fast in der Hitze, denn nie regte sich ein kühlendes Lüftchen.

Da erkannte er, wie töricht es gewesen war, zu glauben, er würde sich mit dem Wetter besser auskennen als der Herr. Er trat vor ihn hin, warf sich auf sein Angesicht und sagte: »Ich bin ein großer Sünder und ein törichter Mensch, daß ich mich über meinen Herrn und Gott erheben wollte.«

»Hast du etwa nicht bekommen, was du begehrtest?«

»Und ob! Aber gerade das ist mein Unglück. Nun kann ich dir nicht mal die Pacht bezahlen«, sagte Petrus und raufte sich verzweifelt die Haare.

Da lächelte ihm der Herr gütig zu und sagte:

»Sei guten Mutes, mein Sohn! Die Pacht erlasse ich dir, wenn du dir nur merkst, daß deine Klugheit nicht zu allem reicht. Wenn die Menschen Wind und Wetter bestimmen könnten, würden sie die ganze Erde bald zugrunde richten.«

Petrus vergaß diese Lektion nie mehr. Und wir andern, die wir – jeder auf seine Weise – ebenfalls Pächter des Herrn auf Erden sind, sollten immer daran denken, wie es Petrus ergangen ist, als er sich über den Herrn erheben wollte. (Närke, Schweden)

ZEITEN UND RÄUME

34 **DIE MONATE.** Januar, Februar, März und April haben zusammen Karten gespielt – um die meisten Tage. Alle vier haben dreißig Tage jeder gehabt. Der Januar hat einen Tag vom Februar gewonnen. Der März hat einen Tag vom Februar gewonnen. Somit hat der Februar zwei Tage verloren und nunmehr achtundzwanzig Tag. Der April hat nix gewonnen und nix verloren. (Oberpfalz)

35 **JANUAR UND FEBRUAR.** Der Januar wollte einmal recht lieb sein und den immer über ihn brummenden Menschen eine Freude machen. Deshalb ließ er es sich einst während seiner – damals dreißigtägigen – Regierungszeit angelegen sein, einen Tag immer schöner und wärmer zu gestalten als den anderen; er hoffte sich auf diese Weise die Dankbarkeit der Menschen zu erwerben und sich wieder bei ihnen einzuschmeicheln. Aber er rechnete nicht mit der Undankbarkeit der Menschen.

Am letzten Tage dieser Regierungszeit des Januar trieb ein Schäfer seine Herde in ihre Hürden und sah daselbst auch den Januar stehen. »Nun, Herr Januar, du Einfaltspinsel! Willst du uns mit dem schönen Wetter eigentlich ärgern? Wie kannst du es wagen, die alten Gesetze und Regeln unbeachtet zu lassen? Laß es doch regnen und stürmen!«

Da lief der Januar wutschnaubend zum Februar und sprach zu ihm: »Lieber Bruder Februar, leih mir doch zwei Tage! Ich muß sie haben! Wenn ich sie nicht beide verwenden kann, gebe ich dir einen zurück! Heuer werde ich aber wohl zwei brauchen!«

Der gute Februar war gerade damit beschäftigt, sich dreißig Kutten umzuhängen, von denen er während seiner am nächsten Tage beginnenden Regierungszeit täglich allemal eine wieder ablegte. Bereitwillig übergab er zwei Kutten, und zwar die dicksten, dem Januar und sprach dazu: »Da, nimm meine stärksten Mäntel! Du kannst mit diesen so viel donnern, blitzen und regnen lassen, als du nur willst!« – »Ja, ich will die Menschen schon züchtigen!« erwiderte der Januar und schlüpfte in die beiden Kutten hinein. Er schnürte sie mit Donnerseilen zu, die einen prächtigen Gürtel abgaben, und rief dem Bruder Februar zu: »Bleib hier! Du kommst ja auch gleich an die Reihe! Denn meine Regierungszeit ist bald abgelaufen!«

Nun regierte der Januar noch zwei Tage länger. Und wie! Die Menschen und Tiere krochen in schützende Höhlen; aber viele von ihnen ertranken, da das unbändige, gurgelnde Wasser immer höher stieg. Der Schäfer, der vorher dem Januar solche Grobheiten gesagt, stand gerade am Ufer des Meeres, als er den wildtrotzigen Monat heranstürmen sah! »Jetzt entrinnst du mir nicht!« schrie ihn der Januar an. Der Schäfer rief seine Schafe zusammen und wollte mit ihnen nach einer Höhle eilen; aber zu spät! Eine Flutwelle erhob sich aus dem grollenden Meere, das sich vor Ärger grün gefärbt hatte und eine Menge Algen und Seegras auf das abschüssige Land ausspie und

Schäfer und Schafe in seine Brandung hineinzog. Dreimal spie die Brandung den Schäfer wieder aus, und dreimal leckte sie ihn wieder auf; dreimal warf sie ihn auf die scharfen Felsenklippen, dreimal leckte sie sein Blut auf! Erst dann gab sich der Januar zufrieden und ging fort, um noch andere Menschen zu züchtigen.

Seitdem hat der Januar den Schwur getan, nie mehr lieb und mild gegen die Menschheit zu sein, und er hat ihn auch gehalten. Dem Februar entleiht er manchmal zwei Tage, manchmal bloß einen Tag; aber nur selten tut er das letztere und läßt nur selten dem Februar neunundzwanzig Kutten – gewöhnlich läßt er ihm nur achtundzwanzig. (Malta)

36 WIE DER APRIL DEN MÄRZ BESUCHTE.
Es ist schon lange her, da lud einmal der März den April zu Gaste. Dieser machte seinen Wagen zurecht und fuhr fort, aber der März schickte Schnee und Frost, und so konnte der April mit dem Wagen nicht durchkommen und mußte umkehren. Im nächsten Jahr um dieselbe Zeit wollte der April es noch einmal versuchen und holte seinen Schlitten hervor, um zum März zu fahren. Aber der März machte es warm, und die Flüsse traten aus, so daß der April wieder umkehren mußte. Da begegnete er unterwegs dem Mai und klagte ihm seine Not: »Wie oft schicke ich mich an, den März zu besuchen, und nie kann ich ihn erreichen, weder zu Wagen noch zu Schlitten! Fahre ich mit dem Wagen, so wird es wieder Winter, und nehme ich den Schlitten, so kommt warmes Wetter, und es taut und regnet so stark, daß man weder mit dem Schlitten noch mit dem Wagen vorwärts kommt.« Da sagte der Mai: »Ich will dir raten, wie du es machen mußt: nimm den Wagen, den Schlitten und ein Boot, dann kannst du schon durchkommen.« Der April wartete bis

zum nächsten Jahre, dann tat er, wie der Mai ihm geraten. Er fuhr mit dem Schlitten und hatte noch einen Wagen und ein Boot darauf gepackt. Da sandte der März warmes Wetter, und der Schnee taute. Sogleich befestigte der April den Schlitten und das Boot auf dem Wagen und fuhr weiter. Nach einer Weile wurde es wieder kalt, es fror und schneite tüchtig, aber der April packte wieder alles auf den Schlitten und kam ein gut Stück weiter. Zuletzt trat Tauwetter ein, und es ergossen sich die Wasser überall, da konnte man nicht zu Schlitten und nicht zu Wagen reisen. Der April aber nahm sein Boot, packte die beiden überflüssigen Fahrzeuge hinein und gelangte so zum März. Dieser war sehr erstaunt, er hatte den April ja doch foppen wollen. »Wer hat dir denn geraten, wie man zu mir kommen muß?« fragte er ärgerlich. »Das war der Mai«, sagte der April. Da rief der März: »Na warte nur, Mai, das will ich dir eintränken!« und schickte dem Mai ein paar tüchtige Nachtfröste. Und das tut er nun jedes Jahr, weil er dem Mai noch immer zürnt. (Rußland)

37 **DER ALTWEIBERSOMMER.** Im Tal der Altmühl glaubt das Volk, die heilige Jungfrau fliege mit den 11 000 Jungfrauen in der Luft, und jede von ihnen spinne an einem goldenen Rocken, den ihr ein Engel vorhalte. So überspinnen sie Berg und Tal mit dem Liebfrauensommer. (Deutschland)

38 **DAS ABENDROT IM HERBST.** Das Abendrot, das den Himmel an schönen Herbsttagen schon spätnachmittags zum Glühen bringt, ist der Widerschein des großen Ofens über den Wolken. Der wird nun von Tag zu Tag früher angezündet, weil die Engel gerade in dieser

Zeit besonders viel zu tun haben. Sie backen da oben nämlich die Plätzchen, die die Kinder hier unten am Nikolaustag und am Weihnachtsabend zwischen Nüssen und anderen Süßigkeiten auf ihren Tellern finden. (Niederrhein)

39 **DER URSPRUNG DES WINTERS.** Zu einer Zeit gab es keinen Winter, so wie jetzt; es herrschte nur Sommer; damals gab es auch mehr Tiere, die auch stärker waren. Einem Frosch gefiel eine Maid, und er verbot ihr, das Weib eines anderen zu werden. Der Vater der Maid ging zu Gott und klagte ihm dies. Der Herr sprach zu ihm also: »Geh nach Hause und sage dem Frosche, daß er alle Tiere zur Hochzeit rufe, damit ihr die Hochzeit feiern könnt.« Der Mann folgte, der Frosch rief alle Tiere zusammen. Die ganze Ebene war voll Hochzeitsleute. Da sprach Gott zum Vater: »Öffne diese Türe da!« Es war da eine Türe, hinter der die Winde eingesperrt saßen. Als der Mann die Türe öffnete, stürzten die Winde hervor, und es begann zu schneien. Ein Teil der Tiere flüchtete in die Berge, ein anderer Teil ins Wasser; viele aber gingen zugrunde. Die in die Berge geflüchteten Tiere leben auch jetzt noch dort, die ins Wasser geflüchteten aber im Wasser. Damals gab der Herr dem Winter den Namen und sprach: »Ein halbes Jahr lang dauere der Sommer und alles vermehre sich; ein halbes Jahr lang dauere der Winter und ein Teil der Tiere gehe zugrunde, damit sie sich nicht zu sehr vermehren.« (Bulgarien)

40 **DIE ENTSTEHUNG DES SIEBENGEBIRGES.** Vor langen Zeiten, so meldet die Sage, beendete der Rhein bei Königswinter seinen Lauf und bildete dort einen breiten, tiefen See. Wenn im Frühling auf den

Bergen der Schnee schmolz und der Strom alsdann ungeheure Wassermassen mit sich führte, trat der See häufig über seine Ufer und verheerte weite Strecken Landes. Um sich gegen die Überschwemmungen zu schützen, beschlossen die bedrängten Bewohner der Gegend, dem Wasser einen Abfluß zu beschaffen. Sie gingen frisch an die Arbeit, erkannten aber bald, daß ihre schwachen Kräfte zu dem großen Werk nicht ausreichten. Darum schickten sie Boten in das Land der Riesen mit der Bitte, es möchten einige an den See kommen und versuchen, das Gebirge zu durchstechen. An Lohn sollte es ihnen nicht fehlen; denn sie würden ihnen einen Schatz geben, den sie in den Klüften des Gebirges gefunden hätten. Alsbald waren sieben gewaltige Hünen bereit und wanderten mit den Boten an den Bergsee. Jeder von ihnen trug einen mächtigen Spaten auf der Schulter, und alle sieben machten sich sofort an die Arbeit. In wenigen Tagen hatten sie eine Lücke in das Gebirge gestochen. Mächtig brausten die Wasser des Sees durch die Öffnung, und in stattlicher Breite floß der Strom dem Meere zu. Stolz schauten die sieben Riesen auf das Werk ihrer Hände. Die Bewohner der Gegend aber freuten sich, daß sie fortan vor den Überschwemmungen gesichert waren. Sie dankten ihren Helfern und brachten ihnen gerne den Lohn, den sie verheißen hatten. Die Riesen teilten den Schatz brüderlich und nahmen freundlich Abschied. Ehe sie heimwärts wanderten, klopften sie ihre Spaten ab. Das Felsgebröckel, das von den sieben Spaten herabfiel, war aber so groß, daß daraus die sieben Berge entstanden, die noch bis auf den heutigen Tag am Rheine zu sehen sind. Und wenn die sieben Hünen nicht abermals erscheinen, um sie wegzufegen, so werden sie wohl liegen bleiben bis zum Jüngsten Tage. (Rheinland)

41 **WIE EIGER, MÖNCH UND JUNGFRAU ENTSTANDEN SIND.** Auf Wengernalp lebte einst eine ganze Riesenfamilie: Vater, zwei Söhne und eine Tochter. Als der Vater noch jung und die Kinder noch klein waren, vertrugen sie sich mit den Menschen, ja, sie standen mit ihnen auf gutem Fuße. Mit zunehmendem Alter jedoch wurde der Riesenätti wunderlich und ungesittet, wollte mit niemand mehr gut Freund sein und hatte stets Lust, mit allen Leuten Streit anzufangen und mit grober Faust dreinzuschlagen. Die Kinder waren von seiner Art, wurden igelstachlig und nahmen auch gar leicht üble Launen an. Wer über die Wengernalp mußte, ward von den Bösewichtern geplagt, die selbst vor der ärgsten Missetat nicht mehr zurückschreckten.

Einmal kam ein armes, altes Manndli in schäbigen Grißhosen [zweifarbiges Sommergewand aus Hanf] über die Scheidegg und bat die reichen Riesen auf Wengernalp um einen Trunk Milch. Doch sie fuhren es hart an, sie hätten hier oben keine überflüssige Milch, ein solcher Schlufi solle Wasser saufen, wenn ihn der Durst quäle. Das Männchen aber war kein »Chlupfhans«, sondern rief ihnen zu, es möchte lieber unter einem Schopf [einem großen Stein] neben einem Wespennest als in ihrem großen Haus neben ihnen leben. Da wollten sie ihm an den Kragen. Allein sie kamen an den Unrechten, denn das alte Manndli war ein Berggeist und stärker als alle Riesen der Welt. Es tat einen fürchterlichen Schwur und verkündete mit Donnerstimme: »Hart seid ihr, und ihr sollt noch härter werden!« Siehe, da begann die Sippschaft der bösen Riesen mit einem Mal zu wachsen, hoch und immer höher! Und sie wurden zu Fels und Eis – der Vater zum Eiger, die Söhne zum weißen und schwarzen Mönch und die Tochter zur Jungfrau. (Berner Oberland)

42 **DIE INSEL HIDDENSEE.** Nordwestlich von der Insel Rügen liegt die Insel Hiddensee. Dieselbe hat in alten Zeiten mit der Insel Rügen zusammengehangen. In welcher Zeit sie davon getrennt ist, weiß kein Mensch mehr, so lange ist es schon her; aber auf welche Weise es geschehen ist, das erzählt man sich noch.

Es lebten nämlich einmal im ganz grauen Altertum auf der Insel Rügen zwei Frauen; von denen war die eine eine fromme und mildtätige, die andere aber eine böse und geizige. Nun traf es sich, daß eines Abends, da es ein gar stürmisches Wetter war, zu der bösen Frau ein alter fremder Mann kam, der sah hungrig und zerlumpt aus wie ein Bettler und war von Frost und Regen beinahe erstarrt. Einige sagen, es sei einer von den Corveyer Mönchen gewesen, denen damals die Insel Rügen gehörte. Der bat die Frau, sie möge ihm ein Nachtquartier geben in ihrem Hause und ein Stücklein Brot, damit er sich wieder trocknen könne und nicht verhungern müsse. Das geizige Weib aber wollte nichts von dem Bettler wissen, schalt ihn und jagte ihn mit bösen Worten wieder in das Unwetter hinaus.

Darauf kam der alte fremde Mann zu der frommen Frau, und als er bei dieser seine Bitte anbrachte, da nahm sie ihn gleich mildtätig auf und pflegte sein und teilte mit ihm ihren letzten Bissen Brot, denn sie war arm und hatte selbst nicht viel. Daran erlabte sich der Mann und wurde wieder stark und rüstig, und man sah, daß er seine rechte Freude hatte.

Als nun der alte Mann am anderen Morgen wieder von dannen zog, so dankte er ihr vielmals für die Wohltat, die sie ihm erzeigt, und sprach zu ihr, sie solle das auch nicht umsonst getan haben, denn das erste, was sie nun unternehmen werde, das solle ihr den ganzen Tag gelingen. Damit schied er. Die Frau aber freute sich, daß sie ein gutes Werk getan habe, und dachte der Worte des alten

Mannes nicht weiter nach, denn sie hielt ihn für einen schlichten Bettler.

Desselbigen Morgens hatte sie für eines ihrer Kinder ein Hemde zu machen. Sie ging deshalb an ihren Koffer, in welchem sie noch ein kleines Röllchen Leinewand liegen hatte, und nahm eine Elle mit, um zu messen, ob es auch noch drei Ellen wären, denn so viel hatte sie zu dem Hemde nötig. Wie sie nun aber anfing zu messen, so fand sie, daß es mehr war; denn sie hatte schon die drei Ellen abgemessen, und noch immer wollte das Röllchen nicht kleiner werden. Darüber verwunderte sie sich, und sie wollte doch sehen, wie viel Leinewand sie denn eigentlich noch hätte; sie maß deshalb weiter, nochmals drei Ellen und wiederum so viel, und die Leinewand wollte noch immer nicht zu Ende gehen. Und das Wunderbarste war, daß sie immer weiter messen mußte und gar nicht aufhören konnte, wenn sie auch gewollt hätte. So mußte sie denn stehen und messen, den ganzen Tag, und sie entsann sich nun der Worte des alten Mannes, den sie für einen Bettler gehalten hatte. Sie maß also lustig und fröhlich weiter, denn der Berg von Leinewand, den sie abmaß, wurde immer größer und größer, daß im Hause kein Platz mehr dafür war und sie zuletzt bis vor die Tür und weit in das Feld hinein messen mußte, alles von dem einen Röllchen, das in ihrem Koffer gelegen hatte. Das dauerte bis die Sonne unterging; da erst konnte sie aufhören; nun war sie aber auch eine reiche Frau.

Die Geschichte wurde bald bekannt, und auch die geizige Frau erfuhr sie. Die ärgerte sich recht boshaft in ihrem Sinne. Sie hatte aber den alten Bettler weggehen sehen und sich die Gegend gemerkt, in die er gegangen war. Der Geiz und der Neid trieben sie daher, daß sie ihm nachlief, so böses Wetter es auch war. Sie fand ihn wirklich noch auf der Insel, denn bei dem Sturme hatte ihn keiner übersetzen mögen. Sie redete ihn alsbald mit heuchlerischen Worten an, und bat ihn um Verzeihung, daß sie ihn des vorigen Abends nicht aufgenommen, und lud ihn ein, daß er für die folgende Nacht in ihrem Hause sein Quartier nehmen möge. Der alte Mann war das zufrieden und kehrte mit ihr heim; und sie pflegte sein und gab ihm vom Besten, was sie hatte. Denn sie dachte in ihrem heuchlerischen Sinne, daß er auch zu ihr sagen werde, das erste, was sie unternehme, das werde ihr den ganzen Tag gelingen, und sie wollte sich dann schon eine Arbeit aussuchen, die sie auf einmal zu der reichsten Frau in der Welt machen sollte. Der alte Mann ließ sich alles wohl gefallen, und als er am anderen Morgen wieder weiterzog, da dankte er auch ihr und sprach zu ihr, wie zu der frommen Frau, das erste, was sie nun unternehmen werde, das solle ihr den ganzen Tag gelingen.

Darüber freute das böse Weib sich gar übermäßig, und so wie der Mann fort war, hatte sie sich auch schon etwas ausgedacht, was sie nun vornehme und wodurch sie eine ganz reiche Frau werden wollte; sie wollte nämlich das Geld in ihrem Spartopfe zählen. Damit sie darin aber nicht gestört werde, sondern ruhig den ganzen Tag dabei bleiben könne, ging sie erst vor die Tür, um einem Antriebe der Natur zu genügen. Aber welch ein Wunder geschah da! So wie sie sich einmal niedergehuckt hatte, konnte sie nicht wieder aufstehen, und sie mußte den ganzen Tag fortfahren in dem, was sie begonnen hatte. Dadurch entstand ein See, der immer größer wurde, und zuletzt so groß, daß er alles Land überschwemmte, und das Stück Landes, welches jetzt die Insel Hiddensee heißt, von dem Lande Rügen abtrennte. Erst als die Sonne unterging, konnte die geizige Frau zur Ruhe kommen. – Also ist die Insel Hiddensee entstanden. (Pommern)

43 **WIE DIE GEISSEN INS HESSENLAND GEKOMMEN SIND.** Es war einmal eine Zeit, da gab es im Hessenland keine Geißen. An den Grenzen des Hessenlandes stand der Wolf und ließ keine Geißen hinein. Weil aber das Hessenland schöne saftige Weiden hatte, beratschlagten die Geißen, wie sie am besten ins Hessenland kommen könnten. Sie schickten nun zuerst ein Geißenlämmchen an die Grenze. Als es der Wolf sah, kam er herbeigelaufen und schrie es an: »Wo willst du hin?« Das Lämmchen sagte: »Ins Hessenland!« Der rauhe Wolf aber lärmte drohend: »Ich fresse dich!« Da sagte das Lämmchen ganz weinerlich: »Was willst du an mir schwachem Lämmchen fressen? Dahinten kommt meine Mutter, an der hast du mehr als an mir.« Die Antwort gefiel dem Wolf, und er ließ das Lämmchen ins Hessenland laufen. Nicht lange danach kam die alte Geiß, die auch ins Hessenland wollte. Der Wolf aber rief ihr zu: »Wo willst du hin?« – »Ins Hessenland!« sprach die alte Geiß. Nun sagte der Wolf wieder: »Ich fresse dich!« Die Geiß aber erwiderte: »Was willst du an mir alter, dürrer Geiß fressen? Dahinten her kommt mein Mann, an dem hast du einen besseren Braten als an mir!« Da ließ der Wolf auch die alte Geiß ins Hessenland laufen. Bald danach kam auch der Geißbock mit seinen großen Hörnern. Der Wolf guckte ihn ängstlich an und sprach: »Was trägst du da auf deinem Kopfe?« – »Das sind meine zwei Pistolen!« entgegnete der Bock. »Was hast du da für einen Beutel am Leibe hängen?« fragte nun der Wolf. »Das ist mein Schrotbeutel!« sagte der Bock. Dann hob er sein kurzes Schwänzchen und ließ einige schwarze Kügelchen fallen. Darauf fragte der Wolf: »Was ist denn das?« – »Das sind meine Schrotkörner!« sagte der Bock. – Das wurde dem Wolf doch zu arg, und er sprang mit großen Sätzen in den nahen Wald und machte sich auf und davon. – So kam auch der Geißbock ins Hessenland. (Hessen)

44 WIE DIE ZIEGEN IN DAS LUMDATAL GEKOMMEN SIND. Eine Frau und ein Mann haben sich immer nicht vertragen miteinander. Haben sie sich eins mit dem andern gesagt: »Mach dich aus dem Haus!« Ist die Frau fortgegangen, hat sich etwas Brot mitgenommen und ist in den Wald. Am Abend hat sie Hunger gehabt, und durstig war sie auch. Ist sie an ein Haus gekommen, hat sie geguckt. Das Haus war leer, dreckig und speckig war alles. Sie ist hinein in das Haus. Hat sie Brot gefunden und Milch. Alle Kasten waren offen. Hat sie gesehen, hat sie gedacht: »Wenn ich eß, muß ich auch arbeiten.« Am Abend war sie müd. Sie hat sich gelegt. Da war auf einmal ein Gepolter und Krachen. Ist sie ängstlich geworden und ist hinter einen Ofen. Da ist die Tür aufgegangen, und vierundzwanzig Ziegen sind hereingekommen. Sagt die eine Ziege, die sah ganz gescheit aus und hat große Hörner gehabt: »Was ist denn das, ist hier ja alles so sauber?« Da hat sich die Frau hinter dem Ofen gerührt, und die Ziege hat die Frau gesehen. Ist die Frau hervorgekrochen und hat gesagt, der Mann hätte sie fortgejagt, sie hätte keine Heimat mehr. Sagt die Ziege, sie soll dableiben und immer alles saubermachen. Das hat die Frau gemacht. Sie hat gespült und gewischt, sie hat Butter und Käse gemacht und am Abend die Ziegen gemolken. Eines Tages sagt die Ziege vor dem Ausgehen, sie darf niemand hereinlassen. Das hat die Frau befolgt. Aber eines Tages ist der Mann gekommen und hat gebittet und gebettelt, es täte ihm leid, er würde sein Unrecht einsehen, sie sollte ihn wieder annehmen. Nein, hat die Frau gesagt, daß erst die Ziegen wieder heimkommen müssen. Am Abend sind die Ziegen gekommen. Sie hat die Ziegen gefragt, ob ihr Mann dableiben darf. Als die Ziege gehört hat, daß das der Mann ist, hat sie ja gesagt. Und der Mann und die Frau haben gearbeitet, Milch und Butter gemacht, und es ist ihnen gutgegangen. Aber

eines Tages sind die Ziegen nicht heimgekommen. Die Frau hat gewartet und gewartet. Da ist sie in den Wald und hat gesucht. Da hat sie ein kleines Zicklein gefunden. Das hat sie gefragt, wo die andern sind. Da hat das Zicklein gesagt, da seien Wölfe gekommen, und die haben die Ziegen verstreut. Die eine ist halt auf Gießen, die andere halt auf Krofdorf, die andere auf Lollar. Ich meine halt, die sind halt so gelaufen. Seit der Zeit gibt es überall im Lumdatal Ziegen. (Hessen)

45 DES TEUFELS HAUS. Als die Menschen anfingen, sich Häuser zu bauen, kam der Teufel zu dem Herrn und sprach: »Alle Menschen bauen sich jetzt Häuser, und ich möchte doch so gern auch eins haben. Wirst du mir erlauben, mir eins bauen?« Der Herr antwortete: »Geh hin in den Wald, und wenn du daselbst Bäume findest, die weder gerade noch krumm, weder groß noch klein sind, so magst du sie umhauen und dir nach Gefallen daraus ein Haus verfertigen.« Der Teufel ging, aber nirgends fand er einen Baum, den er hätte nehmen dürfen; erst am Abend fand er einen einzigen, der ihm weder gerade noch krumm, weder groß noch klein zu sein schien. Ärgerlich und ermüdet trat er vor Gott und erzählte ihm von seiner vergeblichen Bemühung den ganzen Tag hindurch und bat ihn um einen andern Ausweg; denn aus diesem einen Baume könne er doch unmöglich ein Haus erbauen. Gott aber antwortete: »Du siehst, daß für dich keine Bäume gewachsen sind und daß du ohne Haus auf Erden unstet und flüchtig leben sollst allezeit!« (Schwedisch, Estland)

46 DIE LEGENDE VOM PARADIES. Gott erschuf den Menschen und setzte ihn ins Paradies. Nach einiger Zeit erschien er vor ihm und fragte: »Nun, wie

gefällt es dir hier?« – »Der Wind bläst von Norden und mir ist sehr kalt.« Gott gab ihm eine Mauer, die ihn vor den Nordwinden schützte. Einige Tage später erschien er ihm wieder und fragte: »Nun, wie gefällt es dir hier?« – »Der Wind bläst von Süden her und mir ist immer noch kalt.« Gott baute ihm noch eine Mauer. Einige Tage später erschien er ihm und stellte die gleiche Frage. »Jetzt regnet es auf mich.« Gott überwölbte die Mauern mit einem Dach, um ihn vor dem Regen zu schützen. Darauf erschien er ihm erneut: »Wie gefällt es dir jetzt?« – »Ich bin zwischen diesen vier Wänden ganz allein. Ich bin ganz traurig, weil ich so allein bin.« Da verschaffte Gott ihm eine Gefährtin. Wiederum erschien er ihm: »Ich habe nichts zu essen und kann meiner Gefährtin nichts geben.« Gott sprach zur Erde, damit sie dem Menschen zu essen gäbe. Die Erde erwiderte: »Ich gebe ihm nur dann zu essen, wenn mir der Mensch zurückgibt, was er von mir empfängt.« So geschah es, daß der Mensch dazu verurteilt wurde, seinerseits von der Erde verschlungen zu werden. (Portugal)

47 WO DAS PARADIES LAG. In der Gegend von Kleve soll das Paradies gelegen haben, in der Gegend nämlich, wo das Dorf Warbeyen liegt. Als nach dem Sündenfall Adam und Eva sich versteckt hatten, rief Gottvater: »War bey je [wo seid ihr], Adam?« Und wie die beiden ersten Menschen nun aus dem Paradies vertrieben waren, da war gleich der Teufel hinter ihnen her; der Herr sah es eine Zeit mit an, dann rief er aber: »Düffel, wart!« Da ließ der Teufel von der Verfolgung ab, und Adam und Eva blieben stehen und »keeken« [kuckten]. Die Stellen, wo das alles geschehen ist, bezeichnen jetzt die Dörfer Warbeyen, Düffelward und Keeken. (Niederrhein)

48 DIE ARCHE NOAH IN SÜDTIROL. Zu jener Zeit, da die Sintflut über die Welt hereingebrochen war, segelte die Arche Noah eines Tages von Bozen das Etschtal südwärts gegen Salurn. Bei der Klause angekommen, machte der Sturm eine plötzliche Wendung, so daß das große Boot wieder nordwärts fahren mußte. Auf einmal gab es einen heftigen Stoß und alle vermuteten, man hätte sich an einem Felsen festgefahren. Folglich sprach Vater Noah zu seinem Sohn Sem: »Sem, du bist der Mutigste von uns allen. Mache eine Dachluke auf und sieh nach, was geschehen ist!«

Sem tat wie geheißen, öffnete eine Dachluke und steckte seinen Kopf hinaus. Dabei stellte er fest, daß alles ruhig war und über dem breiten Tal schönes Wetter lag. Allerdings mußte er sich gestehen, die Arche hatte sich irgendwo festgefahren. Man stieg aus und fragte den ersten Eingeborenen, der daherkam, wie die Gegend da heiße. Dieser gab zur Antwort: »Wir Unterländer nennen die Gegend da Laschental (so heißt eine Mulde noch heute).«

Vater Noah war damit zufrieden, nickte den Kopf und rief: »Endlich klar!«

Die Eingeborenen, die Morgenländisch nicht verstanden, meinten, er habe Entiklar gesagt. Sie waren ihm dankbar und benannten die Gegend von nun ab nicht mehr Laschental sondern Entiklar (so heißt der Ort übrigens noch heute).

Während sich Vater Noah nun mit den Seinen in Entiklar erging und durch die schönen Weinberge strich, schlug das Wetter wieder um, und es gab einen trüben Himmel. Auch fing es an zu regnen, stürmen und hageln. Folglich fand es Noah besser, wieder alle Tiere und Leute in das Boot zurückzubefehlen, denn es schien ihm, die Sintflut könnte noch immer nicht zu Ende sein. Und da sich gleichzeitig von der Matrudwand ein arges Gewitter heranzog, gab der greise Kapitän Befehl, in aller Eile Tore und Luken zu schließen. Das Wasser am Talboden stieg, und gar bald begann sich die Arche zu heben. Und da der Wind gerade von Süden blies, ging die Fahrt immer noch weiter nordwärts. Es dauerte aber gar nicht lange, da erlitt die Arche wiederum einen gewaltigen Stoß. Folglich sagte Vater Noah zu seinem Sohn Japhet: »Japhet, du bist genauso mutig wie dein Bruder Sem. Also öffne das Tor, steige aus und sieh nach, was sich uns da in den Weg legt.«

Japhet öffnete das Tor, sprang aus dem Schiff und trat einem Kuhfladen direkt ins »Auge«. Gleichzeitig kamen aber Eingeborene des Wegs, und diese sagten zu Japhet, man pflege hierzulande zum Kuhfladen »Kuhtatsch« zu sagen. Also machte Japhet kehrt, bestieg die Arche und teilte seinem Vater mit, die Gegend, wo man sich nun festgefahren hat, heiße »Kuhtatsch«. Noah aber war schon reichlich alt und verstand Kurtatsch. Er gab also der Gegend den Namen Kurtatsch, und diesen Namen trägt das schöne Weindorf im Bozner Unterland noch heute.

Leider wollte es Gott, daß man sich in Kurtatsch nicht allzulange aufhalten sollte, denn noch immer schien die große Sintflut nicht gänzlich vorüber zu sein. Folglich kommandierte Noah wieder alle Tiere und Leute in das Boot zurück, und er sprach: »Wir fahren weiter!«

Wieder hob sich das Schiff, und wiederum ging es nordwärts und immer pausenlos gegen Norden. Nach längerer Zeit bekam die Arche wiederum einen mächtigen Stoß. Alles meinte, das hölzerne Gefüge müßte nun auseinanderbrechen. Doch es ging alles gut. Als alles wieder still war, horchte Noah hin, ob es noch immer regnete. Ihm kam aber vor, es müßte nun aufgehört haben. Diesmal kam nun Cham daran, der dritte Sohn Noahs, denn dieser wollte genauso zeigen wie seine Brüder, daß er auch großen Mut im Herzen besaß. Cham schob den schweren Riegel zurück, sprang ins Freie und kehrte endlich mit der Neuigkeit zurück, es sei alles trocken draußen und es scheine eine warme Sonne. Auch habe er festgestellt, es gebe hier eine Menge schöner Trauben und süßer Feigen. Vater Noah überzeugte sich, daß sich sein Sohn Cham nicht geirrt hatte, und beschloß nun, die Flucht vor dem großen Wasser endgültig aufzugeben. Also sprach er zu seinen Leuten: »Leute, wir machen jetzt Schluß mit unserer großen Fahrt. Die Sintflut ist um. Wir steigen aus und bleiben nun hier in der Gegend.«

Und seinem Sohn Cham gab er den Auftrag, die Arche irgendwo sicher festzubinden. Und er sagt' ganz kurz: »Bind's an!« Der Ausdruck gefiel den Leuten und den Einheimischen, die sich indessen eingefunden hatten, um Noah und die Seinen freudig zu empfangen. Da sie aber nur die Mundart beherrschten und nicht die Schriftsprache wie ihr großer Führer, sagten sie schlicht: »Pinzón« anstelle »Bind's an«. Und seither heißt die dortige Gegend bis auf den heutigen Tag Pinzón (das ist ein Dorf bei Montan über den Etschländer Dörfern Auer und Neumarkt).

Die ganze Geschichte ist ein eindeutiger Beweis, daß das Land Südtirol schon zur Zeit Noahs ein kleines irdisches Paradies war! (Südtirol)

Menschenwelt

49 **GOTT ERSCHAFFT DIE MENSCHEN BEIM DRITTEN VERSUCH.** Der Herr erschuf anfangs sehr hohe und starke Menschen, wie die Židove. Wenn diese fielen, so brachen sie sich die Stirne ein und konnten nicht mehr aufstehen, und wo sie hinfielen, da blieben sie liegen; sie konnten sich nicht vermehren. Als der Herr sah, daß er kein gutes Werk geschaffen, so ließ er die Židove zugrunde gehen. Dann erschuf er eine andere Art von Menschen, sie waren fußhoch, mit faustgroßem Barte. Wenn diese Menschen ihrer Arbeit nachgingen, so krochen sie auf die Sträucher, um ihre Ochsen zu suchen. Also auch diese Menschenart war nicht geeignet; selbst die Ameisen und Bienen waren für sie gefährlich, Nester bauend auf ihren Köpfen. Gott bereute auch dies sein Werk und ließ auch diese Menschen aussterben. Dann erschuf er die Menschen von mittlerer Größe. Gott erkannte, daß die Menschen muskulöser sein müssen; um sie also zu machen, so verfertigte er sie aus Kot und stellte sie in den Schatten, damit sie der Wind trockne; dann stellte er sie in die Sonne, damit sie trocknen. Zu dieser Zeit kam der Teufel dahin, damit er Gottes schönes Werk verderbe, und zum Schaden der Schöpfung Gottes durchlöcherte er mit seinem Stocke den Körper des Menschen und verkrüppelte ihn an mehreren Stellen. Als der Herr kam und sah, was der Teufel getan, und den menschlichen Körper umgeformt habe, da dachte er, daß er wenigstens das Gesicht rette, und pflückte Gras, stopfte die Löcher zu, dann schmierte er ihn noch einmal mit Kot ein, und so wurde der Mensch wieder ganz. Aus den Gräsern, mit denen Gott den menschlichen Körper zugestopft hatte, entstanden die Heilkräuter. (Bulgarien)

50 **HUND UND TEUFEL BEI DER ERSCHAFFUNG DES MENSCHEN.** Gott hatte den Leib des Menschen aus Ton gemacht und auf die Erde gelegt. Dann ging er in seine Kammer, um die Seele zu holen, und stellte unterdes den Hund als Wächter dazu. Der Teufel kam und wollte den ihm so schön erscheinenden Leib des Menschen zerstören, aber der Hund war weder durch Lockungen noch durch Drohungen hinwegzubringen, sondern fuhr bellend und beißend auf ihn los. Da ließ der Teufel eine gewaltige Kälte kommen, wodurch der Hund, der damals noch ganz kahl war, erstarrte. Da trat der Teufel näher und bespie den Leib des Menschen etliche Male, was die Ursache von allen Leiden, Sünden und Krankheiten geworden ist. Als Gott zurückkam, setzte er die Seele ein, schalt den Teufel, ließ aber die Krankheiten und Sünden in dem Menschen bleiben, da er einsah, sie seien für sein irdisches Leben notwendig. Dem Hunde aber, der sich so treu bewiesen, gab er zur Vermeidung ähnlicher Unfälle einen warmen Pelz. (Estland)

51 **WIE DER HERR DIE MENSCHEN SCHUF.** Als unser Herrgott die Welt und alles in ihr geschaffen hatte, bis auf die geflügelten Tiere und den Menschen, da suchte er die höchste Kiefer, die er finden konnte, schlug einen langen Kloben davon ab und spaltete ihn. Eines der Stücke nahm er mit nach Hause, um einen Menschen daraus zu machen. Er behaute es und arbeitete daran, bis es die Form hatte, die ihm vorschwebte. Nun lagen viele Späne auf dem Boden herum, und er mußte aufräumen. Er schob die größten Schnitze mit dem Fuß zusammen. Als er sie nach draußen befördern wollte, rief er, einer plötzlichen Eingebung folgend: »Fliegt.« Und aus den Spänen und Splittern, die er hinausschaffte, wurden

Vögel. Die einen wurden Habichte, die mit häßlicher Stimme krächzend umherflogen, wie sie es noch heute tun. Aus den anderen wurden Raben, Krähen und dergleichen.

Dann nahm er ein Messer und schnitt und schnitzte, so gut er konnte, und als das getan war, benutzte er das Messer zum Schaben und glättete das Holz. Als er fertig war, nahm er einen Besen und fegte aus. Die größeren Späne wurden zu Spatzen, die kleineren hingegen zu Wespen, Bremsen, Fliegen und Mücken.

Nun war der erste Mensch fertig, und der Herr wollte mit dem zweiten beginnen. »Aber ich kann's noch besser«, dachte er bei sich und hieb von dem zweiten Kloben noch größere Stücke ab. Aus denen wurden Waldvögel, der Auerhahn, das Birkhuhn und dergleichen. Dann nahm er wieder das Messer zur Hand, und da er inzwischen mehr Übung hatte, achtete er beim Glätten nun auch mehr auf den Wuchs und die Maserung des Holzes und fand schließlich, er habe ein Meisterwerk geschaffen. Aus den Spänen und Schnitzen, die dabei abfielen, wurden schöne Vögel – Singvögel, Schmetterlinge und Mücken.

»Ach, es sind also auch, als er die Frau gemacht hat, Mücken entstanden?«

Gewiß, du weißt doch, es gibt zwei Sorten Mücken, nicht wahr? Die einen fliegen herum und tanzen und tun weder Menschen noch Tieren etwas zuleide. Die anderen dagegen sind eine Plage für alles, was lebt, und du bist ja wohl Manns genug, zu erraten, welche Mücken von wem kommen!

Nachdem er den beiden Menschen das Leben eingeblasen hatte, dauerte es ein Weilchen, bis diejenige, die er zuletzt gemacht hatte, sich ihrer Stimme bedienen und etwas sagen konnte. Da bemerkte der Herr, daß er ihr nichts gemacht hatte, womit sie ihr Wasser lassen konnte. Noch einmal mußte er zur Axt greifen und ihr eine Kerbe machen, und daher rührt der Unterschied zwischen Männern und Frauen. Zur Erinnerung daran haben die Frauen seither ein Ungemach, das den Männern erspart bleibt. (Ångermanland, Schweden)

52 **DIE ERSCHAFFUNG VON MANN UND FRAU.** Als der Herr sich anschickte, die Menschen zu schaffen, machte er zuerst den Mann. Dazu nahm er einen Stein, umkleidete ihn mit Lehm und brachte etwas zustande, das für einen ersten Versuch recht ansehnlich war. Aber als er sich an die Erschaffung der Frau machte, wollte er besseres Material verwenden. Während der Mann schlief, nahm der Herr von ihm eine Rippe. Die Schlange lag in der Nähe und sah alles mit an. Als der Herr die Rippe neben sich legte, um die Wunde zu verschließen, schnappte die Schlange nach der Rippe und kroch rasch davon. Der Herr hinter ihr her! Der Boden war zunächst eben, doch als der Herr die Schlange fast eingeholt hatte, kamen sie an einen Steinhaufen, und die Schlange kroch hinein. Der Herr bekam sie noch gerade beim Schwanzende zu fassen, zerrte aber so heftig daran, daß es abriß. Da stand er nun mit dem Schlangenschwanz in der Hand.

»Na, wenn schon, ein Material ist wie das andere«, sagte er sich, ging nach Hause und machte die Frau. Er verlieh ihr ein gewinnendes Äußeres, aber tief in ihr steckt immer noch ein Stück vom Teufel. (Ångermanland, Schweden)

53 **WIE DER HERR DIE FRAUEN SCHUF.** Nachdem der Herr die Männer erschaffen hatte, ging er daran, die Frauen zu schaffen. Doch als das getan war, stellte er fest, daß er vergessen hatte, ihnen etwas zu machen, womit sie pinkeln konnten. Da ließ er die Män-

ner einen Graben ausheben und pflanzte mitten in den Graben eine Axt auf einer Stange. Die Axt war abgenutzt und an den Ecken schon rund. Nun hieß er die Frauen, sich niederhocken und mit einem Fuß auf jeder Seite den Graben entlangkrabbeln – verstehst du? Wenn sie über die Axt kamen, schnitt sie ihnen eine Kerbe zwischen die Beine. Aber bei den langbeinigen Frauen, die die Axt nur streiften, entstand bloß eine kleine Kerbe, bei den kurzbeinigen hingegen eine tiefe Spalte, und daher kommt es, daß die langbeinigen Frauen da ein kleines Ding haben, die mit den kurzen Beinen aber ein großes, wie es sein soll.

Bei alldem entstand natürlich ein ungeheures Blutbad, und das Blut floß den Graben entlang ins Meer, und dieses Meer nennt man bis heute das Rote Meer. (Ångermanland, Schweden)

54 DIE FORTPFLANZUNG DER MENSCHEN. Als Gott die Menschen zuerst erschaffen hatte, da versammelten sich alle Heiligen, um zu beraten, wie sich die Menschheit vermehren solle. In dieser Beratung beschlossen die Heiligen, daß Mann und Weib einander in die Augen sehen und durch diesen Blick die Kinder zur Empfängnis kommen sollen. Dann setzten sie sich zu Tisch, um zu essen; und der heilige Johannes ordnete den Tisch; er war gleichsam der Koch und trug die Speisen auf. Als sie die Suppe kosteten, sprachen sie: »Johannes, die Suppe ist ungesalzen, salze sie!« Johannes ging, nahm Salz und bewegte die Hand über der Schüssel hin und her, ließ aber kein Salz in die Suppe fallen. Die Heiligen kosteten die Suppe und sprachen: »Sie ist noch ungesalzen, Johannes!« Das Salz in der Hand haltend, griff er abermals über die Schüssel hinweg und sprach: »Seht ihr nun!« Sie kosteten die Suppe und sprachen: »Sie

ist noch ungesalzen!» Da ließ der heilige Johannes Salz in die Suppe fallen, und als sie die Heiligen kosteten, sprachen sie: »Es ist genug.« Da fragte sie der heilige Johannes: »Warum blieb die Suppe zum ersten- und zum zweitenmal ungesalzen, obwohl ich mit der Hand über die Schüssel hinwegfuhr?« – »Weil du mit der Hand nur darüber hinweggefahren bist, aber kein Salz hineinfallen ließest«, antworteten die Heiligen. – »Wie kann also ein Kind vom Blick zur Empfängnis kommen?« fragte der heilige Johannes; und die Heiligen antworteten: »Du hast einen goldenen Mund, Johannes!« Da beschlossen die Heiligen, daß die Menschen heiraten sollen und also fruchtbar werden, den Mund des heiligen Johannes aber vergoldeten sie; also ward er der »goldmundige« heilige Johannes. (Bulgarien)

55 **HERKUNFT DER KINDER.** Die ungeheuren Granitblöcke, welche an der Küste von Jasmund verstreut liegen, werden von den Bewohnern des Dorfes Saßnitz »Schwansteine« genannt. In ihnen verschlossen liegen die kleinen Kinder, »Schwanskinder« geheißen. Fragt ein Kind: »Mudder! Wo kümmt dat lütte Schwanskind her?« – so heißt es: »Aus dem Schwanstein, der wird mit einem Schlüssel aufgeschlossen und ein Schwanskind herausgeholt.«

Häufiger wie die Schwansteine sind »Adeborsteine«. Ein solcher Adeborstein liegt bei Wieck auf Wittow in der Ostsee hart am Strande. Auf diesem Felsblock trocknet der »Adebar« die kleinen Kinder, wenn er sie aus der Ostsee geholt hat, bevor er sie den Müttern ins Haus bringt. Letztere weisen den Felsblock gerne den Kleinen und erzählen ihnen dabei, wie auch sie einst darauf von dem Storch zum Trocknen niedergelegt seien. (Pommern)

56 **WARUM DER NEUGEBORENE MENSCH NICHT LAUFEN KANN.** Als der Herrgott schon alle Tiere geschaffen hatte, da erschuf er endlich Adam und Eva, und am letzten Tage rief er sie alle zusammen in die Mitte des Paradieses. Denn seht, das wollte er, daß jeder seine Nahrung selbst suchen könnte, sobald er geboren wäre. Dann sprach er zum Pferde: »Laß dein Füllen los, auf daß es laufe!« Das Pferd tat also, ließ sein Füllen los, und es lief sogleich auf die Wiese, Gras zu fressen. Darauf sprach der Herrgott zur Henne: »Laß dein Küchlein los, auf daß es scharren gehe!« Die Henne tat also, das Küchlein lief sogleich auf den Misthaufen und scharrte. Seitdem ist es dort am allerliebsten und scharrt, wo es reines Korn findet.

Zuletzt sprach der Herrgott zu Eva: »Nun, Eva, laß auch du dein Kind los, auf daß es ein wenig umherspaziere!«

»Wie könnte ich es schon loslassen, mein Herr und Schöpfer? Wahrlich, ich lasse es nicht los, denn wenn es fällt, bricht es das Bein!«

»Laß es nur los, wenn ich es dir sage! Fürchte nichts; kein Schade wird ihm geschehen!«

Aber da Eva, wie die Frauen pflegen, gerne widersprach, so entgegnete sie dem Herrgott: »Ich, mein lieber Herr und Schöpfer, ich werde es nun und nimmermehr schon jetzt loslassen. Seine Knochen sind noch schwach; es kann noch nicht gehen.«

Darob ergrimmte der Herrgott und sprach zu Eva: »Nun, wenn du es nicht niedersetzt, so sollst du es ein Jahr lang auf deinem Arm herumschleppen, und auch wenn das Jahr vorüber ist, soll es immer noch mehr fallen als alle die anderen.«

Darum ist es seitdem so, daß alle Tiere gleich ihre Nahrung suchen können; der Mensch ist aber noch nach einem Jahr so ungeschickt wie ein neugeborenes Fohlen. (Ungarn)

57 **WARUM DIE HAARE DORT WACHSEN, WO SIE ES TUN.** A – Als der Herr die ersten Menschen geschaffen hatte, gab er jedem einen Pinsel, damit sie sich dort bemalten, wo sie Haare haben wollten. Der Mann überlegte nicht lange und bemalte sich überall ein bißchen, die Frau aber war schon eine Frau und ging mit Vorsicht zu Werke. Sie hatte sich eben erst das Kopfhaar und die Augenbrauen gemalt, als Luzifer kam und die beiden erblickte. Da er immer Böses im Schilde führte, zauberte er Bremsen herbei, die die beiden überall stachen und bissen. Die Frau schlug die Hände vor ihr Kostbarstes und ließ sie dort, während der Mann nach den Bremsen schlug, sobald sie sich irgendwo auf ihm niederließen. Sie hatten aber noch beide ihre Pinsel in der Hand und bekleckssten sich damit. So kommt es, daß die Frau Haar an einer Stelle hat, wo keines sein sollte, und der Mann fast überall. Und weil die Frau keine Zeit hatte, sich einen Bart zu malen, blieb sie ohne. (Ångermanland, Schweden)

✦

B – Nach dem Sündenfall malte der Herr um die Geschlechtsteile von Mann und Frau Haare und sagte zu ihnen:

»Dieses Haar soll von nun an euer Feigenblatt sein! Und dies sollst du deine Nachkommen lehren«, sagte er zu der Frau, »daß sie bis zu dem Tag, an dem hier Haare wachsen, zusammensein dürfen, hernach aber sich nicht mehr voreinander zeigen sollen.«

Seit diesem Tag wissen die Mädchen, daß es, wenn ihnen dort Haare sprießen, so ist, als würde jemand zu ihnen sagen: »Nun dürft ihr nicht mehr nackt herumlaufen und zusammen baden.« (Ångermanland, Schweden)

58 **WIE DEM HEILIGEN PETRUS DIE HAARE AUSGERUPFT WURDEN.** Einstmals, als der Herrgott noch mit dem heiligen Petrus und dem heiligen Paulus auf der Erde wandelte, kamen sie zu einem Bauernhaus, wo gerade eine Hochzeit war. Der heilige Petrus hatte sich in den Kopf gesetzt, in dem Hause zu übernachten.

Der Herrgott sagt:

»Das geht schlecht aus! Die Hochzeitsleute sind betrunken, sie lassen uns nicht in Ruhe!«

Der heilige Petrus – nein! Hier wird es lustig sein mit Musik. Und sie legten sich nieder, nachdem man ihnen in der Kammer ein Bett bereitet hatte. Der Herrgott hatte sich in die Mitte gelegt, der heilige Paulus an die Wand, aber der heilige Petrus ganz nach vorn, damit er die Musik besser hören könnte.

Da kamen die Hochzeitsleute in die Kammer und fingen an, Petrus die Haare auszurupfen. Der heilige Petrus sagt dem Herrgott nichts vom Haareausrupfen, sondern fing an zu klagen, daß ihm kalt geworden wäre, er möchte gern in der Mitte liegen. Der Herrgott überließ ihm seinen Platz.

Da kommen die Hochzeitsleute wieder in die Kammer und sprechen leise:

»Erst haben wir den Vorderen gerupft, jetzt wollen wir den in der Mitte rupfen!«

Und wieder fingen sie an, den heiligen Petrus zu rupfen. Der heilige Petrus sagte dem heiligen Paulus nichts vom Rupfen, doch fing er an zu klagen, daß ihm in der Mitte so heiß wäre, und er solle ihn doch an der Wand liegen lassen. Der heilige Paulus überließ ihm den Platz.

Und wieder kamen die Hochzeitsleute in die Kammer und sprachen leise miteinander:

»Den Vorderen hier und den Mittleren haben wir schon gerupft, jetzt wollen wir den an der Wand rupfen!«

Und wieder nahmen sie sich den heiligen Petrus vor und rauften ihm alle Haare aus.

Deshalb ist auf den Bildern dem heiligen Petrus nur auf der Stirn ein Büschel Haare gemalt. (Litauen)

59 WARUM DIE MÄNNER GLATZEN HABEN. Der Petrus und der liebe Gott sind miteinander gewandert. Da sind sie schon ein großes Stück gegangen und da hatten sie Hunger.

Der Petrus hat gesagt zum lieben Gott:

»Also jetzt kann ich nimmer weitergehen, ich habe Hunger.« Sagt der liebe Gott:

»Also gehst hinein zu der Bäuerin und verlangst etwas! Bestimmt gibt sie dir etwas!«

Jetzt ist er hineingegangen, der Petrus, jetzt hat sie gerade Berliner Krapfen gebacken.

Jetzt sagt der Petrus: Also, ob sie halt nicht möchte so gut sein, sie haben großen Hunger, er hat auch noch einen Kameraden draußen, daß sie ihnen etwas gibt. Jetzt hat sie ihnen drei Krapfen gegeben, dem Petrus. Jetzt wie er sie so hat und geht hinaus, denkt er:

»Wie soll ich jetzt die verteilen, die drei Krapfen? Es wäre am besten, ich tu den einen weg und den anderen gebe ich ihm, dem lieben Gott, und einen esse ich. Und den anderen, den werde ich dann schon essen, wenn er nicht herschaut.«

Jetzt ist er hinausgegangen, jetzt hat er zum lieben Gott gesagt:

»Ich habe nur zwei Krapfen gekriegt, also dir einen und mir einen!«

Sagt der liebe Gott:

»Also es ist in Ordnung. Aber ich meine halt, bevor wir essen, wollen wir beten, und wir nehmen den Hut ab und jeder betet!«

Und der Petrus nimmt seinen Hut – jetzt hat er doch den Krapfen unterm Hut! Jetzt nimmt er den Hut herunter, jetzt denkt er: »Bestimmt fällt jetzt der Krapfen herunter!«

Aber der Krapfen ist nicht heruntergefallen, er hat eine große Glatze unterm Hut statt dem Krapfen!

Und seit der Zeit haben die Männer Glatzen. Also da war nichts mehr zu helfen. (Jugoslawische Baranya)

60 **WARUM DER DICKE ZEH SO DICK UND DIE ANDEREN SO MAGER SIND.** Weißt du, warum diese Zehe hier so fett ist und die anderen so mager aussehen? Ich will dir die Geschichte erzählen: Diese [die kleine Zehe] ist einmal in den Wald gegangen, diese hat einen Hasen gefangen, diese hat ihn nach Hause gebracht, diese hat ihn gebraten, und dieser dicke, garstige Buta hat ihn ganz allein gegessen. War das schön? Gewiß nicht. Darum können ihn die anderen bis auf den heutigen Tag nicht recht leiden. (Deutsch, Siebenbürgen)

61 **WARUM DIE NASE EINES HUNDES UND DER ELLBOGEN EINER FRAU IMMER KALT SIND.** In der Zeit der Sintflut bekam die Arche ein kleines Leck, und Noah, der vergessen hatte, Zimmermannswerkzeug an Bord zu bringen, war am Ende seiner Weisheit und wußte nicht was tun. Sein treuer Hund war ihm zu der Stelle gefolgt, an der das Leck war, und stand da und sah zu, wie das Wasser hereinströmte. In seiner Not ergriff Noah den Hund und stopfte seine Nase in das Leck.

Das hielt das Wasser auf, aber nach kurzem erkannte Noah, daß der Hund sterben müßte, wenn er noch länger in dieser Stellung bliebe. Inzwischen war Noahs Frau dazugekommen und stand neben ihm und beobachtete, was da vor sich ging. Da ließ Noah den Hund frei, nahm seine Frau am Arm und stopfte ihren Ellbogen in das Loch.

So wurde die Gefahr abgewendet, aber die Nase eines Hundes und der Ellbogen einer Frau werden immer kalt sein, solange die Welt besteht. (Berkshire, England)

62 WARUM DIE FRAUEN KRATZEN UND BEISSEN. Der Herr hat die Sintflut kommen lassen. Und Noah ist in seine Arche gegangen. Da hat er gesehen, er hat seine Frau vergessen. Er ist zum Herrgott gegangen und hat lamentiert, er möcht' eine neue Frau haben.

Da ist der Herrgott hergegangen und hat eine Katze genommen und hat sie auseinandergezogen. Da ist eine neue Frau daraus geworden. Und der Noah hat keine Freude gehabt, denn seit der Zeit kratzen und beißen die Frauen. (Oberpfalz)

63 WOHER KOMMEN DIE BUCKLIGEN? Der Herrgott hat wieder einmal Menschen geschaffen. Da ist er hergegangen und hat einem die Seele eingehaucht. Und da hat der gemeint, er ist fertig. Der Mensch ist schnell aufgesprungen und ist fortgerannt. Aber der Herrgott hat noch einen Batzen Lehm in der Hand gehabt. Er hat gerufen: »Halt, du bleibst!« Aber der Mensch hat nicht gehört und ist weitergerannt. Da hat ihm der Herrgott den Batzen Lehm nachgeschmissen und hat ihn hinten zwischen die Schultern getroffen. Seit der Zeit gibt's Bucklige. (Oberpfalz)

64 DER ADAMSAPFEL. Lange bevor unser Herrgott die Menschen erschaffen hat, empörte sich der Teufel gegen ihn, denn er war so hochfahrend, daß er selbst die Welt beherrschen wollte. Gott der Herr ließ sich aber den Übermut des Teufels nicht gefallen und bannte ihn mit seinen Anhängern tief in das Innere der Erde hinein. Dort saß er nun und sann Tag und Nacht, wie er wieder herauskommen könne an das liebe Sonnenlicht. Überall hatte er Wächter ausgestellt, die mußten Obacht geben, ob sich nicht irgendwo etwas Verdächtiges zeige. Da kam einmal ein Teufel gesprungen und sprach zu seinem Herrn: »Heute nacht ist eine Wurzel durch die Decke unseres Reiches gedrungen!« Als der Oberste der Teufel das hörte, ward er über die Maßen froh und verwandelte sich in eine Schlange und schlängelte sich an der Wurzel entlang nach der Oberwelt zu.

Nachdem er geraume Zeit geklettert war, rief eine Stimme: »Halt!« Das war ein Diener des Todes, dem unser Herrgott sein Reich über dem des Teufels angewiesen hat, und der wollte nicht leiden, daß jemand sein Gebiet durchstreife. »Rufe mir deinen Herrn!« bat der Teufel, und als der Tod kam, sagte er zu ihm: »Was willst du hier alleine in dem weiten, weiten Reich? Erlaubst du mir aber, daß ich meine Reise vollenden kann, so schwöre ich dir zu, daß du in tausend Jahren Untertanen die Hülle und Fülle besitzest.« Der Tod bekam ganz blanke Augen, als er die Worte des Teufels vernahm; denn was nützte ihm sein großes Reich ohne Untertanen, und er erlaubte dem Teufel den Durchgang durch sein Gebiet. Der kroch in der Schlangengestalt immer höher und höher an der Wurzel hinauf, bis er endlich die Oberfläche der Erde und den Stamm erreichte, zu dem die Wurzel gehörte. Das war aber kein anderer, als der Baum der Erkenntnis des Guten und Bösen, der mitten im Paradiese stand. Auf den kletterte die Schlange hinauf und wand sich um den untersten Ast herum und schaute die Herrlichkeit an, die der Herrgott geschaffen hatte, um sich ein Reich auf Erden zu gründen.

Nicht weit von ihm ab lagen unter dem Baume im Grase Adam und Eva, das erste Menschenpaar. Sobald das Weib die Schlange erblickte in der schillernden Haut und mit den funkelnden, blitzenden Augen und der langen Zunge, ward sie neugierig und fragte ihren Mann, welch seltsames Tier das wäre. Als der Teufel merkte, wie neugierig das Weib sei, beschloß er, seine List an ihr zu versuchen. Nachdem der Mann fortgegangen war, tat er darum den Mund auf und sprach mit lockender Stimme: »Willst du nicht von den Äpfeln dieses Baumes essen?« Das Weib aber wollte nicht, denn der Herrgott hatte es verboten; der Teufel aber wußte so schöne Worte zu machen und pries den Geschmack und die Süße der Äpfel so sehr, bis das Weib des Verbotes vergaß und einen Apfel ergriff, ihn losbrach und aß. Da fiel es ihr schwer auf die Seele, daß sie sich versündigt habe, und damit sie nicht allein verstoßen würde, rief sie ihren Mann herbei und bat ihn, auch von den Früchten zu kosten. Adam wurde jedoch sehr zornig und verwies der Eva den Ungehorsam gegen des Herrgotts Gebot. Das bekümmerte sie nur um so mehr, und weil sie durchaus nicht alleine aus dem Paradiese vertrieben werden wollte, nahm sie einen Apfel von dem Baume der Erkenntnis und steckte ihn ihrem Manne mit Gewalt in den Mund, daß er ihn herabschlucken mußte. Aber auf halbem Wege blieb er stecken, und noch heute tragen darum alle Menschenkinder den Adamsapfel an der Gurgel und werden ihn tragen, so lange es Menschen auf Erden gibt.

Der Teufel hatte auf diese Weise sein Spiel gewonnen, die Menschen mußten aus dem schönen Garten heraus und verfielen in Krankheiten und Leiden und starben und kamen dadurch als seine Untertanen in das Reich des

Todes hinab. Und ehe tausend Jahre verstrichen waren, war das Versprechen, das der Teufel dem Tode gegeben hatte, in Erfüllung gegangen. Das Paradies aber nahm der Herrgott von der Erde herab und versetzte es auf den Morgenstern, und da ist es bis auf den heutigen Tag. (Pommern)

65 **DIE LEBENSZEIT.** Als Gott die Welt geschaffen hatte und allen Kreaturen ihre Lebenszeit bestimmen wollte, kam der Esel und fragte: »Herr, wie lange soll ich leben?« – »Dreißig Jahre«, antwortete Gott, »ist dir das recht?« – »Ach Herr«, erwiderte der Esel, »das ist eine lange Zeit. Bedenke mein mühseliges Dasein: von Morgen bis in die Nacht schwere Lasten tragen, Kornsäcke in die Mühle schleppen, damit andere das Brot essen, mit nichts als mit Schlägen und Fußtritten ermuntert und aufgefrischt zu werden! Erlaß mir einen Teil der langen Zeit.« Da erbarmte sich Gott und schenkte [erließ] ihm achtzehn Jahre. Der Esel ging getröstet weg, und der Hund erschien. »Wie lange willst du leben?« sprach Gott zu ihm. »Dem Esel sind dreißig Jahre zuviel, du aber wirst damit zufrieden sein.« – »Herr«, antwortete der Hund, »ist das dein Wille? Bedenke, was ich laufen muß, das halten meine Füße so lange nicht aus; und habe ich erst die Stimme zum Bellen verloren und die Zähne zum Beißen, was bleibt mir übrig, als aus einer Ecke in die andere zu laufen und zu knurren?« Gott sah, daß er recht hatte, und erließ ihm zwölf Jahre. Darauf kam der Affe. »Du willst wohl gerne dreißig Jahre leben?« sprach der Herr zu ihm. »Du brauchst nicht zu arbeiten wie der Esel und der Hund und bist immer guter Dinge.« – »Ach Herr«, antwortete er, »das sieht so aus, ist aber anders. Wenn's Hirsenbrei regnet, habe ich keinen Löffel. Ich soll immer lustige Streiche machen, Gesichter schneiden,

damit die Leute lachen, und wenn sie mir einen Apfel reichen und ich beiße hinein, so ist er sauer. Wie oft steckt die Traurigkeit hinter dem Spaß! Dreißig Jahre halte ich das nicht aus.« Gott war gnädig und schenkte ihm zehn Jahre.

Endlich erschien der Mensch, war freudig, gesund und frisch und bat Gott, ihm seine Zeit zu bestimmen. »Dreißig Jahre sollst du leben«, sprach der Herr, »ist dir das genug?« – »Welch eine kurze Zeit!« rief der Mensch, »wenn ich mein Haus gebaut habe, und das Feuer auf meinem eigenen Herde brennt: wenn ich Bäume gepflanzt habe, die blühen und Früchte tragen, und ich meines Lebens froh zu werden gedenke, so soll ich sterben! O Herr, verlängere meine Zeit.« – »Ich will dir die achtzehn Jahre des Esels zulegen«, sagte Gott. »Das ist nicht genug«, erwiderte der Mensch. »Du sollst auch die zwölf Jahre des Hundes haben.« – »Immer noch zu wenig.« – »Wohlan«, sagte Gott, »ich will dir noch die zehn Jahre des Affen geben, aber mehr erhältst du nicht.« Der Mensch ging fort, war aber nicht zufriedengestellt.

Also lebt der Mensch siebenzig Jahr. Die ersten dreißig sind seine menschlichen Jahre, die gehen schnell dahin; da ist er gesund, heiter, arbeitet mit Lust und freut sich seines Daseins. Hierauf folgen die achtzehn Jahre des Esels, da wird ihm eine Last nach der andern aufgelegt: er muß das Korn tragen, das andere nährt, und Schläge und Tritte sind der Lohn seiner treuen Dienste. Dann kommen die zwölf Jahre des Hundes, da liegt er in den Ecken, knurrt und hat keine Zähne mehr zum Beißen. Und wenn diese Zeit vorüber ist, so machen die zehn Jahre des Affen den Beschluß. Da ist der Mensch schwachköpfig und närrisch, treibt alberne Dinge und wird ein Spott der Kinder. (Deutschland)

66 **WARUM DER TOD SO MAGER IST.** Es lebte einmal ein Schmied, den hießen sie den »Schmied von Rumpelbach« – das war so ein Graben. Als er alt wurde, dachte er: »Jetzt gehe ich einmal auf Wanderschaft. Er nahm sich einen Buckelsack, gab Brot hinein und zog aus. Als er eine Strecke gegangen war, begegnete ihm ein armer Mann, der bettelte ihn an, weil er furchtbar hungerte und nichts hatte. »Ja, mein Gott«, sagte der Schmied von Rumpelbach, »ich habe auch nichts; ich kann dir nichts geben.« So gingen sie wieder voneinander.

Nach kurzer Zeit fiel dem Schmied jedoch ein, daß er noch Brot bei sich habe. Er drehte sich um und schrie: »He, du! Geh her, ich habe noch Brot! Wenn du es willst, gebe ich es dir!« – »Ja, ja«, antwortete der Greis, »ich möchte es wohl und bitte gar schön darum!« Dann gingen sie wieder aufeinander zu, und der Schmied gab dem Armen sein Brot. Der aber sagte: »Weil du so freigebig warst, darfst du dir jetzt etwas wünschen: entweder eine Karte, die immer gewinnt, oder einen Vogel, der immer singt oder einen Tornister. Wenn du jemanden da hineinwünschst, brauchst du nur sagen: ›Marsch in meinen Tornister‹ und hast ihn schon drinnen!« – »Da nehme ich mir den Tornister«, sagte der Schmied sogleich.

Der Alte gab ihm den Ranzen und sagte ihm noch, wie er damit umgehen müsse, dann reiste der Schmied weiter.

Als er so ging, sah er einen Hasen laufen und dachte, jetzt könne er es gleich versuchen. »Marsch in meinen Tornister«, rief er und hatte schon den Hasen darinnen.

Das gefiel ihm gut, und fröhlich reiste er weiter. Gegen Abend kam er in einen Ort, wo schwarze Fahnen an dem Hause hingen. Er fragte an, ob er hier über Nacht bleiben könne. »Ja«, sagten sie, »du kannst schon hier bleiben, es hält aber niemand über Nacht in dem Zimmer aus, alle sind noch verschwunden, die darin schlafen wollten.« –

»Das macht mir nichts«, antwortete der Schmied, »ich bleibe schon da!«

Der Meister blieb wach und wartete, was kommen werde. Um Mitternacht erschien ein Teufel und wollte den Meister mitnehmen, der aber rief: »Marsch in meinen Tornister«, und schon steckte der Schwarze drinnen. Der Schmied warf den Ranzen unter das Bett und schlief dann bis in den Morgen hinein. Seine Gastgeber waren nicht wenig erstaunt, als sie ihn wohlauf fanden, und ließen ihn gern noch länger hier verweilen.

In der nächsten Nacht kam wieder ein Teufel und wollte ihn holen. »Mein Lieber, das geht nicht so schnell«, sprach der Meister, »marsch in meinen Tornister!« Nun hatte er schon zwei gefangen, als aber in der dritten Nacht noch einer dazu kam, wurde es dem Teufel in der Hölle schon zu dumm, weil keiner seiner Gesellen zurückkehrte. Er ging selber nachsehen und mußte in den Tornister, der schon ganz vollgestopft war. Da jammerte und bat er, der Schmied möge ihn auslassen. »Ja, ich lasse euch schon frei«, sagte der Meister, »aber du mußt mir versprechen, daß keiner von euch wieder hierherkommt und das Schloß Ruhe hat!« – »Nein, nein, es kommt keiner mehr«, rief der Teufel, und der Schmied entließ sie.

Jetzt dachte der Schmied, er müsse doch auch die Hölle aufsuchen, damit er wisse, wo die ist. Er nahm seinen Hammer auf die Schulter und wanderte viele Wochen lang, bis er endlich zu einem eisernen Tore kam. Sogleich klopfte er mit dem Hammer fest an. »Wer ist draußen«, riefen die Teufel. »Ho, der Schmied von Rumpelbach!« – »Nein, nein«, schrien sie drinnen, »den lassen wir nicht ein! Der stellt uns alles auf den Kopf!« Sie hielten das Tor so fest zu, daß ihre Krallen durchdrangen. Rasch nahm der Schmied seinen Hammer und schlug die Krallen um, und wenn sie nicht losgekommen sind, hängen die Teufel heute noch am Höllentore.

Nun wanderte der Meister wieder nach Hause. Er wurde krank und schwach, so daß er sich zu Bett legen mußte, und der Tod in seine Stube eintrat. »Geh Alte, gib mir den Tornister ein wenig hervor«, sagte der Schmied zu seiner Frau.

Die holte den Ranzen unter dem Bett heraus, der Meister aber sprach: »Marsch in meinen Tornister«, und hatte den Tod eingefangen.

Der saß nun lange eingesperrt, und kein Mensch starb. Einmal trafen Petrus und der Teufel zusammen. »Ich weiß nicht«, sprach der Teufel, »alle Leute kommen jetzt in den Himmel, wir kriegen niemanden mehr in die Hölle!« – »Ja«, antwortete Petrus, »zu uns kommt auch schon lange Jahre niemand mehr!« Nun fiel ihm ein, daß er dem Schmiede einen Tornister gegeben habe und daß der darin vielleicht den Tod gefangenhielt. Er suchte daher den Meister auf und verlangte, daß er den Tod freilasse. Der Schmied mußte gehorchen, aber seit dieser Zeit ist der Tod so mager. (Oberösterreich)

67 **WESHALB DIE MENSCHEN IHREN TODESTAG NICHT WISSEN.** Früher, als der liebe Gott in menschlicher Gestalt auf Erden wandelte, wußten die Menschen auch die Zukunft, ja sogar den Tag und die Stunde ihres Todes. Einmal traf der liebe Gott einen Mann, der um seinen Garten einen Zaun von Beifuß machte. »Was machst du da?« fragte der liebe Gott. »Einen Zaun, damit das Vieh den Garten nicht verwüstet«, antwortete der Mann.

Der liebe Gott lachte und sagte: »Der Zaun wird nicht lange halten, und deine Arbeit hat keinen Zweck.« – »So lange wie ich lebe«, sagte der Mann, »wird er wohl halten; denn morgen früh um 6 Uhr muß ich sterben, und länger braucht der Zaun auch nicht zu halten.« – »Wenn dem so ist«, sagte Gott, »daß jeder nur für sich sorgt, so soll von jetzt an niemand mehr die Zeit und Stunde seines Todes wissen.« (Pommern)

ALLTAG, ARBEIT, LUSTBARKEITEN

68 **WIE DER UNDANK AUFKAM.** Unser lieber Herrgott und der Teufel gingen einmal miteinander über Feld. Da begegnete ihnen ein Mann und grüßte höflich. Der liebe Gott erwiderte den Gruß und zog seinen Hut, aber der Teufel behielt die Hände in der Tasche und steckte die Zunge aus. Da machte der liebe Gott ihm Vorwürfe wegen seiner Unart und fragte, warum er nicht auch seinen Hut abgenommen habe. Der Teufel antwortete, der Gruß habe ihm doch nicht gegolten, sondern dem lieben Gott; wenn er allein ginge, nehme kein Mensch vor ihm den Hut ab, und die Leute schimpften obendrein noch hinter ihm her. Da stellte der liebe Gott dem Teufel vor, wie das alles nur davon herkäme, weil er immer so böse sei und nur Böses täte; er sollte nur einmal was Gutes tun, so würde es anders sein, meinte der liebe Gott und hat eine lange Predigt gehalten. »Höre«, sagte der Teufel, als der liebe Gott fertig war, »tät ich einmal was Gutes, so hättest du doch den Dank; und tätest du was Schlechtes, würde ich die Schuld haben.« Der liebe Gott wollte das nicht glauben. »Nun«, sagte der Teufel, »so stoß nur die Kuh da in den Graben; dann wollen wir sehen.« Der liebe Gott stieß die Kuh hinein, die grasend am Wege ging und einem armen Mann gehörte. Darauf setzten sich die beiden, um zu sehen, wie's abliefe, auf einen Hügel in der Nähe. Nicht lange, so kam der arme Mann und fand seine Kuh im Graben. »Wat far'n Düwel hätt mi dat daan?« rief er aus und lief nach dem Dorfe

zu, um Leute zu holen. Der Teufel aber fragte den lieben Gott: »Wer hat denn nun die Schuld bekommen?« und ging darauf hin und brachte die Kuh wieder auf die Beine, so daß sie wieder ruhig grasend am Wege ging, als der Mann mit Helfern kam. »Nu, Gott sei gedankt«, rief er aus, »dat't so gaen is.« – »Hörst du wohl«, sagte der Teufel, »wer hat nun den Dank?« (Norddeutschland)

69 **VON DER NOT IN DER WELT.** Es war einmal ein altes Weib – die Not. Sie wohnte in einer kleinen Hütte. Vor dem Fenster der Hütte wuchs ein großer Apfelbaum, der trug jahraus, jahrein viele Früchte. Aber sie hatte nichts davon, denn die Dorfjungen, diese Schelme, rissen die Äpfel ab und aßen sie auf, noch bevor sie reif waren. Die Greisin konnte nichts dagegen tun, denn sie war alt und lahm obendrein.

Einmal ging Christus mit dem heiligen Petrus bettelnd über die Erde. Die beiden kamen zu dem alten Weib und baten es um eine milde Gabe. Die Greisin antwortete:

»Ich hab nichts, was ich euch geben könnte! Doch wartet, die Kinder haben ein paar Äpfel übriggelassen, hier nehmt sie.«

Die beiden fragten: »Was willst du dafür, Alte?«

»Was sollte ich schon wollen! Und doch – ich möchte, daß jeder, der auf den Apfelbaum kriecht, erst dann wieder herab darf, wenn ich es ihm erlaube.«

Im Jahr darauf trug der Apfelbaum wieder viele Früchte. Die Blüten waren noch nicht lange abgefallen, da kamen die Kinder gelaufen und füllten sich Hemd und Mieder mit Äpfeln. Diesmal aber schaute das alte Weib zum Fenster hinaus und lachte: hahaha. Als die Kinder herunter wollten, konnten sie nicht. Da begannen sie zu schreien und die Alte zu bitten, sie solle sie vom Baum herunter und nach Hause lassen.

Die Alte sagte:

»Wenn ihr mir nie mehr in die Äpfel geht, lasse ich euch laufen.«

»Nein, nein, Mütterchen«, schrien die Kinder.

»Dann geht.«

Die Kinder wußten später nicht, wie sie vom Baum heruntergekommen waren, ob mit den Beinen oder dem Kopf zuerst.

Nun gut. Eines Tages aber kam der Tod, das alte Weib zu holen.

»Not, du bist alt geworden, mach dich auf und komm mit.« Das alte Weib begann zu bitten:

»Einen Wunsch hätt ich noch.«

»Welchen?«

»Wenn du so gut wärst; dort auf dem Baum hab ich ein paar Äpfel, die könntest du mir pflücken. Ich möchte sie auf den weiten Weg mitnehmen.«

Der Tod erwiderte:

»Wenn es nichts anderes ist, dann will ich es gerne tun.«

Er stieg auf den Baum und pflückte. Als er sämtliche Äpfel abgepflückt hatte, wollte er heruntersteigen, aber es gelang ihm nicht. Die Greisin schaute vom Fenster aus zu. Der Tod versuchte es immer wieder, doch es ging und ging nicht. Er saß eine Stunde lang oben, bald waren es zwei, dann drei. Da begann er zu bitten und zu betteln, sie solle ihn vom Baum herunterlassen.

»Oh«, erwiderte die Not, »bleib du nur oben sitzen.«

Darauf der Tod:

»Laß mich ziehen! Ich muß einen Jüngling holen, der treibt große Lumperei auf den Hochzeiten beim Tanz.«

»Hilft nichts, bleib du nur oben.«

Der Tod bettelte wieder:

»Laß mich ziehen! Ich muß einen Trunkenbold holen, der hat große Laster und verleitet andere zur Sünde. Den muß ich mitnehmen, laß mich endlich los!«

Da meinte die Alte:

»Nun, ich lasse dich ziehen, aber nur unter der Bedingung, daß du mich nicht mehr holst.«

»Ich hole dich nicht.«

»Noch kann ich dir nicht glauben. Schwöre beim unendlichen Himmel, daß du mich nicht holst, solange die Welt besteht.«

Und darum haben wir die Not in der Welt. (Tschechoslowakischer Teil Schlesiens)

70 **WIE HASS-UND-NEID AUF DER WELT GEBLIEBEN IST.** Piet, der Tod, ging einmal spazieren und fand am Wegrand ein neugeborenes Kind. Piet hatte Mitleid mit dem Jungen und brachte ihn in ein Waisenhaus. Dort blieb er, bis er groß war. Piet hatte den Jungen Haß-und-Neid getauft, und weil Haß-und-Neid so gut lernte, ließ er ihn Medizin studieren.

Eines Tages kehrte Haß-und-Neid zu seinem Vater zurück, denn so nannte er den Tod. »Hör einmal zu«, sagte der Tod, »ich will einen reichen Mann aus dir machen. Wenn du zu einem Kranken kommst, wirst du mich an dessen Bett stehen sehen. Nicke ich, dann muß er sterben. Du wirst berühmt werden und überall viel Geld verdienen.«

Ein paar Jahre später war Haß-und-Neid weit und breit als der beste Arzt des Landes bekannt. Er wurde sehr reich, aber glücklich war er nicht. Er war eifersüchtig auf seinen Vater, weil dieser mehr wußte als er, und er haßte ihn. Natürlich wagte er nicht, sich etwas anmerken zu lassen, doch versuchte er, auf alle Weise hinter das Geheimnis seines Vaters zu kommen. Einmal fragte er den Tod mit scheinheiligem Gesicht: »Aber Vater, wie weißt du denn, welche Kranken sterben müssen und welche wieder gesund werden?«

Er seufzte, schmeichelte und bat, und schließlich ließ sich der Tod überreden. Eines Nachts nahm er seinen Sohn mit. Er führte ihn auf ein großes Feld. Plötzlich brach der Boden auf, und sie sanken immer tiefer hinab. Schließlich landeten sie in einem gewaltigen Saal. Auf dem Boden brannten unzählige Kerzen: lange, weniger lange und kurze, ja, ganz kleine Stümpfchen, die fast ausgebrannt waren und jeden Augenblick erlöschen konnten. Haß-und-Neid war sprachlos, er wußte nicht, was das zu bedeuten hatte. Da sagte Piet, der Tod: »Jede Kerze ist ein Menschenleben. Ich komme täglich hierher, um festzustellen, welche Kerzen ausgebrannt sind, und weiß daher, welche Menschen ich aus der Welt fortholen muß. Und so kann ich dir Tag für Tag sagen, welche Menschen sterben müssen und welche wieder gesund werden.«

Als der Arzt das hörte, war sein erster Gedanke: »Wie komme ich nun an meine eigene Kerze heran?« Und er fragte Piet, den Tod: »Vater, ist meine Kerze auch dabei?«

»Gewiß«, antwortete Piet.

»Und wo steht sie?«

»Dort drüben, in der Ecke.«

»Und muß sie ganz ausgebrannt sein, ehe ich sterben kann?«

»Ja, denn der Mensch stirbt nur, wenn seine Kerze völlig verbrannt ist.«

»Hätte ich sie nur«, dachte Haß-und-Neid im stillen. Er sprach weiter mit seinem Vater und zwängte sich dabei zwischen den Kerzen hindurch, bis er in die Nähe seiner Kerze kam. Pff, pff, und die Kerze war aus. Eins, zwei, drei, hielt er sie in der Hand und kehrte mit ihr in die bewohnte Welt zurück.

Der Arzt blieb am Leben – und so ist Haß-und-Neid auf der Welt geblieben. (Flandern)

71 **WARUM UNSERE KOCHTÖPFE NIE VOLL SIND.** Einmal machte Gottvater einen Spaziergang. Da kam er an eine Stelle, wo ein Topf fast überkochte. »Dieser Topf ist aber gut gefüllt!« sagte Gottvater, worauf die Hausfrau entgegnete: »Ich weiß schon, was ich in meinen Topf tue und wieviel.« Das hätte sie lieber nicht sagen sollen. Wäre sie höflicher gewesen, so wären unsere Töpfe auch heute noch immer voll. (Västergötland, Schweden)

72 **DIE BUTTERMILCH.** Eines Tages begegnete Jesus einer Frau, die gerade beim Buttern war. Er sagte zu ihr: »Das wird ja eine gute Butter!« – »Ach, nein«, erwiderte die Frau, »bloß ein bißchen Milch für die Kinder.« Und deshalb bleibt bis heute beim Buttern immer ein bißchen Milch übrig. Hätte die Frau geschwiegen, wäre lauter Butter daraus geworden. (Västergötland, Schweden)

73 **DER UNSEGEN IN DER BUTTER.** In einer Alpe in Schanvigg kam einst ein Bettelmännchen, in zerlumpte Kleider gehüllt, zu einem Weibe, das eben am Buttersieden war.

Das Männlein fragte in bescheidenem, flehendem Tone, ob die Butter im Auf- oder im Abgehen sei. – »Sei sie im Auf- oder Abgehen«, antwortete das Weib trotzig, »du bekommst doch nichts davon.«

»Nun so soll sie für immer im Abgehen sein«, sprach bedeutungsvoll das Männlein, welches plötzlich eine viel hehrere Gestalt annahm, und sehr prächtig gekleidet zu sein schien.

Seither ist die Butter beim Sieden für den Hausgebrauch von dem Augenblicke an, wo der Schaum am

Verschwinden ist, bis zum Punkte, wo sie genug gesotten hat, immerwährend im Abgehen [Weniger-Werden].

Des Menschen Herzenshärte, die dem Dürftigen nichts mitteilen wollte, brachte solchen Unsegen in die köstliche Gottesgabe, die Butter. (Rätoromanien)

74 **DIE UNGLEICHEN KINDER EVAS.** Als Adam und Eva aus dem Paradies vertrieben waren, so mußten sie auf unfruchtbarer Erde sich ein Haus bauen und im Schweiße ihres Angesichts ihr Brot essen. Adam hackte das Feld und Eva spann Wolle. Eva brachte jedes Jahr ein Kind zur Welt, die Kinder waren aber ungleich, einige schön, andere häßlich. Nachdem eine geraume Zeit verlaufen war, sendete Gott einen Engel an die beiden und ließ ihnen entbieten, daß er kommen und ihren Haushalt schauen wollte. Eva, freudig, daß der Herr so gnädig war, säuberte emsig ihr Haus, schmückte es mit Blumen und streute Binsen auf den Estrich. Dann holte sie ihre Kinder herbei, aber nur die schönen. Sie wusch und badete sie, kämmte ihnen die Haare, legte ihnen neugewaschene Hemden an und ermahnte sie, in der Gegenwart des Herrn sich anständig und züchtig zu betragen. Sie sollten sich vor ihm sittig neigen, die Hand darbieten und auf seine Fragen bescheiden und verständig antworten. Die häßlichen Kinder aber sollten sich nicht sehen lassen. Das eine verbarg sie unter das Heu, das andere unter das Dach, das dritte in das Stroh, das vierte in den Ofen, das fünfte in den Keller, das sechste unter eine Kufe, das siebente unter das Weinfaß, das achte unter ihren alten Pelz, das neunte und zehnte unter das Tuch, aus dem sie ihnen Kleider zu machen pflegte, und das elfte und zwölfte unter das Leder, aus dem sie ihnen die Schuhe zuschnitt. Eben war sie fertig geworden, als es an die Haustüre klopfte. Adam blickte durch eine Spalte und

sah, daß es der Herr war. Ehrerbietig öffnete er, und der himmlische Vater trat ein. Da standen die schönen Kinder in der Reihe, neigten sich, boten ihm die Hände dar und knieten nieder. Der Herr aber fing an, sie zu segnen, legte auf den ersten seine Hände und sprach »du sollst ein gewaltiger König werden«, ebenso zu dem zweiten »du ein Fürst«, zu dem dritten »du ein Graf«, zu dem vierten »du ein Ritter«, zu dem fünften »du ein Edelmann«, zu dem sechsten »du ein Bürger«, zum siebenten »du ein Kaufmann«, zu dem achten »du ein gelehrter Mann.« Er erteilte ihnen also allen seinen reichen Segen. Als Eva sah, daß der Herr so mild und gnädig war, dachte sie »ich will meine ungestalten Kinder herbeiholen, vielleicht, daß er ihnen auch seinen Segen gibt.« Sie lief also und holte sie aus dem Heu, Stroh, Ofen, und wo sie sonst hin versteckt waren, hervor. Da kam die ganze grobe, schmutzige, grindige und rußige Schar. Der Herr lächelte, betrachtete sie alle und sprach »auch diese will ich segnen.« Er legte auf den ersten die Hände und sprach zu ihm »du sollst werden ein Bauer«, zu dem zweiten »du ein Fischer«, zu dem dritten »du ein Schmied«, zu dem vierten »du ein Lohgerber«, zu dem fünften »du ein Weber«, zu dem sechsten »du ein Schuhmacher«, zu dem siebenten »du ein Schneider«, zu dem achten »du ein Töpfer«, zu dem neunten »du ein Karrenführer«, zu dem zehnten »du ein Schiffer«, zu dem elften »du ein Bote«, zu dem zwölften »du ein Hausknecht dein lebelang.« Als Eva das alles mit angehört hatte, sagte sie »Herr, wie teilst du deinen Segen so ungleich! Es sind doch alle meine Kinder, die ich geboren habe: deine Gnade sollte über alle gleich ergehen.« Gott aber erwiderte »Eva, das verstehst du nicht. Mir gebührt und ist not, daß ich die ganze Welt mit deinen Kindern versehe: wenn sie alle Fürsten und Herren wären, wer sollte Korn bauen, dreschen, mahlen und backen? wer schmieden, weben, zimmern, bauen, graben, schneiden und mähen? Jeder soll seinen Stand vertreten, daß einer den andern erhalte und alle ernährt werden wie am Leib die Glieder.« Da antwortete Eva »ach Herr, vergib, ich war zu rasch, daß ich dir einredete, dein göttlicher Wille geschehe auch an meinen Kindern.« (Deutschland)

75 **DIE VERSCHIEDENEN STÄNDE.** Was geht da so lustig: Bim bam? Was brummt dazwischen so dumpf: Bum bum?

»Das sind die Glocken, Altvater, die gehen so lustig: Bim bam! Das sind die Kanonen, die brummen so dumpf dazwischen: Bum bum! Heut wird ja die große Schlacht gefeiert!«

Hast recht, Junge, so ist es, und es muß auch so sein! – Am Anfang schuf Gott Himmel und Erde, und die Erde war wüste und leer. Darnach schuf er eine große Menge Kaiser und Könige, Fürsten, Grafen und Herren und die ganze Geistlichkeit; dann erst sprach er: »Lasset uns Menschen machen, ein Bild, das uns gleich sei!« und schuf Adam und Eva. Und als später die Gebote gegeben wurden, sind dieselben nur an die Adamskinder gerichtet worden.

Darum sind die großen Herren frei von den Geboten und dürfen Kriege führen und in Kämpfen und Schlachten die Menschen in Scharen zusammentreiben und totschlagen lassen. Zur Erinnerung daran muß in den Kirchen gesungen und von den Türmen geblasen, mit den Glocken geläutet und mit den Kanonen geschossen werden; wenn aber ein gewöhnlicher Mensch jemand totschlägt, so kommt er an den hellichten Galgen.

»Meines Lebens, wie sind denn aber die Unterschiede in die niederen Stände gekommen?«

Das ist so zugegangen: Adam und Eva haben ein langes Leben geführt und viele Kinder bekommen, und

Kinder machen den Eltern Mühe und Arbeit. Nun begab es sich, daß der liebe Gott nach dem Sündenfalle sich wieder einmal des Adams und der Eva erinnerte; und weil so viele Jahre verstrichen waren, daß er sie nicht gesehen hatte, machte er sich eines Sonntagmorgens bei Zeiten auf, sie zu besuchen.

Eva war gerade dabei, ihre Kinder zu waschen und zu putzen, als sie durch das Fenster den Herrgott von ferne ankommen sah. Die Hälfte war erst gewaschen! Geschwind trieb sie darum die andern in die Hölle hinter den Ofen, damit der liebe Gott sie nicht sehen und auf die Mutter schelten möchte, daß sie nicht früher aufgestanden sei und sich an die Arbeit gemacht habe.

Als nun der liebe Gott in die Türe getreten war und die fein geputzten Kinder erblickte, reichte er ihnen die Hand und gab einem jeden eine gute Ausstattung mit auf den Weg.

»Du sollst ein Kaufmann werden und du ein Küster«, sagte er, »du ein Müller und du ein kunstreicher Schmied und du da ein reicher Bauer!«

Die Worte gefielen der Eva wohl, und sie gedachte der ungewaschenen Kinder hinter dem Ofen, zog sie aus der Hölle hervor und sprach: »Schau, Herr, ich habe noch mehr Kinder!«

Die sahen aber schwarz aus wie der Teufel, und der liebe Gott mußte ihrer lachen und sprach zu dem ersten: »Du sollst ein Schornsteinfeger werden!«

Den zweiten machte er zum Kuhhirten, den dritten zum Besenbinder, den vierten gar zum Schweinejungen, und den übrigen erging es nicht besser. Sie bekamen allesamt einen niederen Dienst, sie sollten in Hütten in den Dörfern, über das Land hin zerstreut, wohnen und Krautgemüse essen und ihrer sauberen Geschwister Knechte sein. Sieh, so sind die verschiedenen Stände in die Welt gekommen! (Norddeutschland)

76 **WARUM DIE FRAU DIE HAUSWIRTSCHAFT FÜHRT.** In der guten, alten Zeit und die ist schon lange verschwunden, war der Mann nicht mehr als die Frau. Sie besorgten abwechselnd die Haushaltungsgeschäfte, und die Männer beklagten sich darüber nicht, denn damals war es eben so der Brauch.

Zu der Zeit lebte in Warloy ein Schuhmacher, namens Johann, der die Flasche mehr liebte als den Knieriemen. Er verbrachte den größten Teil seiner Zeit in den Gasthäusern des Ortes und seine Frau sah ihn nur für Augenblicke. Eines Tages, als es an ihm war, den Haushalt zu führen, vergaß er ganz auf seine Arbeit, denn er trank im nahen Wirtshaus mit guten Freunden einige Schoppen Bier. Seine Frau suchte ihn dort auf, warf ihm seine Faulheit und sein Betragen vor und geriet schließlich mit ihm in Streit.

»Da du so bist«, rief Marianne, »so werde ich von heute ab kein Wort mehr sprechen.« – »Du wirst nichts mehr reden? Ich nehme dich beim Wort. Du langweilst mich immer mit der Hauswirtschaft und so schlage ich vor, daß derjenige von uns beiden, der zuerst spricht, die Hauswirtschaft zu führen, das Geschirr auszuspülen, das Haus zu kehren, die Suppe zu bereiten, das Linnen zu bleichen und schließlich alle jene Arbeiten auszuführen hat, die jetzt abwechselnd erledigt werden.« – »Ich bin einverstanden, du Trunkenbold«, entgegnete die Frau und ging weg.

Vierzehn Tage hindurch wechselten die beiden kein Wort miteinander. Marianne würde gerne mit ihrem Mann, den sie trotz verschiedener, kleiner häuslicher Verdrießlichkeiten sehr liebte, etwas gesprochen haben, wenn nicht die daran hängende Führung der Hauswirtschaft sie zurückgehalten hätte.

Nach vierzehn Tagen kam ein Reisender durch Warloy und benötigte ein Paar Stiefel. Er erfrug die Wohnung des Schusters und kam dorthin. Da die Haustüre offen war, trat er ein, ging geradewegs auf Johann zu, nahm den Hut ab und grüßte: »Guten Tag, lieber Schumacher!« Johann erwiderte nichts, sondern begann die Melodie von »Beim Mondschein, mein lieber Peter« zu pfeifen.

»Das ist ein unhöflicher Mann«, dachte sich der Reisende, »aber was verschlägt es.« Zu Johann gewendet, sprach er: »Ich brauche bis morgen ein Paar Schuhe. Wieviel werden sie kosten?«

– Pst …

Beim Mondschein,
Mein lieber Peter,
Leih mir die Feder,
Zu schreiben dir …

pfiff Johann. – »Hört ihr denn nicht?« – Der Schuster pfiff weiter. – »Der Mann ist närrisch«, dachte sich der Reisende. »Vielleicht bringe ich aus der Frau Meisterin etwas heraus.«

Er wendete sich zur Frau, die beim Spinnrad saß, spann und dazu sang:

Siebt den Raps,
Denn die schöne
Zeit, sie kommt.

»Liebe Frau, was hat denn euer Mann? Ich will mit ihm sprechen und er pfeift sich wie ein großer Einfaltspinsel eins und gibt mir gar keine Antwort.« – Marianne verbeugte sich, begann aber wieder zu spinnen und zu singen:

Siebt den Raps,
Denn die schöne
Zeit, sie kommt.

»Aber, Frau …« –

Wenn's auch regnet, windet, donnert,
Bleiben wir doch, wo wir sind.

Siebt den Raps,
Denn die schöne
Zeit, sie kommt.

»Ja, bin ich denn bei Narren! Antwortet doch, Frau!« rief ungeduldig der Reisende.

Siebt den Raps,

begann die Frau statt jeder Antwort.

»Wartet nur, ich werde euch den Raps gleich sieben, wenn ihr glaubt, daß ihr mich ausspotten könnt!« Er nahm seinen Stock und schlug auf die Frau los, während Johann fröhlich pfiff:

Siebt den Raps,
Denn die schöne
Zeit, sie kommt.
Wenn's auch regnet, windet, donnert,
Bleiben wir doch, wo wir sind.

Das erbitterte Marianne und die Abmachung vergessend, schrie sie heraus: »Der Elende! Kommst du mir denn nicht zu Hilfe!« – »Frau, von heute ab wirst du das Hauswesen führen, das Geschirr abspülen, das Haus kehren, Suppe und Brei zubereiten, das Linnen bleichen, den Topf aufs Feuer setzen und alles das tun, was bisher von uns beiden ausgeführt wurde.«

Marianne mußte es tun. Johann aber erzählte die Sache den Nachbarn, und jeder überließ nun die Führung des Hauswesens seiner Frau. Die Neuerung war gut und blieb bis heute bestehen. Aber eines Nachts … Soeben krähte der Hahn, der Tag bricht an und meine Erzählung ist zu Ende. (Picardie, Frankreich)

77 **WARUM ARBEITET DER BAUER SO VIEL?** Als unser Herr Christus sich für die Dulder abgemüht, bat er den lieben Gott, daß die Bauern weniger

arbeiten sollten. Sein vieles Bitten hatte auch Erfolg; denn der liebe Gott erlaubte, daß von nun an zwei Stunden Arbeit genug sein sollten für das Fortkommen. Unser Herr Christus sandte sogleich Sankt Peter aus mit diesen Worten: »Mache dich auf und tue den Menschen kund, daß sie von nun an nur von fünf bis sieben arbeiten sollen.«

Sankt Peter erschien beim Morgengrauen auf der Erde. Doch mit der guten Botschaft blieb er schon beim ersten Dorfende stecken; denn die erfreuten Bauern ließen ihn natürlich nicht weiterziehen, ehe er nicht tüchtig geschnapst hatte. Wie er dann wieder weitergetorkelt ist, hat er mit seinem dumpfen Kopf nicht verkündet, daß sie von fünf bis sieben arbeiten sollten, sondern von sieben bis fünf. (Ungarn)

78 **WARUM DER WEBER DER ÄRMSTE ALLER MENSCHEN IST.** Als Jesus ans Kreuz geschlagen werden sollte, fehlte ein Nagel. Man suchte überall, aber nirgendwo konnte man einen Nagel finden.

Da kam ein Weber des Wegs.

Als der sah, daß der Henker mit seiner Arbeit nicht fertig werden konnte, riß er aus seinem Handwerkszeug einen Nagel und brachte ihn den Juden.

Als Jesus nun ans Kreuz geschlagen war, wandte er sein Haupt dahin, wo der Weber stand, und sagte zu ihm:

»Weber, Weber, was hast du getan? Ich sage dir: Nie wirst du glücklich auf Erden.«

Seitdem ist der Weber der unglücklichste und ärmste aller Menschen. (Flandern)

79 **DER ERSTE MÜLLER.** In alten Zeiten wurde das Mehl noch nicht gemahlen, sondern zwischen zwei Steinen zerquetscht. Als aber immer mehr Menschen auf die Welt kamen, konnte das so nicht weitergehen, denn es

war unmöglich, für all die hungrigen Menschen das nötige Mehl und damit das nötige Brot zu schaffen.

»Ich will für die Menschen jetzt Mühlen bauen«, sagte eines Tages Jesus zu Sankt Peter. »Daran tut ihr sicher gut«, antwortete dieser. Und der Herr baute eine Mühle auf einem Hügel, wo es tüchtig windete. Als die Mühle nun fertig dastand, die Flügel mit Leinwand bespannt waren und der Herr selbst sich überzeugt hatte, daß die Mühle gut mahlte, fehlte nur noch der Müller. Aber kein Mensch wollte in die Mühle gehen. Alle hatten Angst vor ihr, weil sie so bebte und wackelte, wenn die Flügel sich drehten und die Räder im Gange waren.

»Was nun?« fragte Sankt Peter.

»Warte nur ein wenig«, entgegnete der Herr. »Ich habe schon einen Ausweg gefunden.« Dicht neben der neuen Mühle stand ein Galgen. Vor drei Tagen hatte man dort einen alten Dieb gehenkt, und der hing nun da und schaukelte im Winde hin und her. »Der Kerl ist ans Schaukeln und Beben gewöhnt«, sagte der Herr. »Der soll Müller werden.«

Gesagt, getan. Der Herr näherte sich dem Galgen, berührte den Gehenkten, und im selben Augenblick war der wieder lebendig. Schnell wie der Wind sprang er vom Galgen, lief die Mühlentreppe hinauf und begann zu mahlen. Das war der erste Müller. (Flandern)

80 **WARUM KEINE MÜLLER IN DIE HÖLLE KOMMEN.** Es gab eine Zeit, da es den Müllern so schlecht ging, daß einer von ihnen dem Teufel seine Seele verkaufte, um es sieben Jahre lang gut zu haben.

Und er hatte es gut, ja, er aß und trank, soviel er wollte, aber die sieben Jahre gingen wie im Traum vorbei. Und eines Morgens stand der Teufel vor der Tür.

»Bist du bereit, Mann?«

»Ja«, sagte der Müller, »es muß sein.«

Der Teufel steckte den Müller in einen Sack, und fort war er mit ihm. Als der Teufel nun ein Stück gelaufen war, kam er an einer Herberge vorbei und hörte drinnen ein Schimpfen und Fluchen.

»Hier braucht man mich«, dachte der Teufel. Und er lehnte den Sack mit dem Müller an die Herbergsmauer und ging hinein. Der Müller aber jammerte und stöhnte in dem Sack.

Da kam des Weges ein Hirte. Er hörte das Jammern und Stöhnen, das aus dem Sack kam, trat näher hinzu und schnitt, als er die Stimme des Müllers erkannte, den Sack auf und ließ den Müller heraus.

»Was soll das?« fragte der Hirte. Und der Müller erzählte ihm, was vorgefallen war. Er hatte Angst, der Teufel könne jeden Augenblick herauskommen und ihn wieder in den Sack stecken.

»Steck deinen Hund in den Sack«, sagte er zu dem Hirten, »dann wollen wir sehen, daß wir hier fortkommen.«

Sie steckten den Hund in den Sack und machten sich aus dem Staube. Ein paar Minuten später kam der Teufel aus der Herberge, lud den Sack auf seinen Rücken und zog weiter, zur Hölle.

Dort gab es ein wildes Durcheinander, als der Teufel den Sack öffnete. Der Hund kam herausgesprungen, bellte und biß, so daß sich alle Teufel aus dem Staube machten. Der oberste Teufel setzte den Hund vor die Tür und rief: »Gebt künftig acht, daß ihr keinen Müller mehr in die Hölle hereinbringt!« (Flandern)

81 **WARUM KEINE ADVOKATEN MEHR IN DEN HIMMEL KOMMEN.** Kaum war der erste Advokat in den Himmel gekommen, da ging er gleich zu Johannes dem Täufer.

»Johannes«, sagte er, »ich sah gleich, daß noch nie ein Advokat im Himmel gewesen ist. Was! Der alte Sankt Peter, der seinen Herrn verleugnete, ist noch immer Pförtner! Lieber Mann, den Posten müßtet Ihr eigentlich haben! Ihr seid doch der leibhaftige Vetter unseres Herrn! Ihr habt dem Erlöser Euer Leben lang die Treue gehalten; Euretwegen hat kein Hahn zu krähen brauchen. Außerdem hat man Euch um der Wahrheit willen das Haupt abgeschlagen. So kommt es doch eigentlich Euch allein zu, der Herr der Himmelspforte zu sein.«

»Du magst wohl recht haben«, antwortete Sankt Johann; »aber es ist nichts mehr daran zu ändern, unser Vertrag ist nun einmal so abgeschlossen.«

»Deshalb braucht er es aber doch nicht zu bleiben. Einen Vertrag kann man umstoßen.«

»Unsern aber nicht.«

»Ein Advokat bringt auch das fertig.«

»Was wäre denn zu tun?«

»Einen Prozeß anstrengen.«

Der Advokat sucht in den Akten des Himmels nach den nötigen Schriftstücken, und am folgenden Tage bekam Sankt Peter einen langen Brief, worin ihm mitgeteilt wurde, daß man mit ihm prozessieren wollte. Obwohl Sankt Peter das, was der Advokat schrieb, nur zur Hälfte begriff, erkannte er doch, daß die Sache für ihn nicht besonders günstig stand.

Die Nacht ist aber ein guter Ratgeber, und am anderen Tage sandte Sankt Peter an Johannes den Täufer folgenden Brief:

»Liebster Bruder! Was Du mir alles in Deinem Briefe mitteilst, scheint mir nicht stichhaltig und ganz unbegründet, und es wäre mir ein leichtes, alles zu widerlegen. So wollen wir es denn auf einen Prozeß ankommen lassen. Doch werden wir uns noch ein wenig gedulden müssen; Du hast ja Deinen Anwalt schon gefunden; so müssen wir denn warten, bis ein zweiter in den Himmel kommt, der meine Sache vertritt.«

Seitdem aber paßt Sankt Peter gut auf, daß kein Advokat in den Himmel kommt. Kommt einer an die Himmelstür, ruft er mit Donnerstimme: »Advokat! In die Hölle.« (Flandern)

82 **DIE WIRKUNG DES WEINES.** Als Dionysios noch ein Jüngling war, machte er eine Reise durch Hellas, um nach Naxia zu gehen; da aber der Weg sehr lang war, ermüdete er und setzte sich auf einen Stein, um auszuruhen. Als er nun so dasaß und vor sich niederschaute, sah er zu seinen Füßen ein Pflänzchen aus dem Boden sprießen. Das fand er so schön, daß er sogleich den Entschluß faßte, es mitzunehmen und zu pflanzen.

Er hob das Pflänzchen aus und trug es mit sich fort; da aber die Sonne eben sehr heiß schien, fürchtete er, daß es verdorren werde, bevor er nach Naxia komme. Da fand er ein Vogelbein und steckte das Pflänzchen da hinein und ging weiter. Allein in seiner gesegneten Hand wuchs das Pflänzchen so rasch, daß es bald unten und oben aus dem Knochen herausragte. Da fürchtete er wieder, daß es verdorren werde, und dachte auf Abhilfe. Da fand er ein Löwenbein, das war dicker als das Vogelbein, und er steckte das Vogelbein mit dem Pflänzchen in das Löwenbein. Aber bald wuchs das Pflänzchen auch aus dem Löwenbein. Da fand er ein Eselsbein; das war noch dicker als das Löwenbein, und er steckte das Pflänzchen mit dem Vogel- und Löwenbein in das Eselsbein, und so kam er auf Naxia an.

Als er nun das Pflänzchen pflanzen wollte, fand er, daß sich die Wurzeln um das Vogelbein, um das Löwenbein und um das Eselsbein fest geschlungen hatten; da er es also nicht herausnehmen konnte, ohne die Wurzeln zu beschädigen, pflanzte er es ein, wie es eben war, und schnell wuchs die Pflanze empor und trug zu seiner Freude die schönsten Trauben; aus denen bereitete er sogleich den ersten Wein und gab ihn den Menschen zu trinken. Aber welch Wunder sah er nun! Als die Menschen davon tranken, sangen sie anfangs wie die Vögelchen; wenn sie aber mehr davon tranken, wurden sie stark wie die Löwen, und wenn sie noch mehr tranken, wurden sie wie die Esel. (Griechenland)

83 **WARUM DER WEIN AM BODENSEE SAUER IST.** Am späten Abend kamen Christus und Petrus auf ihrer Wanderung nach Lindau am Bodensee, suchten eine Herberge, wurden aber von den Bürgern der Stadt überall abgewiesen. Vor der Stadt wohnte ein armer Taglöhner mit seinem Weibe in einem kleinen Häuschen. Diese nahmen die Gäste willig auf, setzten ihnen Speisen, wie sie eben versehen waren, vor und bereiteten ihnen ein Lager von Stroh. Als Christus und Petrus das spärliche Mahl genossen hatten, gaben sie sich den armen Leuten zu erkennen, und der Herr sprach: »Weil ihr so gute Leute seid, so dürft ihr einen Wunsch aussprechen: er soll euch erfüllt werden.« Sie besannen sich nicht lange und meinten, wenn sie um ihre Hütte nur ein Gärtchen und dabei ein kleines Gütchen hätten, wie es die reichen Bürger der Stadt im großen haben. »Euer Wunsch sei euch gewährt«, sprach der Herr. Ehe noch die armen Leute aus dem Schlaf erwacht waren, hatten die Gäste ihre Wanderung am frischen Morgen angetreten. Als der Tagelöhner und sein Weib erwachten, war ihr erstes, sich vor ihrer Haustüre umzusehen. Wie groß war ihr Staunen und ihre Freude, als sie um ihre Hütte einen schönen Garten mit fruchttragenden Bäumen und dabei Wiesen und Äcker mit schweren Ähren erblickten. Eben kam einer der

reichen Bürger der Stadt, welchem sie alles erzählten. Dieser eilte in die Stadt zurück, der Rat versammelte sich und faßte den Entschluß, den göttlichen Wanderern eine Deputation nachzusenden und den Herrn auch um die Erfüllung eines Wunsches zu bitten.

Als die Abgeordneten die Wanderer erreicht hatten, machten sie viele Bücklinge, brachten Entschuldigungen vor und beteuerten, daß sie ihnen gewiß Nachtquartier gegeben haben würden, wenn sie gewußt hätten, wer sie waren; ihre Gegend sei schön und fruchtbar, wenn sie nur auch Reben hätten. »Sie seien euch gewährt!« sprach der Herr. Als die Abgeordneten mit vielen Bücklingen ihren Rückweg angetreten hatten, fragte Petrus unwillig: »Herr, wie magst du den groben Kerlen, die uns kein Nachtlager gönnten, Wein wachsen lassen?« – »Beruhige dich, Peter«, entgegnete der Herr, »er ist auch danach!« (Niederbayern)

84 **WARUM DIE WEINGLÄSER AN DER MOSEL SO KLEIN SIND.** Als noch Christus mit seinen Jüngern auf der Welt herumgezogen ist, um allen Leuten seinen neuen Glauben zu predigen und beizubringen, kamen sie auch unter anderem an die Mosel. Aber die hohen Berge dort und die Sonne, die dazumal so heiß schien, gefiel ihnen gar nicht, denn kaum waren sie ein paar Schritte gegangen, da schwitzten sie schon wie die Bären. Als sie nun eines Tages wieder mal pudelpitschnaß vom Schweiß trieften und sich unter einen Baum gelegt hatten, um einen bißchen auszuruhen und sich abzukühlen, da ließ Christus den Petrus kommen und sagte zu ihm: »Hör mal, Pitter, du kannst doch so gut laufen – lauf doch mal schnell hinten in das Dorf und hol mir ein Schöppchen Wein, ich kann es vor Durst bald nicht mehr aushalten!« Ob er ihm dafür auch Geld

mitgegeben hat, davon weiß man nix. Petrus ließ sich das nicht zweimal sagen und machte sich, weil er selbst auch Durst hatte, gleich auf die Socken und lief Hals über Kopf spornstreichs in das Dorf.

Doch eh' er an sein' Herrn gedacht,
Hat er erst mal selber ein' Schoppen gekracht

und soff einen ziemlich großen Holzbecher in einem Zug ratsch! aus. Dann ließ er sich aber auch für seinen Herrn den Becher randvoll einschenken, so voll, daß der Wein beim Gehen immer herausgeschlappert ist. – »Warte«, dachte Petrus, »dem Schlappern werde ich schon abhelfen!« und trank so ganz behaglich fast den halben Becher aus. Damit nun Christus nichts davon merkte, holte er geschwind sein Messer aus dem Sack und schnitt den Becher so weit, wie er leer war, rundherum ab. Wie er nun weiterging, fing auch der Wein wieder an zu schlappern. Das Pitterchen wußte aber dem Geschlappere geschwind ein Ende zu machen: er trank wieder ab und schnitt auch wieder ab. So kam er schließlich zu seinem Herrn und sagt: »Du mußt aber nicht meinen, daß ich dir hier ein Schnäpschen bringe, die Gläser sind hierzulande einfach nicht größer. Mir scheint aber, daß dieses Säftchen nicht übel ist, und über das Wenige laß dir mal keine grauen Haare wachsen: du kannst ja aus dem Wenigen leicht viel machen.« Da sagte aber Christus zu ihm: »Mein lieber Pitter, du bist gar nicht so dumm, wie du aussiehst! Du hast es faustdick hinter den Ohren! Gell, du wolltest schon mal vorbauen, falls es heute nichts mehr zu trinken gäbe? Übrigens werde ich dir heute das Maul schon sauber halten, wenn wir uns heute abend im Wirtshaus den Guten antun. Aber das sage ich dir: Wenn du mir noch einmal einen Schoppen zu bringen hast, dann bring mir einen ordentlichen und nicht so einen miserablen.«

Heutzutage heißen an der ganzen Mosel, von unten bis oben, dem Sankt Pitter zu Ehren, die kleinen Gläser immer noch »Miserawelcher«. (Koblenz)

85 **WOHER DER BRANNTWEIN SEINEN URSPRUNG NAHM.** Es lebte einstens ein gottesfürchtiger Bauer. Der war sehr arm. Nichts glückte ihm in seiner Wirtschaft. Immer wollte sein Getreide nicht wachsen. Einmal war bei ihm eine solche Hungersnot, daß er nichts mehr hatte. Nur ein Kant Brot blieb ihm übrig. Da ging der Bauer hinaus, um zu pflügen, und nahm den Brotkant mit hinaus aufs Feld, damit er wenigstens ein wenig daran beißen könnte, wenn er Hunger bekäme. Das Brot legte er auf den Ackerrain und begann zu pflügen. Der Teufel wußte nicht, wie er ihn zur Sünde verleiten könnte. Deshalb dachte er: »Ich will das Brot nehmen und es aufessen. Wenn dann der Bauer Hunger hat und nach dem Brote sucht, wird er es nicht finden und den verfluchen, der das Brot gegessen hat. Und so wird er sündigen.« Wie gedacht, so getan. Der Bauer hatte Hunger, suchte nach seinem Brot und fand es nicht. Er fluchte aber nicht, sondern sagte: »Wer das Brot gegessen hat, dem soll es gut bekommen! Vielleicht hatte er auch Hunger.« Der Teufel erschrak. Was war hier zu machen? Er wollte den Menschen zur Sünde verleiten. Aber es war anders gekommen. Er hatte ihn verleitet, Gott zu preisen. Der Teufel hatte also schwer gesündigt. Daher ging er zu Luzifer und bekannte seine Sünde. Luzifer belegte ihn dafür mit der Strafe, dem Bauern sieben Jahre ohne jeden Lohn treu zu dienen.

Der Teufel mußte gehorchen, er verwandelte sich in einen Menschen und ging zu dem Bauern, um sich bei ihm als Knecht zu verdingen. Der Bauer wollte ihn nicht nehmen, weil er nichts zu essen hatte. Denn womit sollte er seinen Knecht satt machen? Aber schließlich verdang sich der Teufel doch. Der Knecht diente dem Bauern so treu wie möglich, und als Teufel kannte er die Zukunft. Eines Herbstes wurde er mit seinem Herrn eins und pflügte alle Hügel um, weil er wußte, der Sommer würde sehr naß sein. Und richtig! Der Sommer kam, und es regnete und regnete, und das Wasser bedeckte die ganzen Felder. Aber die Hügel des Bauern prangten im Grün, so daß es eine Freude war, das zu sehen. Der Bauer erntete von den Hügeln so viel Getreide, daß er nicht nur Brot hatte und alles, was er brauchte, sondern noch viel mehr Getreide verkaufen konnte. Es kam ein andrer Herbst. Diesmal pflügte der Knecht die größten Brüche und Sümpfe um, weil er wußte, der kommende Sommer würde trocken sein. Dann kam der Sommer, und die ganze Zeit fiel kein Tropfen Regen. Das Getreide der andern Leute kam um, aber des Bauern Getreide stand wunderschön. Und wieder drasch er so viel aus, daß er davon verkaufen und Geld ausleihen konnte, und trotzdem hatte er noch viel übrig. Deshalb besprach sich der Knecht mit seinem Herrn, etwas aus dem Getreide herzustellen. Da sie nun reichlich davon hatten, erlaubte der Bauer dem Knechte, er sollte daraus machen, was er wollte. Der Knecht nahm eine Menge Roggen, ließ ihn gären, füllte ihn dann in Kessel, kochte und rührte ihn um, und schließlich gewann er Saft daraus, der scharf und sehr feurig war. Diesen Saft brachte der Knecht seinem Herrn, damit er davon kostete. Der Bauer nahm ein wenig davon in den Mund. Aber die Flüssigkeit war sehr scharf und verbrannte ihm Mund und Zunge. Daher gefiel sie dem Herrn nicht. Der Knecht brachte ihm ein andermal davon, trank selbst und bat auch seinen Herrn, er sollte noch einmal davon kosten. Der Bauer tat es auch. Jetzt gefiel ihm der Trank schon besser. Darauf kostete und kostete er von ganz allein, bis seine Füße wankten.

Und er gewann den Trank so lieb, daß er seine ganze Habe vertrank und sein Leben im Elend verbrachte. Der Knecht lehrte aber auch andere den Trank brauen. Wir aber wissen heute, daß dieser Trank, das heißt unser Branntwein, eine Erfindung des Teufels ist. Der Branntwein rührt also vom Teufel her. (Litauen)

86 DER TABAK. Den Tabak hat der Teufel erfunden, und kein Mensch hat den Namen des Krautes gekannt, bis er auf folgende Weise ruchbar wurde: Eines Tages sah ein Bauer, wie der Teufel ein großes Stück Land mit Pflanzen bestellte. Der Bauer kannte das Kraut nicht, ward neugierig und fragte: »Was ist das, Teufel, was pflanzt du da?« – »Das rätst du dein Lebtage nicht!« sprach der Teufel. Die Rede verdroß den Bauer, und er rief: »Was du weißt, weiß ich auch; so klug wie du bin ich noch immer!« – »So? Wollen wir wetten?« fragte der Teufel. »Wenn du in drei Tagen den Namen des Krautes errätst, so soll dir das ganze Stück Land und alles, was darauf steht, zugehören; wo nicht, bist du mein eigen und verfällst mir mit Leib und Seele!« Der Bauer war trotzig und ging auf die Wette ein; doch schon auf dem Heimweg fiel ihm das Herz in die Hosen, und als er zu Hause angelangt war, setzte er sich traurig nieder und nahm nicht Speise noch Trank.

»Was ist dir, Vater?« fragte die Bäuerin. »Ach, Mutter«, sprach er, »es ist eine schlimme Geschichte!« und dann erzählte er ihr alles, wie es gekommen war. – Sagte die Alte: »Wenn's weiter nichts ist, so iß und trink und sei guter Dinge. Den Namen des Krautes will ich dir schon erraten!« Sprach's und zog sich splinternackt aus und kroch in die Teertonne; dann schnitt sie ein Bett auf und wälzte sich in den Federn, daß sie am ganzen Leibe damit bedeckt war. Darauf ging sie auf das Feld, das mit dem fremden Kraute bepflanzt war, und lief zwischen den Furchen auf und ab und neigte den Kopf zur Erde, als wollte sie von den Blättern fressen. Kaum war der Teufel ihrer gewahr geworden, so lief er zum Hause hinaus, um den großen Vogel zu vertreiben, und klatschte in die Hände und rief: »Tschuch, du großer Vogel! Willst du aus meinem Tabak heraus! Tschuch! Tschuch! Tschuch!« Die Frau aber hatte an diesen Worten genug, eilte nach Hause und erzählte dem Manne, wie der Teufel das Kraut genannt habe.

Als nun der dritte Tag kam, freute sich der Böse schon, eine Seele gewonnen zu haben, und lachte über das ganze Gesicht und fragte den Bauer, wie das fremde Kraut hieße. »Das ist der Tabak«, gab ihm der Bauer zur Antwort. Da hatte der Teufel seine Wette verloren und mußte ohne die Seele in die Hölle zurück; der Mann aber bekam das große Stück Land mit dem Tabak darauf, und von ihm hat aller Tabaksbau in der Welt seinen Anfang genommen. (Pommern)

87 **WESHALB ES IN DEN GASTHÄUSERN MEIST ÜBEL RIECHT.** In den Gasthäusern pflegen nicht bloß Fremde einzukehren, sondern auch Einheimische kommen dort mit Vorliebe zusammen, sei es um eine Erfrischung einzunehmen, sei es um Karten zu spielen. Um der Kartenspieler willen findet sich aber auch der Teufel recht häufig in den Gasthäusern ein und nimmt auch wohl am Spiel selbst teil, um seine Beute desto sicherer zu erhaschen. In diesen Fällen muß der Teufel unter der Türschwelle durch, und da ihm das nicht so leicht wird, hinterläßt er in der Regel einen großen Gestank. Daher riecht es meist so übel in den Gasthäusern. (Rügen)

88 **DIE ERSCHAFFUNG DER GEIGE.** Es war einmal ein armer Mann und eine arme Frau, die hatten lange Zeit keine Kinder. Da geschah es einmal, daß die Frau in den Wald ging und einem alten Weibe begegnete, das also zu ihr sprach: »Gehe nach Hause und zerschlage einen Kürbis, gieße Milch in denselben und dann trinke sie. Du wirst dann einen Sohn gebären, der glücklich und reich werden wird!« Hierauf verschwand das alte Weib, die Frau aber ging nach Hause und tat wie ihr geheißen war. Nach neun Monaten gebar sie einen schönen Knaben. Doch nicht lange Zeit hindurch sollte die Frau glücklich bleiben, denn sie wurde bald krank und starb. Ihr Mann starb auch, als der Knabe zwanzig Jahre alt wurde. Da dachte sich der Jüngling: Was soll ich hier machen? Ich gehe in die Welt und suche mein Glück! – Der Jüngling ging also von Dorf zu Dorf, von Stadt zu Stadt, fand aber nirgends sein Glück. Da kam er einmal in eine große Stadt, wo ein reicher König wohnte, der eine wunderschöne Tochter besaß. Ihr Vater wollte sie nur dem Manne zur Frau geben, der so etwas machen könne, was noch niemand auf der Welt gesehen habe. Viele Männer hatten schon ihr Glück versucht, aber sie wurden alle vom König aufgehängt, denn sie konnten nichts machen, was man nicht schon vordem gesehen hatte.

Als der Jüngling dies hörte, ging er zum König und sprach: »Ich will deine Tochter zur Frau haben; sag, was soll ich denn machen?« Der König erzürnte und sprach: »Du fragst, was du machen sollst? Du weißt ja, daß nur der meine Tochter zur Frau erhält, der so etwas machen kann, was noch niemand auf der Welt gesehen hat! Weil du so dumm gefragt hast, sollst du im Kerker sterben!« Hierauf sperrten die Diener des Königs den Jüngling in einen dunklen Kerker. Kaum daß sie die Türe zusperrten, da wurde es hell und die Matuya erschien. Sie sprach zum Jüngling: »Nicht sei traurig! Du sollst noch die Königstochter heiraten! Hier hast du eine kleine Kiste und ein Stäbchen! Reiß mir Haare von meinem Kopf und spanne sie über die Kiste und das Stäbchen!« Der Jüngling tat also, wie ihm die Matuya gesagt hatte. Als er fertig war, sprach sie: »Streich mit dem Stäbchen über die Haare der Kiste!« Der Jüngling tat es. Hierauf sprach die Matuya: »Diese Kiste soll eine Geige werden und die Menschen froh oder traurig machen, je nachdem du es willst.« Hierauf nahm sie die Kiste und lachte hinein, dann begann sie zu weinen und ließ ihre Tränen in die Kiste fallen. Sie sprach nun zum Jüngling: »Streich nun über die Haare der Kiste!« Der Jüngling tat es, und da strömten aus der Kiste Lieder, die das Herz bald traurig, bald fröhlich stimmten. Als die Matuya verschwand, rief der Jüngling den Knechten zu und ließ sich zum König führen. Er sprach zu ihm: »Nun also höre und sieh, was ich gemacht habe!« Hierauf begann er zu spielen, und der König war außer sich vor Freude. Er gab dem Jüngling seine schöne Tochter zur Frau, und nun lebten sie alle in Glück und Freude. So kam die Geige auf die Welt. (Erzählung der Zigeuner aus Siebenbürgen und Südungarn)

89 **DER ERSTE FRACK.** So viel wie die Deutschen soll niemand singen können, und darüber ärgerte sich seinerzeit der Teufel sehr. Deshalb ging er einmal zu einem Deutschen und wettete mit ihm, wer von ihnen beiden wohl am meisten zu singen wisse. Dieser ging den Handel getrost ein und nahm den Teufel auf den Rücken, damit ihn das Gehen am Singen nicht hindere; so war es ausgemacht.

Der Teufel sang, was er wußte, und es währte wohl ein tüchtiges Stück Zeit, bis er sich, wie man sagt, so ausgesungen hatte, daß er nichts mehr wußte. Indessen, die Zeit kam, und er mußte herunter und bekennen, daß ihm der Faden ausgegangen sei. Jetzt setzte sich der Deutsche auf und sang, daß es lustig und frisch durch Berg und Tal widerhallte. Der Teufel hörte zu und dachte: Je lauter und heller der singen wird, um so früher wird er damit zu Ende sein. Dem war aber nicht so. Jener sang sich eher mehr und mehr hinein, es war nicht anderes, als ob ihm bei jedem gesungenen Liede wieder zwei andere einfallen möchten. Da wurde dem Teufel die Zeit lang, und er wurde ungeduldig, weshalb er verschiedene Kniffe anstellte, um seinen Gegner zum Schweigen zu bringen. Diese halfen aber alle nichts. Der Deutsche ließ sich nicht irremachen, er blieb fest sitzen und sang und sang so lange fort, daß dem Teufel endlich die Geduld riß, weshalb er sich den Sänger mit beiden Händen vom Rücken zu ziehen bemühte.

Als er ihn so bei den beiden Rockschößen anfaßte, rissen diese, und es blieben ihm die Stücke davon in den Händen. Jetzt faßte er ihn wieder, zog ihn herunter und lief davon, ohne sich mehr umzusehen, denn er schämte sich, die Wette verloren zu haben. Der Deutsche aber sah sich von beiden Seiten an und suchte vergebens seine Rockschöße, denn vom Unterteil seines Rockes war ihm hinten nur noch eine Art Schweif geblieben, und so hatte er jetzt den ersten Frack. (Banat, Rumänien)

VÖLKER, GLAUBENSSACHEN, SPRACHEN

90 **URSPRUNG DER SACHSEN UND DER DEUTSCHEN.** Nach einer alten Volkssage sind die Sachsen mit Aschanes [Askanius], ihrem ersten König, aus den Harzfelsen mitten im grünen Wald bei einem süßen Springbrünnlein herausgewachsen.

Unter den Handwerkern hat sich noch heuzutage der Reim erhalten:

Darauf so bin ich gegangen nach Sachsen,
wo die schönen Mägdlein auf den Bäumen wachsen;
hätt ich daran gedacht,
so hätt ich mir eins davon mitgebracht.

Und Aventin leitet schon merkwürdig den Namen der Germanen von *germinare,* auswachsen, ab, weil die Deutschen auf den Bäumen gewachsen sein sollen. (Deutschland)

91 **WIE DER HERR DIE WESTFALEN SCHUF.** Daß die Westfalen unsern Herrn Jesum Christum gekreuzigt hätten, dessen werden sie mit Unrecht beschuldigt, denn sie waren damals kaum erst erschaffen. Mit dieser Schöpfung ging es aber so zu: Als unser Herr mit seinen Jüngern noch auf Erden wandelte, da kam er einst in das Land der roten Erde, das damals noch nicht von Menschen bevölkert war, denn seine derzeitigen Einwohner liefen auf allen vieren und grunzten. »Es ist ein wüstes Land«, sagte Sankt Peter, »das muß wahr sein; aber in dem stinkenden Nebel dieser Heiden könnten doch vielleicht Menschen leben: der Mensch ist gar ein zähes Geschöpf; was läßt er sich nicht alles gefallen! Und schade wäre es doch um die Schinken dieser Borstentiere, wenn sie niemand in den Rauch hinge!« Der Herr aber meinte, viel Gescheites könne doch aus dem Menschengeschlecht nicht werden, das hier sein Leben zu fristen bestimmt wäre; besser bliebe es also unerschaffen. Sankt Peter ließ indes zu bitten nicht nach, der Herr solle es doch nur einmal damit versuchen: »Batt es nicht, so schadt es nicht«, meinte er, und es müsse auch solche Käuze geben; der Herr habe doch Ratten und Mäuse und

anderes Ungeziefer erschaffen, warum nicht auch Westfalen? Endlich ließ sich der Heiland erweichen und sagte: »Dir zuliebe will ich es denn tun, du wirst aber sehen, was unser Dank sein wird.« Darauf stieß er mit den Füßen nach etwas, das im Wege lag und einem der Ureinwohner des Landes entfallen war, und sprach: »Werd ein Westfale!« Und alsbald stand da ein ungeschlachter Gesell, der auch gleich die Arme in die Seite stemmte und unsern Herrn Jesum anfuhr: »Na, wat stött he mik.« Da sagte der Heiland: »Siehst du nun, Sankt Peter, was unser Dank ist?« (Deutschland)

92 **WIE DER HERR DIE BÖHMEN, SLOWAKEN UND KROATEN SCHUF.** Unser Heiland Jesus Christus und sein Jünger, der heilige Petrus, machten einst eine Reise durch viele Länder und kamen auch nach Böhmen, das aber damals ganz öd und menschenleer war.

»Könntest du, Meister, hier nicht Menschen erschaffen, daß dieses schöne Land bevölkert und angebaut wird?« sagte Petrus im Gehen. »O nein«, antwortete der Heiland, »dazu habe ich keine Lust; ich sehe voraus, die Menschen, die aus der Erde dieses Landes entstehen, sind schlimm; denen ist nicht zu trauen.« Dem Petrus aber wollte doch nicht der Gedanke aus dem Kopf kommen, in dem schönen Lande Menschen zu sehen; daher, als er mittags mit seinem Meister wegen der Sonnenhitze und um auszuruhen in den Schatten einiger Bäume sich gelegt hatte, fing er wieder davon an. Der Heiland schüttelte aber nochmals mit dem Kopf. »Nun«, sagte Petrus, »wenn du nicht gern aus der Erde dieses Landes einen Menschen machen willst, so laß ihn aus einem andern Ding entstehen. Ich weiß, du hast in dir die Macht dazu. Wie wäre es, wenn du ihn aus dem Baumstock da machtest, worauf du deinen Mantel gehängt hast?« Da sagte Christus: »Als dieser abgehauene Baum noch grün war, zog er sein Leben aus dem Boden des Landes durch die Wurzeln. Es ist daher einerlei, ob ich aus Lehm oder aus diesem Holz einen Menschen mache. Damit du aber siehst, Petrus, welcher Art die Menschen in diesem Lande sein werden, so will ich deinen Wunsch erfüllen.«

»Stock, werd ein Mensch!« rief der Herr mit lauter Stimme.

Da regte es sich mit Macht darin, hob sich hoch und höher, und aus dem Baumstock ward ein Stockböhm. Kaum war er aber entstanden, als er sich hurtig bückte, des Herrn Mantel aufraffte und damit davonlief.

»Siehst du«, sprach der Herr zu seinem Jünger, »wie die Menschen in diesem Lande sind?«

Da schlug Petrus die Hände über dem Kopfe zusammen und rief: »O Undank! Da geht es nach dem Sprichwort: Trau, schau, wem? Nur nicht einem Böhm!«

Darauf setzten sie die Reise weiter fort und kamen in das Slowakenland, wo damals ebenfalls noch keine Menschen lebten.

Da wünschte Petrus wiederum, sein göttlicher Meister möchte hier Menschen entstehen lassen, damit das Land doch nicht so öde daläge. Allein Christus war nicht dafür. Erst als Petrus gar zu dringend anhielt, beschloß der Herr, aus dem Staube auf der Straße einen Menschen zu machen. Er hob den Fuß, um mit der Zehenspitze den Staub zu berühren und sein Schöpfungswort darüber zu sprechen; da stieß er zufällig wider einen großen Kuhfladen auf der Straße, gerade als er sprach: »Werde ein Mensch!« Und siehe! In dem Kuhfladen regte sich Leben; er streckte und dehnte sich und ward ein Mensch, Slowak genannt.

Kaum aber stand er in Lebensgröße da, als er schon die Hand ausstreckte und rief: »Herr, gib mir Brot!«

Da konnte sich Petrus vor Zorn nicht länger halten; er hob seinen Wanderstab, gab dem Slowaken eins auf den Rücken und rief: »Unverschämter, fauler Schlingel! Kaum hat dich die Langmut des großen Gottes aus weniger als nichts erschaffen, da schreist du schon: Gib mir Brot! Geh hin auf den Acker, sei fleißig und arbeitsam, so wirst du Speise in Fülle finden. Es heißt bei ordentlichen Leuten: Erst arbeiten, dann essen! Merk dir's, du Schlingel!«

Als der Slowak nun zur Arbeit ins Feld gejagt war, wanderte Christus mit seinem Jünger weiter fort und kam ins Krawatenland. Da sprach Petrus: »Dies Land ist gar nicht übel, aber Menschen sind noch nicht darin! Wie wäre es, lieber Meister, wenn du Menschen hier schüfest, die das Land anbauen und bevölkern?«

Christus, der Herr, schüttelte aber den Kopf bei den Worten Petri. Da sprach dieser weiter: »Wenn du, lieber Herr und Meister, nicht gerne mehr Menschen erschaffen willst, so kann ich es dir eigentlich nicht übelnehmen, mit dem Stockböhm und Slowaken ist es gar nicht gut abgegangen. Allein der Stoff war auch darnach. Nun seh ich aber hier einige Blutstropfen auf der Erde, die vielleicht ein verwundeter Mensch verlor; wenn du daraus Menschen machtest, so müßte doch was Besseres daraus werden als aus einem Baumstock und einem Kuhfladen.«

Da antwortete der Herr und sprach:

»Petrus, du sprichst, wie du es verstehst! Das Blut, das du für Menschenblut ansiehst, kann ebenso ein verwundeter Wolf verloren haben. Wie werden nun die Menschen sein, die aus dem Blute eines so wilden und gefährlichen Raubtieres entstehen? Allein, da du so sehr um Menschen bittest, so soll dein Wille geschehen. – Werdet Menschen!« rief der Herr die Blutstropfen an. Da standen auf einmal mehr als zwanzig wild aussehende Kerle vor den beiden Wanderern. Ihre Köpfe waren mit roten Mützen bedeckt, auf den Schultern hingen rote Mäntel, und in den Gürteln trugen sie Pistolen, Dolche und an der Seite krumme Säbel. Kaum hatten sie sich ausgestreckt und konnten die Augen ordentlich aufmachen, da zogen sie auch schon ihre Mordmesser, gingen auf die Reisenden los und sprachen: »Geld her, liebe Herren! oder wir schneiden euch den Bauch auf!« Da ergrimmte Petrus über die Maßen. Seine Augen leuchteten ihm wie einem furchtbaren Kriegshelden. Er griff hurtig unter seinen Mantel, wo er ein langes Schwert verborgen trug, nahm dies in seine beiden Hände und hieb links und rechts auf das Raubgesindel, daß es auseinanderstob. »Ist dies der Dank«, rief er, »welchen ihr eurem hohen Herrn dafür schuldet, daß er euch Leben gab? Nun soll euch mein Schwert verzehren und das Feuer vom Himmel, ihr verdammten Rotmäntel!« Da rief der Herr: »Petrus! Petrus! Halt ein! Fluche nicht wie ein Türke! Du siehst nun, aus was für Blute dieses Volk ist. Wenn es im Laufe der Zeiten sich bessert und meine Stimme hört, wird es ihm wohl gehen! Hört es aber nicht darauf, so wird Schwert und Feuer in sein Land kommen, daß es wüste wird, wie im Anfang der Zeiten. Und so wird es auch ergehen dem Stockböhmen und dem Slowaken. Nun aber laß uns weiterziehen! Mit diesen meinen drei Schöpfungen werden die Völker der Erde nicht befriedigt sein; in anderen Ländern aber, die jetzt noch öde sind, will ich Menschen erschaffen, die Gottes Bilde ähnlicher sind als diese.« (Österreich)

93 WIE DER ERSTE FRANZOSE GESCHAFFEN WURDE. Jesus Christus und Sankt Peter waren wieder einmal auf der Wanderschaft. Schon gar manches Volk hatte der Herr geschaffen, aber noch keine Franzosen. Und Sankt Peter wollte unbedingt Franzosen auf der Welt sehen und wandte sich deshalb an den Herrn. Dieser

aber hatte sehr wenig Lust, den Wunsch Sankt Peters zu erfüllen, denn er wußte von vornherein, daß die Franzosen ein böswilliges, aufrührerisches Volk sein würden, von dem er nichts als Ärger und Verdruß hätte. Doch Sankt Peter hörte nicht auf mit Quälen, bis Jesus versprach, ihm den Willen zu tun. Unterdessen waren sie auf ein Feld gekommen. Da sah der Herr am Rande eines Wassergrabens einen großen Maulwurfshaufen liegen. »Petrus«, sagte er, »scharre diesen Maulwurfshaufen auseinander.«

Als der Apostel das getan hatte, nahm der Herr eine Handvoll Erde und machte aus ihr den ersten Franzosen. Dann legte er ihn in die Sonne, damit er trocknete. Nachdem einige Zeit vergangen war, sagte der Herr zu Petrus, er solle das Männchen auf die andere Seite legen. Doch kaum hatte Peter das Bürschchen berührt, als es aufbegehrte und einen französischen Fluch tat: *»Laissez-moi tranquille, nom de tonnerre.«*

»Siehst du, Peter«, sagte der Herr, »habe ich es dir nicht gleich gesagt? Der Bursche ist erst halb gebacken und schon fängt er an zu fluchen. Mit dem werde ich meine Last haben.«

Und dies krakeelerische Wesen haben alle Franzosen bis auf den heutigen Tag behalten. (Flandern)

94 **WIE FINNEN UND RUSSEN GESCHAFFEN WURDEN.** Zu jener Zeit, als Gottvater und Petrus noch auf Erden wandelten, gingen sie einmal über glattes Eis. Auf dem Eis lag ein Klumpen Pferdemist. Petrus trat danach, worauf der Klumpen zu sprechen begann: »Ja, ja, ja.«

Petrus fragte Gottvater: »Was sagt er?«

»Er sagt: Ja, ja, ja.«

»Was soll da aus ihm werden?« fragte Petrus.

»Ach, machen wir einen Finnen aus ihm!«

Sie wanderten weiter, da begegneten sie dem Teufel. Der schnitzte an einem Baumstumpf herum. Petrus fragte Gottvater: »Was macht er da?«

»Ach«, sagte Gott, »der will das Ebenbild eines Menschen machen, aber er kann ihm das Leben nicht verschaffen.«

Als die Figur fertig war, wurde sie nicht lebendig. Gottvater fragte den Teufel: »Was machst du da?«

Der Teufel antwortete: »Ich mache einen Menschen.«

»Laß ihn etwas sagen«, sprach Gott.

Aber er sagte nichts, denn er war aus Holz. Gott nahm ihn und blies ihm in den Mund. Da kam gleich Leben in ihn, und er sagte: *»Davaj dengi!«* [Geld her!]

Petrus fragte: »Was redet er da?«

»Ah, er spricht Russisch, dann soll ein Russe aus ihm werden.« (Lappland, Schweden)

95 **DIE ERSCHAFFUNG DER SCHWEDEN UND DER DÄNEN.** Als Gott der Herr die Erde schuf, hatte er mit Dänemark sehr viel zu tun, richtete es aufs schönste ein, gab ihm fruchtbares Land, schöne Wälder, klare Bäche, schöne Seen und liebliche Gegenden. Da es nun spätabends geworden war und er für Schweden keine Zeit mehr übrig hatte, übertrug er dem Teufel, nach seinem Beispiel nun auch Schweden einzurichten. Dieser kam dem göttlichen Befehle anfangs ziemlich treu nach und machte Schonen, Blekingen und Westgötland ebenfalls schön und fruchtbar. Je weiter er aber nach Norden kam, desto nachlässiger wurde er, in der Meinung, daß Gott ihn in dieser Entfernung nicht mehr beaufsichtigen könne. Daher entstanden im nördlichen Teile Schwedens große Sümpfe, wilde Felsengebirge und eine Unzahl von Ungeziefer. Als Gott später das Werk das Teufels besah, war er sehr ungehalten; doch

ließ er es gut sein und sagte: »Da du nun dies Land so schlecht gemacht hast, so will ich dafür die Menschen in Schweden schaffen, und du kannst die in Dänemark machen!« Dies geschah, und daher sind die Schweden gutartig, die Dänen aber boshaft und falsch. (Schwedisch, Estland)

96 **DIE ENTSTEHUNG DES STECHAPFELS UND DIE ABKUNFT DER ZIGEUNER.** In einem fernen Lande lebte einmal ein gar kluger Mann, der viele zauberkräftige Mittel kannte, mit denen er den Menschen viel Gutes erwies. Die Leute kamen von weit und breit zu diesem weisen Mann und fragten ihn um Rat, und niemand verließ sein Haus ohne Trost und Hilfe. Da waren einmal gar viele Leute bei ihm, und da sagten einige zum weisen Manne: »Herr, warum nimmst du dir nicht ein Weib und erzeugst Kinder, denen du deine große Kunst nach deinem Tode hinterlassen kannst?« Der weise Mann sprach: »Ich möchte mir wohl ein Weib nehmen, aber ich glaube kaum, ein solches finden zu können, das mir nie etwas gegen meinen Willen tut. Ich brauche nur eine solche Frau, die meinen Willen stets befolgt; ist sie mir nur einmal ungehorsam, so muß ich sie verfluchen!« Trotzdem drangen die Leute in ihn, sich ein Weib zu nehmen. Da sprach der weise Mann: »Gut, ich will mir also ein Weib nehmen! Welche von den anwesenden Jungfrauen will mein Weib werden?« Eine schöne Jungfrau trat hervor und sprach: »Ich will, o Herr, dein Weib werden und stets deinen Willen befolgen!« – »So geschehe es!« versetzte der weise Mann und nahm sich die schöne Maid zur Frau. Lange Zeit lebten sie im besten Einverständnis, denn die Frau tat nie etwas zur Unzufriedenheit ihres Mannes. Sie hatten gar viele Kinder, und der weise Mann freute sich in seinem Herzen, daß nach seinem Tode seine

Weisheit auf so viele vererbt werde. Da traf es sich einmal, daß er spät in der Nacht von einem Kranken, den er zu heilen suchte, heimkam und zu seiner Frau also sprach: »Liebe, wenn morgen der Tag dämmert, so wecke mich auf, damit ich den Kranken besuche, bevor noch die Sonne die Erde bescheint!« Nun legte er sich nieder und schlief. Als der Tag dämmerte, da dachte seine Gattin bei sich: der Arme, wie gut er schläft! Er hat sich so spät und ganz erschöpft niedergelegt! Ich lasse ihn noch ein wenig schlafen! – Sie ließ also ihren Gatten weiterschlafen, und als sie ihn weckte, da beschien schon die Sonne die weite Erde. Da sprang der weise Mann von seinem Lager auf und sprach: »Als ich dich zum Weibe nahm, hatte ich dir gesagt, daß du stets meinen Willen erfüllen sollst; handelst du nur einmal gegen mein Gebot, so muß ich dich verfluchen! Dies hast du alles recht gut gewußt und mich gegen meinen Willen nicht geweckt. Nun also sei verflucht und werde eine Pflanze, die, von Tieren und Menschen gemieden, in ihrer Frucht so viele Körner enthält, als du Kinder auf die Welt gebracht hast! Deine Kinder sollen die ganze Welt durchwandern und dich überall hinführen; du aber sollst ihnen dienen und gehorsam sein müssen!« Hierauf verschwand der weise Mann, und aus der Frau entstand der Stechapfel, den ihre Kinder mit sich in die Welt führten und überall verbreiteten. Man sagt eben, wir stammten von den Kindern dieses Ehepaares ab. (Erzählung der Zigeuner in Siebenbürgen und Südungarn)

97 **DIE VERTEILUNG DES GLÜCKS UNTER DEN VÖLKERN.** Als der Herr das Glück unter die Menschen verteilte, da kamen zuerst die Türken vor Gott, damit sie sich von ihm ein Geschenk erbitten. Gott gab ihnen aus freiem Willen die Herrschaft. Es hörten die

Bulgaren, daß Gott Gnaden verleihe, und sie gingen also auch zu ihm, damit sie etwas erhalten. »Warum kommt ihr her, Bulgaren?« fragte sie Gott. »Herr, wir haben gehört, daß du in deiner Gnade Geschenke verteilst«, versetzten die Bulgaren, »wir bitten dich, gib uns auch ein Geschenk!« – »Was wollt ihr denn haben?« fragte sie der Herr. »Gib uns die Herrschaft«, versetzten die Bulgaren. »Die Herrschaft habe ich schon den Türken verliehen; verlanget etwas anderes«, sprach der Herr. »Was hast du da getan? Warum gabst du die Herrschaft anderen? Wir wollen nur die haben, gib sie uns«, versetzten die Bulgaren. »Lieb seid ihr mir, Bulgaren«, sprach da der Herr, »aber das Gegebene kann ich nicht zurücknehmen; euch aber will ich etwas anderes geben: die Arbeit; geht in Gesundheit!« Es hörten dies die Juden. Auch diese kamen zum Herrn. Fragte sie der Herr: »Warum kamet ihr her, Juden?« – »Wir kamen deshalb her, o Herr, damit du uns auch ein Geschenk gebest!« versetzten sie. »Was soll ich euch denn geben?« fragte sie der Herr. »Ei, wir wollen die Herrschaft haben, Herr«, meinten die Juden. »Die haben schon andere erhalten«, versetzte der Herr. »Ei, was für eine Rechnung hast du gemacht, o Herr?« sprachen die Juden, »wir wollen sie auch haben!« – »Nun, das Rechnen sei euer Geschäft«, sprach Gott. Es hörten dies die Franzosen. Auch diese kamen vor Gott, um ein Geschenk zu verlangen. Fragte sie der Herr: »Warum erscheint ihr hier vor mir, Franzosen?« Sie antworteten: »Damit du uns auch ein Geschenk verleihst.« – »Was für ein Geschenk wollt ihr haben?« fragte sie Gott. »Ei, wir wollen die Herrschaft haben«, antworteten die Franzosen. »Die Herrschaft haben schon andere erhalten!« versetzte der Herr. »Ei, was für Eitelkeit [Torheit] hast du begangen, Gott! Warum verliehst du sie anderen?« sprachen die Franzosen. »Ei nun, die Eitelkeit sei euer Geschenk«, versetzte der Herr. Es hörten dies die Ägypter [Zigeuner] und kamen auch zu Gott. »Warum kamet ihr, Ägypter?« fragte sie der Herr. »Wir kamen, Herr, damit du uns auch ein Geschenk gibst«, versetzten sie. »Was für ein Geschenk wollt ihr denn haben?« fragte sie der Herr. »Wir wollen die Herrschaft erhalten«, versetzten die Ägypter. »Ei, die Herrschaft habe ich schon anderen verliehen«, antwortete Gott. »O, und wir sind arm und leben in Mühe und Qual«, versetzten die Ägypter. »Nun, so seid denn arm und lebet in Müh und Qual«, sprach der Herr. Zuletzt kamen die Griechen. »Warum kamet ihr, Griechen?« fragte sie der Herr. »Wir kamen, Herr«, versetzten die Griechen, »damit du uns ein Geschenk gibst, das unter allen das größte ist.« – »Was wollt ihr denn haben?« fragte sie Gott. »Die Herrschaft wollen wir haben«, antworteten die Griechen. »Ei, ihr Griechen, ihr seid gar zu spät gekommen«, sprach der Herr, »für euch ist sozusagen gar nichts übriggeblieben! Die Herrschaft haben die Türken, die Arbeit die Bulgaren, das Rechnen die Juden, die Eitelkeit die Franzosen, die Ägypter die Armut erhalten. Für euch ist also gar nichts übriggeblieben!« – »Wer hat diesen Betrug begangen, auf daß wir dies nicht erfuhren und zu spät um ein Geschenk hergekommen sind!« schrien die Griechen ärgerlich. »Ei, ärgert euch nicht«, sprach der Herr, »auch euch gebe ich etwas; leer sollt ihr nicht ausgehen; das Betrügen sei euer!« (Bulgarien)

98 CHRISTUS AM KREUZ BESTIMMT DAS SCHICKSAL DER SERBEN, TÜRKEN UND KATHOLIKEN. Ans Kreuz genagelt fragte Jesus Christus: »Was treibt das Serbenvolk?« Antwortete man ihm: »Es jammert und klagt!« Entgegnete er: »So soll es ewig jammern und klagen!« – »Und die Türken, was treiben denn die?« – »Sie rüsten die Rosse, um zu deiner Befreiung herbeizueilen!« – »So sollen sie

bis ans Ende der Zeiten ein Reitervolk bleiben!« – »Was treiben die Lateiner [Katholiken]?« – »Sie sammeln Geld, um dich loszukaufen!« – »So mögen sie allzeit bei Geld sein!« – Daher kommt es, daß die Serben immer nur klagen und jammern müssen, die Türken die tüchtigsten Reiter sind, die Katholiken aber immer die Taschen voll Geld haben. (Südslawen, Balkanhalbinsel)

99 DER ERSTE MÖNCH ODER: DER TEUFEL IST UNSERS HERRGOTTS AFFE.

Wenn was der Teufel siehet von unserm Herrgott, das will er bald nachtun, wie ein Affe auch pfleget, und kann doch, das er siehet, nicht der Gestalt nachtun, wie er's gesehen hat. Es sagen etliche, daß die Münche aus solchem Affenspiel des Teufels ihren Ursprung haben, und also:

Gott nahm ein roten Erdenkloß, wie Moses schreibt, und richtet ihn zu, es sollt ein lebendiger Mensch draus werden, stellt ihn an ein Wand und sprach: »Fiat« – also ward ein lebendiger Mensch daraus und lebte. Über etliche Zeit hernach wollt der Teufel dies unserm Herrgott nachtun, nimmt auch einen Erdenklump, richtet ihn zu, es sollt ein Mensch daraus werden, und hätte nicht fleißig Achtung gehabt auf Gottes Wort, das er nuzumal vergessen hätte, und stellet es an einen Zaun und spricht: »Pfuat.« Da geriet es übel, und ward ein Münch daraus. Und da der Teufel dies häßlich Bild sahe, sprach er: »Pfu dich an alle dein Tage, wie übel hab ich mein Arbeit angelegt. Gehe hin in alle Welt und betrüge Land und Leut etc.«

Und wiewohl dies schimpflich geredet wird, so ist's doch leider allzu wahr. Denn in Ägypten, nach der Prophezei Jakob, sind viel frommer Leut gewesen, die sich mit ihrer Hände Arbeit ernähret haben, Macharius, Abraham, Antonius und andere, fleißig am Wort und Gebete, wie das Buch Vitas Patrum sagt und die Historien melden. Von diesen frommen Vätern und ihrem Leben, welches da frei war, hat man einen Stand gemacht, nicht Leder, sonder Holz zu Schuhen getragen, nicht Fleisch, sonder Fisch zu essen, wullen und hären Hemd zu tragen etc. Bis daß sollichs Affenspiel geraten ist zu einer Faulheit, Geiz, Hoffart, Pracht, Reichtumb und großen Schlung der höllischen Verführung, des Teufels Säuställen und Hurenhäusern.

Man saget scherzweise, aber es ist im Grunde die lauter Wahrheit, daß in Ägypten zur Zeit der frommen Väter der Teufel sie heftig anfochten habe, und in dem hat er in der Wüsten antroffen einen faulen, teigen [verlotterten], losen Bruder und gefraget: »Wer bist du? Und was tust du hier?« Da hat der Bruder geantwort, er sei ein Christen und sei darumb in die Wüsten gewichen, daß er der christlichen Lehre neben seiner Arbeit desto besser gewarten müge. Da hat der Teufel wieder gesagt: »Wohlan, weil du von Leuten gewichen bist, so wird folgen, daß du heiliger und frommer seiest denn andere Leute, darumb will ich dir gebühren, daß du und ihr alle auch ein andere Kleidung tragen, dadurch ihr von andern, gemeinen Leuten für heilig und fromm mögen erkannt werden und dafür gehalten. Der Bruder siehet an seine Kleider, die nun fast zerrissen und dünne waren, so ist er faul, und die Arbeit tut ihm weh, und sprach, er wollt wohl ein ander Kleid tragen, wann er's hätte. Der Teufel sprach: »Ich will dir eins bringen.«

Auf den andern Morgen bracht er dem Bruder ein ganz grau Tuch, schneid mitten ein Loch hindurch und hing es ihm also ganz an den Hals. Der Bruder gehet und trägt vornen das Tuch unter den Armen, hinden blieb es ihm an den Büschen und Dornen hangen und machet ihm also viel zu schaffen, daß er der Arbeit gar entwohnete, zu welcher er auch zuvor keinen Lust hatte. Über etliche

Tage kummt der Teufel wieder, und da ihm der Bruder klagte, wie ihm das Tuch so viel Mühe mache, nimmt er ein Wide [Weide] von einem Baum und schürzet ihn darein wie mit einem Gürtel, und machte ihm große Schoße, Geren [keilförmige Einsätze im Gewand] und weite Ärmel. Daher es auch noch kommt, daß sie Gürtel mit Knoten tragen und die Kutte so weit ist worden, daß sie noch heutiges Tages niemand erfüllen kann. Darnach machet er ihm ein Kranz. Denn es ziemt einem heiligen Manne nicht, Haar zu tragen, wie die Laien und Unheiligen tun. Endlich, da sich der Bruder beklagte, es sei ihm nicht müglich, daß er sich nun forthin mit Arbeit sollte ernähren, das Kleid sei zu weit und zu groß, gibt ihm der Teufel einen solchen Rat, er soll gehn in den nächsten Flecken und bitten umb Gottes Willen und schreien: Ein Brot durch Gott. Und daß es ihm ja nicht mocht mangeln an etwas, darein er das Brot sammeln mochte, so nimmt der Teufel des Bruders Hemde, nähet es unten und oben zu, und schneidet mitten ein Loch darein und macht ein Gardian [einen Quersack, Bettelsack] draus. Der Bruder geht hin und will Brot bitten um Gottes Willen, und da er ins Dorf kommt und den Leuten ein solches wunderlichs Tier noch neu und unbekannt war, liefen die Kinder, so bei den Pferden und Gänsen auf dem Felde waren, heim und schrien und wußten nicht, was das für ein ungeheuer Tier sei. Es war aber eben umb die Zeit, da der Hirt pflegt, zu Mittag das Viehe einzutreiben. Da schrie der Dorfochse: »Mo, mo, mo, mo, mönch.« Heben die Kinder an: »Siehe, siehe, unser Dorfochse kennet ihn, es ist ein Münch.« Der Teufel machte den ersten Münch, der Dorfochse aber hat ihn getaufet und den Namen gegeben. Dies schreib ich darum gern, daß man sehe, wie der Teufel alle Ding verkehret und aus dem guten, freien Leben der Väter, die treulich am Wort Gottes und der Lehre angehalten haben, einen gezwungen genötigten Stand, Mastsäu und Hurhäuser hat zugerichtet, davon wir weiter wöllen sagen, wenn ich schreiben werd von des Klosters Heimlichkeit. (Deutschland)

100 WOHER DIE LUTHERANER STAMMEN.

Es war einmal ein Gutsherr. Der war sehr vermögend und hatte eine einzige Tochter. Weil diese nun sehr reich war, so ritten zu ihr sehr viele Jünglinge, schöne und reiche. Aber sie hatte an keinem Gefallen. Da sagte einmal der Vater: »Mein Kind, in dieser Welt, gibt es keinen Bräutigam mehr für dich. Es müßte schon der Teufel kommen, der würde dir schließlich gefallen.« Es dauerte gar nicht lange, da kam ein Jüngling herbeigeritten, der sagte, er käme von jenseits der Grenze. Den gewann sie sehr lieb, und es dauerte nicht lange, da heiratete sie ihn. Nach der Hochzeit führte sie der Jüngling über die Grenze in seinen Hof. Der war sehr schön, und alles gab es darin. Ihr gefiel es dort gut, und ihr Leben verlief ruhig. Nur sobald es dämmerte, war es ihr unheimlich. Dann ging ihr Mann aus dem Hause, und als die Hähne krähten, kam er erst wieder heim. Er war nämlich ein Teufel. Nunmehr ergriff sie Furcht, denn sie wußte nicht, was sie tun sollte. Sie besprach sich mit andern. Die gaben ihr folgenden Rat: »Sobald er wieder ausgeht, halte Kutsche und Pferde bereit, setze dich sogleich in den Wagen und flieh über die Grenze!« Einst war er nun wieder ausgegangen. Da setzte sie sich sogleich in den Wagen und machte sich auf die Flucht. Und es glückte ihr, über die Grenze zu kommen. Der Teufel merkte, daß sie nicht mehr da war, und machte sich an die Verfolgung. Er holte sie aber bis zur Grenze nicht ein, und sie fuhr zu ihrem Vater. Nicht lange darauf ward ihr ein Sohn geboren. Der Knabe wuchs schnell heran, und da er von einem Teufel stammte, war er sehr klug und lernte sehr leicht. Er kam bald aus der Schule und wurde Pfarrer. Als er aber als Sohn eines Teufels Pfarrer geworden war, gab er seinen Glauben auf und ersann die Lehre der Preußen. Daher stammen also die Preußen, d.h. die Lutheraner. (Litauen)

101 **WARUM DER BEUTEL DES PFAFFEN IMMER LEER IST.** A – Es waren einmal zwei Brüder, die sollten sich das Erbe ihres Vaters teilen. Der eine Bruder war ein Bauer, der andere ein Pfaffe. Ihr ganzes Erbe bestand aber aus einem Sack. Den nahmen sie, schnitten ihn mitten entzwei und losten nun darum, wer welches Stück bekommen sollte. So kam es, daß der Bauer den unteren Teil des Sacks mit dem Boden bekam. Der Pfaffe bekam den oberen Teil ohne Boden. Deshalb sind die Beutel der Pfaffen bodenlos und nichts hält sich darin, während sich im Beutel des Bauern immer noch etwas findet. (Lappland, Schweden)

✦

B – Der erste Schuster sollte für den ersten Pfaffen einen Ledersack machen. Dieser wollte darin seinen Zehnten sammeln. Aber der Schuster schnitt aus dem Boden des Sacks zwei Sohlen und sohlte damit ein Paar Schuhe für sich selbst. Und so ist es bis heute geblieben – der Schuster stiehlt Leder, und der Beutel des Pfaffen ist bodenlos. (Ångermanland, Schweden)

✦

C – Einmal fragte ein Dorfschulze einen Pfaffen, wie es zugehe, daß ihm immer soviel in seinen Sack gestopft werde und der Sack doch nie voll sei.

»Das kommt daher«, antwortete der Pfaffe, »daß der Teufel mal einen hitzigen Dorfschulzen hineingestopft hat, der hat ein Loch in den Boden gebrannt.« (Schonen, Schweden)

102 **WARUM MAN SPRICHT: »DER ARME TEUFEL!«** All das ungeheure Gold und Silber, das in der ganzen Welt unter dem Erdboden verwunschen und vergraben liegt, hütet der Satan mit höchstem Fleiß. Und läßt er den Menschenkindern davon etwas zukommen, so muß es wunderbar zugehen. Es hat aber alles auch seine Bewandtnis, und wenn's dem Teufel selbst zu arg gewesen ist, dann war's arg genug. Man heißt ihn wahrlich trotz seines Reichtums nicht umsonst so bedauerlich den armen Teufel. Mein Ellervater erzählte einmal, woher das kommt.

In einem Dorf wohnte ein ganz geringer Mann. Meinetwegen mag er Kaspar geheißen haben. Dem war von Kindesbeinen an alles schlimm gegangen, und allemal wenn's den anderen Brei regnete, hatte er keinen Löffel. Darum wässerte ihm schon lange das Maul nach dem Wohlleben der Reichen, und er hätte ums Leben gern auch seinen Part gehabt von der irdischen Glückseligkeit.

Als er einstmals beim Holzlesen einsam durch den Wald strich und sich gar betrübte Gedanken machte, wie wunderlich es mit den Menschen bestellt ist, dachte er in seinem Herzen: Wenn dir doch einmal der Teufel begegnete! Vielleicht könntest du mit seiner Hilfe reich werden. Und richtig, als ob er's gerochen hätte wie einen guten Speckpfannekuchen – im selben Augenblick stand Meister Hämmerling vor ihm und fragte ganz treuherzig und niederträchtig nach seinem Begehr. Der Kaspar machte nicht viel Ausflüchte und sagte ihm kurzer Hand, was er auf dem Herzen hatte: So und so... – so daß sie bald miteinander handelseinig wurden. Der Teufel versprach ihm, noch dieselbe Nacht seinen längsten Sack daheim mit lauter Geldstücken zu füllen, und zwar durch den Schornstein des Hauses herab. Dafür sollte ihm die arme Seele in der Todesstunde als Eigentum verfallen sein.

Als nun der leichtsinnige Mann daheim in seinen vier Wänden saß und sich an den ganzen Handel erinnerte, wurde es ihm doch verflucht leidmütig, daß er sich in solch ein Schlamassel begeben hatte, und er schaute betrüblich darein, als ob ihm die Hühner das Brot genommen hätten. Die Frau aber, die gar merkisch und unvernünftig gescheit war, nahm ihn scharf darüber ins Gebet und ließ ihm nicht eher Ruhe, als bis er zuletzt die böse Sache eingestand und ihm das Garren näher war wie das Lachen.

»Oh, du Schlächkopp«, sagte sie, »was brauchst du flennen und ein Gesicht zu machen wie die Katze, wenn's donnert. Dem dummen Teufel wollen wir schon weisen, wo die Sach' ein Loch hat. Laß mich nur machen.«

Darauf gab sich der Mann zufrieden und folgte willig dem Anschlag seiner Frau. Also suchten sie den allerlängsten Sack heraus, den sie nur auftreiben konnten. Die Frau schnitt unten mit der Schere ein faustgroßes Loch hinein. Und sie hingen ihn dann in der Küche auf, gerade unter den Schornstein, und genau über die schmale Öffnung, die von da in den sehr großen und tiefen Keller ging.

Pünktlich auf den Schlag elf Uhr kam der Teufel auf dem Wiesbaum angeritten, setzte sich auf das Dach und rief von oben herab ins Haus: »Ich bin da, halt den Sack unter!«

»Nur zu«, sagte der Kaspar, »ich warte schon lange darauf.«

Nun ging's kling-ling-ling. Die Taler rasselten die Wände hinab wie im Winter die Schneeflocken, aber sie fielen auch alsbald durch das Loch des Sackes in den Keller. Der Teufel schüttete und schüttete, aber der Sack wollte immer nicht voll werden. Dann reckte er unmutig den Kopf zum Schornstein herein und rief: »Ist der Sack noch nicht voll?«

Der Kaspar erwiderte: »Nun sieh mal einer an! Will mich der Schelm auch noch höhnen! Wie lange halte ich schon auf, aber ich sehe nichts. Das ist gegen unsere Abrede.« Der Teufel konnte auch nichts von Geld entdecken und mußte, wohl oder übel, wieder von oben die Taler regnen lassen. Unterdessen war die Frau in den Keller gelaufen und scharrte eifrig mit einer Wurfschaufel das Geld beiseite, so daß das Loch sich nicht verstopfen konnte. Ihr war noch niemals eine Arbeit so von der Hand gegangen. Indem rief der Teufel wieder: »Ist's nun genug?« Und abermals antwortete der Kaspar: »Nein, es ist als noch nix da.«

Darauf ging der Tanz von neuem los. Das Geld fiel wie ein Platzregen durch den Schornstein herab in den Sack, durch das Loch in den Keller, und die Frau konnte es nicht geschwind genug beiseite schaffen. Es lag mannshoch da. Endlich wurde der argwöhnische Teufel das Herabschütten müde, und als er wiederum den Sack noch ganz leer erblickte, schrie er: »Was zu arg ist, ist zu arg! Hier geht's nicht mit rechten Dingen zu. Auf die Weise komme ich um mein Letztes. Unser Pakt ist aufgehoben!«

»Nun, so bin ich's auch zufrieden«, antwortete Kaspar, dem ein Stein dabei vom Herzen fiel. »Ich sehe ja, daß du nur ein elender Prahlhans bist.«

Jetzt kam auch die Frau aus dem Keller herauf, schabte dem Teufel spöttisch ein Rübchen:

»Ätsch, ätsch, angeführt!
Im Sack war ein Loch!
Das Geld aber haben wir doch!«

– und klappte vor Vergnügen die Hände zusammen.

Als der so schändlich betrogene Teufel endlich bemerkte, wie listig man ihn über den Gänsedreck geführt hatte, fluchte er voll Zorns: »Ei, ihr Hagelsweibsleute! Ihr seid ja noch zehnmal schlimmer als der Teufel selbst« –

und fuhr, da es ohnedem Mitternacht schlug, mit Gebrüll und Gestank davon.

Die Geschichte ist so wahr, als wär sie heute geschehen. Denn wegen diesem Schaden heißt man ihn überall auf Erden so bedauerlich den – *armen* Teufel. (Hessen)

103 **WANN DAS »MUSS SEIN« AUFGEKOMMEN IST.** Als unser Herrgott beschlossen hatte, Adam und Eva, weil sie gegen sein Gebot gesündigt hatten, aus dem Paradies zu stoßen, schickte er zuerst den magyarischen Engel [Gabriel, Gabor] zur Austreibung in ihre Wohnung. Adam und Eva waren aber durch den Apfelbiß schon so klug geworden, daß sie sich zu helfen versuchten: sie setzten dem Engel allerhand Gutes vor, Speise und Trank, und er ließ es sich wohl schmecken. Nach dem Essen konnte der Engel es nicht über sein Herz bringen, seine guten Wirte aus dem Paradiese zu jagen; er kehrte unverrichteter Sache zu unserm Herrgott zurück und bat ihn, er solle einen andern schicken, er könne es nicht tun.

Da sandte Gott den wallachischen Engel Florian; denn er dachte, der ist weniger gefühlvoll und wird kurzen Prozeß machen. Adam und Eva saßen gerade bei Tische, als der Diener des Herrn in Bundschuhen, die Pelzmütze unterm Arme, eintrat, demütig grüßte, und seinen Auftrag sagte. Wie Adam ihn sah, hatte er keine Angst mehr, sondern fragte ganz trutzig: »Hast du etwas Schriftliches bei dir?« Da erzitterte der Engel Florian, kehrte sogleich um und eilte in den Himmel zurück. Nun ward unser Herrgott zornig und schickte den deutschen Erzengel [Michael] hinunter. Da hatten Adam und Eva nicht geringe Angst: sie boten aber alles auf, um ihn für sich zu gewinnen, bereiteten ein köstliches Mahl, setzten ihm Schinken, Wurst und Sauerkraut, Bier und Wein und süßen Met vor. Der deutsche Engel war sehr vergnügt, ließ sich alles wohl schmecken, daß Adam und Eva leichter ums Herz wurde. Kaum war jener aber gesättigt, da erhob er sich, schwang drohend sein flammendes Schwert und rief: »Alloh, jetzt packt euch!« Da flehten ihn Adam und Eva an, sprachen, wie er so grausam sein könne. Den Engel aber rührte das alles nicht, er zuckte die Achsel, sagte »muß sein« und trieb sie ohne weiteres aus dem Paradiese hinaus. (Siebenbürgen)

104 DAS NIESEN. Es war einmal ein armer Mann, der hatte viele Kinder und hatte kein Handwerk gelernt. Da er einfache Arbeit nicht bekam, wußte er nicht, womit er seine Frau und seine Kinder ernähren sollte. Deshalb beschloß er, Dieb zu werden. Nicht weit von seinem Hause wohnte ein steinreicher Herr. Der besaß einen Hengst, den er sehr lieb hatte, und einen Wagen. Der arme Mann dachte bei sich: »Ich gehe hin, stehle Pferd und Wagen und verkaufe es. Dann habe ich für lange Zeit wieder zu essen.« Er suchte sich dazu eine stockdunkle Nacht aus und beeilte sich, Pferd und Wagen zu stehlen. Auf dem Wege begegnete er einem Mann. Den fragte er: »Wer bist du?« Er antwortete: »Ich bin der Teufel. – Und wer bist du?« Der arme Mann sagte: »Ich bin ein Dieb und will in das benachbarte Gehöft gehen, um dem Herrn seinen Hengst, den er sehr lieb hat, und seinen Wagen zu stehlen.« Darauf erwiderte der Teufel: »Schön, wir wollen beide gute Kameraden sein! Auch ich will in das Gehöft, um dem Herrn seine Seele zu rauben.« Der Dieb fragte ihn: »Sag mir doch, wie bekommst du die?« Der Teufel entgegnete: »Ich gehe zu dem Herrn ins Zimmer und wecke ihn aus dem Schlafe. Dann ruft er sofort seinen Diener Jonas, der ihm Wasser reichen soll. Der Diener gibt ihm das und geht dann hinaus, und der Herr beginnt sich sofort zu waschen und heftig zu niesen.

Wenn dann keiner zu ihm sagt ›Gesundheit‹, wird er sich zu Tode niesen, und seine Seele wird mein.« Und der Teufel fügte noch hinzu: »Schwatze aber bitte zu niemand davon! Wenn ich Glück gehabt habe, will ich auch dir behilflich sein, Pferd und Wagen zu stehlen.« Der Dieb entgegnete: »Sei doch nicht so töricht! Wo werde ich denn davon sprechen?«

Unter solchen Gesprächen nahten sie sich dem Gehöft. Der Teufel eilte in das Zimmer zu dem Herrn. Der Dieb aber trat gebückt unter das Zimmerfenster und wollte sehen, was da drinnen vorging. Der Teufel weckte, wie er es gesagt hatte, sogleich den Herrn. Der Herr rief seinen Diener, hieß ihn Wasser bringen und begann sich zu waschen. Beim Waschen mußte er heftig niesen. Nach einer guten Weile rief der Dieb, der am Fenster stand: »Gesundheit!« Auf der Stelle hörte der Herr mit Niesen auf. Der Teufel sprang wütend vom Ofen herab, lief hinaus und rief dabei: »Du hast doch versprochen, nichts zu sagen. Du Bösewicht, was hast du mir getan?« Da erschrak der Herr sehr und rief: »Jonas, Jonas, sieh nach, wer dort am Fenster steht, ergreif ihn und führ ihn zu mir!« Der Diener lief hinaus, fand den Menschen unter dem Fenster stehen und brachte ihn schnell zu seinem Herrn. Der fragte ihn: »Weshalb sagtest du zu mir ›Gesundheit‹?« Der Dieb erzählte ihm alles von Anfang bis zu Ende. Darauf dachte der Herr eine Weile nach, kratzte sich den Kopf und sagte: »Ich danke dir dafür, lieber Bruder! Ich glaube, du hast mir die Wahrheit gesagt. Ich fühlte ja kein Verlangen, aufzustehen und mich zu waschen, aber trotzdem tat ich so.« Darauf schenkte der Herr dem armen Mann Pferd und Wagen, die er stehlen wollte, dazu ein Stück Land und einige Dutzend Rubel zum Lebensunterhalt, und dann trennten sich beide. Seit dieser Zeit herrscht die Sitte, beim Niesen zu sagen: »Gesundheit!« (Litauen)

105 DAS SPRACHGEMENGSEL IN GRAUBÜNDEN. Gott der Herr hatte die Welt längst erschaffen, mit allem, was auf ihr ist. Alle Weltteile waren schon stellenweise mit Menschen bevölkert, aber es fehlte ihnen zur Vollkommenheit noch die Sprache, und der Schöpfer beschloß, dadurch, daß er ihnen die Sprache gebe, seinem Ebenbilde ähnlich sie zu machen. Doch sah er in seiner Weisheit ein, daß es besser sei, wenn nicht alle Menschen dieselbe Sprache haben. Und so dachte er die verschiedenen Sprachen der Welt sich aus, und gab jeder derselben verschiedenen Charakter. Dann befahl er dem Logos, einem der schönsten Engel, den Samen der verschiedenen Sprachblumen, die er ebenfalls geschaffen, gesöndert zu sammeln und in aparte Säcke zu tun.

Der Logos erfüllte des Herrn Geheiß, sönderte die Samen der verschiedenen Sprachblumen in besondere Säcke, nahm dann je eine Partie verwandter Sorten, flog damit über einen ihm bezeichneten Teil des Erdkreises und schüttete den Sprachsamen auf die Köpfe der armen, stummen Menschen, und dieser Same faßte Boden, trieb seine Keime durch die Schädel ins Gehirne und entwickelte in demselben jene Knollen, aus denen die herrlichsten Sprachschöpfungen sich entfalteten.

Logos hatte schon alle Sprachsäcke geleert und wollte eben, durchs Paradies hindurch, zum Schöpfer zurückfliegen, um ihm Rechenschaft über Vollziehung seines heiligen Willens zu geben. Da gewahrte er noch ein schönes Alpenland, das er in seinem Diensteifer ganz übersehen, und dessen Bewohner allein noch keine Sprache hatten.

Aber seine Sprachsäcke waren leider leer, und er klagte dem Schöpfer sein Versehen, und wie nun die armen Menschen in dem Wirrwarr von Bergen und Tälern keine Sprache hätten, weil sein Vorrat an Sprachsamen zur Neige sei.

Der Schöpfer gab dem Logos einen verdienten Verweis wegen seiner Unachtsamkeit, indem das Sprachenschaffen keine Sache sei, die er nur so aus dem Ärmel schütteln könne. Zudem habe er jetzt Sabbatruhe, die er als ein ewiges Gesetz, welches er selbst sich gegeben, der Handvoll Menschen in jenem Alpenlande wegen zu brechen nicht sich entschließen könne. Es sei nur ein Mittel, den Bewohnern in den rätischen Alpen drunten zu helfen: »Nimm«, sagte er zum Logos, »die geleerten Säcke, und suche nach, in welchem von diesen deine Unachtsamkeit etwa noch einen Rest des Sprachsamens zurückgelassen hat, durchsuche namentlich die Säcke mit dem indogermanischen Blumensamen, den Keltensack, den Germanen- und den Romanensack, und schütte das in den Zipfeln dieser Säcke noch versteckt gebliebene Gesäme in einen Sack, fliege damit hinunter über das Quellengebiet des Rheines, des Inn und der Moesa und streue das wenige in den Zipfeln der Säcke zurückgebliebene Gesäme über die Köpfe der armen Verlassenen in den rätischen Alpen.«

Der Logos tat, wie der Herr ihm befahl.

Und daraus ist das bunte Sprachgemisch in Graubünden zu erklären. (Graubünden)

Tierwelt

106 **WIE ADAM DEN TIEREN DIE NAMEN GAB UND DER STORCH DAS KLAPPERN LERNTE.** Als Gott den Adam geschaffen und ihm den Namen Mensch gegeben hatte, schuf er auch alle Tiere, die es auf dieser Erde gibt, groß und klein, aber Namen gab er ihnen nicht, sondern wollte hören, wie Vater Adam die Tiere nennen wird. Gott wußte wohl die Namen aller Tiere, aber er erwies dem Vater Adam die Ehre und brachte alle Tiere vor ihn, daß er jeglichem den Namen gäbe. »Sohn Adam«, sprach Gott, »ich mache dir etwas zu tun mit den Tieren da, die ich geschaffen habe; ich trage dir auf, ihnen Namen zu geben, denn alle Tiere sollen dir dienen, und darum mußt du auch jedes Tier bei Namen rufen können.« Nach Gottes Befehl kamen nun alle Tiere vor Adam, verneigten sich vor ihm wie vor ihrem Zaren, und Adam gab einem jeden seinen Namen. Als so alle Tiere beim Vater Adam vorbeimarschiert waren, ordneten sie sich, verneigten sich vor ihm und gingen jedes an die Arbeit, die ihm Gott verordnet hatte.

Adam richtete sich nun auf und sprach zu den Obersten der Tiere: »Hört mich an, ihr Obersten, ich befehle euch, darauf bedacht zu sein, jeder für seine Untergebenen, daß jedes Tier ein Handwerk lernt und darin seine Arbeit hat; eins mag singen, eins pfeifen, eins mit den Flügeln rauschen, andre mit Armen und Beinen etwas verrichten. Mit einem Wort, jedes soll lernen, was es kann, aber irgend etwas muß es verstehen; mag es das niedrigste Handwerk sein, lernen muß es. Nach vierzig Tagen erwarte ich euch hier an dieser Stelle, daß jedes Tier seine Kunst vor mir zeige. Und ihr Untergebenen, habt ihr gehört, was ich euren Obersten befohlen habe? Jedes von euch soll gehorsam das Handwerk lernen, das sein Oberster lehren wird. Wer nicht bis zum 40. Tage irgendeine Kunst gelernt hat, soll wissen, daß er vor der ganzen Versammlung beschämt wird, weil er nichts gelernt hat.«

Darauf gingen die Tiere fort, und jeder Oberste bemühte sich, seine Untergebenen irgendein Handwerk zu lehren. So waren neununddreißig Tage vergangen, und sie fingen an, die Tiere herbeizurufen und in Herden zu versammeln, jede Art besonders, um nun zum Vater Adam zu gehen und das Handwerk zu zeigen, das jedes Tier von seinem Obersten gelernt hatte.

Der Oberste der Störche allein hatte vergessen, seine Störche irgend etwas zu lehren, aber zum Glück für die Störche hatte er davon gehört, wie man die andern Tiere zusammenrief, daß sie zum Vater Adam gehen und zeigen sollten, was sie in den vierzig Tagen gelernt hatten.

»Daß Gott erbarm«, dachte er bei sich, als er merkte, daß er Adams Befehl vergessen hatte, »ich esse da immer Frösche und Schlangen und vergesse, meine Störche ein Handwerk zu lehren; das ist eine schöne Geschichte, wie wird das vor Vater Adam ausgehen, ich werde da mit Schanden bestehen.« In solchen Gedanken flog er zu seinem Nest und verfiel in Nachdenken, wie er es anfangen sollte, noch eine Kunst zu lernen und seine Störche zu lehren, daß er sich vor dem Vater Adam nicht zu schämen brauche.

Zu der Zeit spazierte der Baumhacker [Specht] von Baum zu Baum und klopfte an die Bäume, damit die Ameisen herauskämen und er sie verzehren könnte. Er wollte auch mit den Seinen zum Vater Adam und dies sein Handwerk zeigen.

Während nun der Storch nachdenklich dastand, hörte er das Klopfen des Baumhackers: *tak, tak, tak!* und versuchte gleich, mit seinem Schnabel das Klopfen nachzumachen, aber so wie der Baumhacker brachte er es nicht heraus, denn er vernahm nur, wie dessen Klopfen von einem nahen Berge widerhallte, und statt *tak, tak* hörte er *klak, klak.* Dies Geklapper versuchte er mehrmals, lernte es, versammelte sofort die Störche und lehrte sie klappern, wie er es selbst konnte, und am nächsten Morgen machten sie sich auf zum Vater Adam, ihre Kunst zu zeigen.

Am vierzigsten Tage waren alle Tiere bei Vater Adam versammelt, und als sie sich in Herden aufgestellt hatten, fragte er jeden, was er gelernt habe. Da fingen alle nach der Reihe an, ihre Kunst zu zeigen. Zuerst brüllte der Löwe mächtig, so daß alle Tiere erschraken. Da verlieh ihm Adam, daß er Zar über alle Tiere sein solle. Als der Esel das sah, beneidete er den Löwen und brüllte ebenfalls aus Leibeskräften, aber kein Tier erschrak vor seinem Gebrüll, und Adam verlieh zwar dem Esel, daß er brüllen dürfe, aber so, daß niemand vor seinem Gebrüll und Geschrei erschrecke. Daher kommt es, daß der Esel immer brüllt, um die Tiere zu erschrecken, weil er meint, er sei ebenso gut wie der Löwe. Nach ihnen zeigten alle Tiere ihre Künste: einer singt, einer pfeift, einer kann mit den Flügeln, andere mit Armen und Beinen etwas ausrichten, und so zeigte jeder, was er konnte, zuletzt auch die Störche ihr Klappern. Die aber, die nichts gelernt hatten, verurteilte Vater Adam, für alle Zeit stumm zu sein. Und wirklich, so verblieben alle Tiere bei den Namen, wie sie Adam ihnen gegeben hatte, und bei den Künsten, die er ihnen damals verliehen hatte, so daß von da an bis heute und in alle Ewigkeit einige singen und auf die Weise miteinander reden und sich untereinander verstehen, andere aber stumm sind und sich nur durch Zeichen verständigen. (Bulgarien)

107 **WIE DIE TIERE WAFFEN BEKAMEN.** Es gab eine Zeit, allein das ist nun sehr, sehr lange her, da konnten auch alle Tiere so sprechen wie wir und lebten auch alle miteinander in Frieden und hatten Umgang miteinander, wie man sich ja noch viele Geschichten davon erzählt. So ging der Fuchs einträchtig mit dem Hasen

und Hahn, der Wolf mit dem Hund und Schaf, die Katze mit der Maus. Auch trug keines der Tiere noch Waffen oder Gift bei sich; keines brauchte vor dem andern sich zu verkriechen und das andere zu fürchten. Da kam aber der Teufel, und wie er unter dem Menschengeschlecht Haß und Zwietracht stiftete, so entzweite er auch die Tiere und nahm ihnen die menschliche Sprache. Seither geben sie nur ihnen untereinander verständliche Laute von sich. Auch mußten sie sich jetzt Waffen und Zufluchtsstätten suchen. Damals zogen die Schnecke und die Biene in das Haus, das sie noch jetzt bewohnen, die anderen Tiere in Löcher und Höhlen; damals legte die Schildkröte, der Krebs und der Hirschkäfer Schild und Panzer an; damals rüstete sich der Igel mit den vielen Stacheln, die Biene und Wespe nahmen nur einen; damals waffnete sich das Wildschwein mit Hauern, Stier und Widder mit Hörnern, die Schlange mit Gift und Geifer, die Katze mit Bosheit, der Pater [Beerenwanze] und die Kreuzspinne nahmen das Zeichen der Frömmigkeit zu ihrem Schild – alle Tiere etwas. Nur die Taube und das Lamm blieben wie sie gewesen waren; sie hofften, ihre Unschuld würde sie schützen. So kommt es denn, daß die meisten Tiere sich gegenseitig wie die Völker bekriegen und schädigen durch Stoßen, Kratzen, Schlagen, Beißen, Zerreißen usw. – nur das Lamm und die Taube wehren sich nicht und müssen so öfter unschuldig leiden. Unser Herrgott aber hat beide am liebsten. (Siebenbürgen)

108 **DES TEUFELS TIERE.** Bei der Schöpfung hatte auch der Teufel seine Künste versucht und einige Tiere verfertigt, nämlich Pferde, Kühe und Ziegen, die aber sehr unvollkommen aussahen und in beständiger Unruhe umherliefen, auch in heftigen Streit miteinander gerieten. Noch größer wurde ihre Aufregung, als die

vom Teufel zur Plage für Menschen und Tiere erschaffenen Insekten, Bremsen, Wespen und Mücken sich über sie herstürzten, vor denen sie bald nach allen Seiten auseinanderliefen. Um sie zusammenzuhalten, erfand er ein musikalisches Instrument, den Dudelsack, setzte sich damit auf einen hohen Baum und blies. Eine Zeitlang half dieses, als aber Gott für seine Geschöpfe einen Stall baute, in welchem er sämtliche Haustiere sich versammeln ließ, fand sich auch des Teufels Getier ungeachtet seines lebhaften Blasens daselbst ein. Mitleidig erbarmte sich Gott der mißgeschaffenen Wesen, gab dem Pferde Mähne und Schwanz sowie feste Hufe an die Füße, dem Rinde Hörner und Klauen, den Ziegen Hörner, Schwanz und Bart. Der Teufel suchte sein Machwerk, und Gott erlaubte ihm, es zurückzunehmen, wenn er es wiedererkenne. Da er dies aber bei der so veränderten Gestalt nicht vermochte, mußte er mit Schanden abziehen und behielt nur sein Instrument, um sich zu trösten, weshalb viele Leute den Dudelsack als Blasebalg des Teufels scheuen. (Estland)

VIERFÜSSLER

109 **WIE DER WOLF ERSCHAFFEN WURDE.** Als der liebe Gott die Welt und alle Tiere erschaffen hatte, fragte er den Teufel: »Meinst du wohl auch, daß mein Werk lobenswert sei? Oder glaubst du, daß es noch an einer wichtigen Pflanze oder einem nützlichen Tier fehlt, oder daß die Berge nicht hoch genug und die Gewässer nicht tief genug sind?« Diese huldvolle Frage war dem Teufel ganz nach dem Sinn.

Er faßte sich ein Herz und antwortete: »Tadel verdient dein Werk wohl nicht, aber es will mich doch bedünken, als ob ein Tier noch mangelte!«

»Welches denn?« fragte der Schöpfer verwundert.

»Nun«, sprach der Teufel, »ein Tier, das den Wald schützen und hüten könnte, damit die übermütigen Hirtenknaben nicht die Bäume schälten und die Äste brächen und Hase und Ziege die jungen Triebe nicht benagten!«

»Habe ich denn nicht Bär und Schlange in den Wald gesetzt?« sprach der Schöpfer.

»Das hast du freilich«, sprach der Böse, »aber wenn es Winter wird, so schlafen diese Wächter, und dann ist es mir immer leid, wenn ich den Wald wie eine Waise ohne Beschützer sehe!« Dabei gedachte aber der Teufel, selbst ein böses Tier zu schaffen, das die wehrlosen Geschöpfe Gottes würgen und überall Arges anstiften sollte.

»Welch ein Tier fehlt denn deines Bedünkens?« fragte der Schöpfer.

»Jenes Tier, das ich selbst erschaffen möchte, wenn du es erlaubst«, sprach der Teufel bittend.

»Es sei«, sagte der Schöpfer, »und ich will nichts dawider haben.«

»Aber um etwas bitte ich noch«, sprach der Teufel weiter. »Sieh, ich habe nicht die Macht, meinem Geschöpf das Leben zu verleihen. Wenn du mir dazu einen Spruch gäbest, so würdest du leicht merken, daß mein Geschöpf nicht schlechter geraten wird als die deinen.«

»Auch das will ich erfüllen. Wenn du dein Geschöpf fertig hast und wenn ihm Mund und Augen auf dem rechten Fleck sitzen, so rufe: Steh auf und verschlinge den Teufel!«

»Oho, damit wird es noch gute Weile haben!« brummte der Teufel für sich und ging weg in einen tiefen Wald. Hier las er Steine und altes Schuhwerk, Ruten und Moos auf und trug auch noch von der Dorfschmiede zwei glühende Funken und einen Haufen eiserner Nägel herbei.

Darauf ging er ans Werk. Den Rücken des Tieres schuf er aus einem derben Zaunpfahl und den Kopf aus einem

Baumstumpf, flocht die Brust aus Ruten und Schuhleder zusammen und baute die Lenden aus Backsteinen auf. Aus einem Farnwedel machte er dem Tier einen Schweif und aus Erlenklötzen die Füße; in die Brust aber setzte er ihm einen Stein als Herz. Nun bezog er noch den Körper mit Moos und setzte die glühenden Funken als Augen, die Nägel aber als Krallen und Zähne ein. Als er so den Leib des Tieres erschaffen hatte, da freute sich der alte Teufel über alle Maßen und gab ihm den Namen Wolf. Aber eine Seele hatte der Wolf noch nicht. Da fiel dem Meister der Spruch ein, und er schrie: »Wolf, stehe auf und verschlinge…« Da erhob der Wolf seinen Kopf und schmatzte mit der Zunge. Darüber bekam der Teufel einen solchen Schreck, daß er kein Wort weiter herausbrachte. Aber bald besann er sich wieder auf sein böses Werk und rief hastig: »Wolf, stehe auf und verschlinge den Herrgott!« Aber der Wolf lag still und rührte nicht einmal seinen Schweif. Wohl sagte der Teufel seinen Spruch zehnmal her, aber der Wolf achtete dessen nicht.

Nun ging der Teufel zum Schöpfer zurück und rief: »Der Spruch, den du mir gabst, ist nicht der rechte, denn der Wolf will nicht aufstehen!«

»So?« sprach der Schöpfer. »Hast du denn gerufen: Steh auf und verschlinge den Teufel?«

Diese Rede hatte der Teufel nicht erwartet, bestürzt konnte er kein Wort antworten und mußte in Schanden wieder abziehen.

Wohl versuchte er es noch ferner und rief: »Wolf, steh auf und verschling den Herrgott!«

Aber es half alles nichts.

Darauf lief er eine weite Strecke von dem Wolf weg und schrie: »Wolf, steh auf!« und fügte dann ganz leise hinzu: »Verschling den Teufel!«

Du meine Güte, wie der Wolf jetzt aufsprang! Wie der Wind war er hinter dem Teufel her und hätte ihn gewiß erwürgt, wenn der Teufel nicht unter einen großen Stein geschlüpft wäre.

Seitdem ist der Wolf des Teufels ärgster Feind und sucht absichtlich alle Gelegenheit, den Bösen zu ängstigen und zu kränken. Sein Rückgrat ist steif wie ein gerader Zaunpfahl, Krallen und Zähne sind spitz wie Eisennägel, und sein Fell ist mit dichten Haaren bedeckt. Die Augen glühen ihm wie zwei Feuerfunken im Kopfe. Sein Herz ist wie aus Stein, wenn er die unschuldigen Lämmer raubt. (Estland)

10 **WARUM DER WOLF EIN STEIFES GENICK HAT UND HINKT.** Als unser Herrgott den Wolf geschaffen hatte, benahm sich derselbe sehr wild und verübte so viele Schandtaten, daß der Sache Einhalt getan werden mußte. Der liebe Gott rief ihn darum zu sich, hielt ihm seine Sünden vor und verkündete ihm, ein Gebrechen würde er von nun an sein lebelang an seinem Leibe tragen müssen; doch könne er unter drei Dingen den Fehler wählen, welcher ihm noch am leichtesten zu ertragen scheine. Entweder müsse er von nun an ein steifes Genick führen und einen lahmen Fuß oder einen eine halbe Meile langen Schwanz oder endlich eine Klingel, die jegliches Tier in der Entfernung einer ganzen Meile hören könne.

Der Wolf war darüber sehr traurig, doch da ihm nichts anderes übrigblieb, als in den sauren Apfel zu beißen, so sprach er zum lieben Gott:

»Der lange Schwanz und die weit schallende Klingel würden bewirken, daß ich überhaupt kein Tier mehr erjagen könnte, darum gib mir lieber das steife Genick und den Lumpfuß. Das hindert zwar auch sehr, läßt mich jedoch wenigstens nicht Hungers sterben.« Und wie der Wolf gewählt hat, so ist's auch geschehen. Jeder Wolf hat ein steifes Genick und muß auf einem Beine lumpen [hinken] bis auf diesen Tag. (Pommern)

111 **DES HERRN UND DES TEUFELS GETIER.** Gott der Herr hatte alle Tiere erschaffen und sich die Wölfe zu seinen Hunden auserwählet: bloß der Geiß hatte er vergessen. Da richtete sich der Teufel an, wollte auch schaffen und machte die Geiße mit feinen langen Schwänzen. Wenn sie nun zur Weide gingen, blieben sie gewöhnlich mit ihren Schwänzen in den Dornhecken hängen, da mußte der Teufel hineingehen und sie mit vieler Mühe losknüpfen. Das verdroß ihn zuletzt, war her und biß jeder Geiß den Schwanz ab, wie noch heut des Tags an den Stümpfen zu sehen ist.

Nun ließ er sie zwar allein weiden, aber es geschah, daß Gott der Herr zusah, wie sie bald einen fruchtbaren Baum benagten, bald die edlen Reben beschädigten, bald andere zarte Pflanzen verderbten. Das jammerte ihn, so daß er aus Güte und Gnaden seine Wölfe dran hetzte, welche die Geiße, die da gingen, bald zerrissen. Wie der Teufel das vernahm, trat er vor den Herrn und sprach: »Dein Geschöpf hat mir das meine zerrissen.« Der Herr antwortete: »Was hattest du es zu Schaden erschaffen!« Der Teufel sagte: »Ich mußte das: gleichwie selbst mein Sinn auf Schaden geht, konnte, was ich erschaffen, keine andere Natur haben, und mußt mirs teuer zahlen.« – »Ich zahl dirs, sobald das Eichenlaub abfällt, dann komm, dein Geld ist schon gezählt.« Als das Eichenlaub abgefallen war, kam der Teufel und forderte seine Schuld. Der Herr aber sprach: »In der Kirche zu Konstantinopel steht eine hohe Eiche, die hat noch alles ihr Laub.« Mit Toben und Fluchen entwich der Teufel und wollte die Eiche suchen, irrte sechs Monate in der Wüstenei, ehe er sie befand, und als er wiederkam, waren derweil wieder alle andere

Eichen voll grüner Blätter. Da mußte er sein Schuld fahren lassen, stach im Zorn allen übrigen Geißen die Augen aus und setzte ihnen seine eigenen ein.

Darum haben alle Geißen Teufelsaugen und abgebissene Schwänze, und er nimmt gern ihre Gestalt an. (Deutschland)

12 **WARUM DIE ZIEGE EINEN SO KURZEN SCHWANZ HAT.** Es war einmal ein armer Mann, der konnte gut zimmern und mauern, aber zu beißen hatte er eben nicht viel. Gern wär er reich geworden, doch er hatte fünf kleine Kinder, und da ist's unmöglich, reich zu werden.

Nun hatte einmal das Wasser eine Brücke weggespült, über die man gehen mußte, wenn man in die Kirche wollte. Drum sollte sie schnell wieder gemacht werden. Man ging zu dem Manne und fragte den, ob er die Brücke für hundert Taler in drei Tagen machen könnte. Der Mann sah wohl ein, daß er um den Lohn ein reicher Mann werden könnte, und bat um einen Tag Bedenkzeit. Man gab sie ihm, und er besann sich den ganzen Tag bis um 12 Uhr nachts und sah am Ende doch, daß es ihm in der Frist nicht möglich wäre. Schon wollte er traurig zu Bette gehn, da klopfte es auf einmal ganz leise an seiner Tür, und ein kleines Männlein kam herein. Es wünschte ihm guten Tag und fragte den Maurer, warum er so traurig sei. Der Maurer erzählte ihm alles, wie es war. Das kleine Männlein aber lachte und sagte: »Da ist bald geholfen, ich stelle dir die Brücke her, ehe die drei Tage vorüber sind. Doch die erste Seele, die von deinem Hause über die Brücke geht, ist mein.« Dem Maurer schauderte anfangs, da er merkte, wer das kleine Männlein sei. Aber es kam ihm gleich ein guter Gedanke, und er schloß mit dem Teufel den Vertrag ab. In drei Tagen stand die Brücke fix und fertig da, wie das kleine Männlein gesagt hatte, und mitten drauf wartete schon der Teufel auf die erste Seele von des Maurers Hause. Der aber holte schnell den Ziegenbock aus seinem Stall und jagte den über die Brücke. Doch wie der Teufel den Ziegenbock hertrappeln sah, riß er ihm vor Zorn den Schwanz aus, und seitdem haben die Ziegen kurze Schwänze. Der Maurer aber hat hundert Taler gekriegt und ist ein reicher Mann geworden. (Vorarlberg)

113 **WARUM IST DAS SCHAF DÜMMER ALS DIE ZIEGE?** Als Gott die Welt erschaffen und eingerichtet hatte, da wollte er noch ein Tier schaffen, das fromm und geduldig, den Menschen von großem Nutzen werde. Sinnend saß der Allmächtige auf seinem Throne, als der Teufel herantrat und ihn fragte: »Was sinnst du?« – »Ich will«, sprach der Allgütige, »ein Tier erschaffen, das fromm und geduldig, den Menschen von großem Nutzen werde.« Und er nahm Lehm und formte ein Tier, dem er Leben einhauchte. Der Teufel machte es nach, setzte aber dem Tiere in der Meinung, daß es dadurch schöner werde, einen Bart unter das Kinn und spitze Hörner auf den Kopf; dann bat er Gott, er möge auch seinem Tiere Leben einhauchen. Gott tat es, und auf diese Weise wurden die Menschen gleich mit zwei neuen Tieren, dem Schafe, das Gott erschuf, und der Ziege, die der Teufel geformt hat, beschenkt. Da nahm Gott ein großes Gefäß hervor, in welchem er den Verstand bewahrte, und als er bemerkte, daß nur noch wenig Flüssigkeit sich am Boden des Gefäßes befinde, sprach er zum Teufel: »Diesen Tieren will ich nur einige Tropfen Verstand verleihen, denn im Gefäße ist nur noch wenig vorhanden, und vielleicht brauche ich sie auch noch für künftig zu erschaffende Tiere.« Der Allmächtige nahm also das Gefäß

und ließ daraus einige Tropfen Verstand auf den Kopf des Schafes fallen; als er auch auf das Haupt der Ziege Verstand tröpfelte, da stieß der Teufel absichtlich an das Gefäß, und so fielen bedeutend mehr Tropfen auf das Haupt der Ziege, als das Schaf erhalten hatte und als Gott der Ziege zu verleihen die Absicht hatte. Da rief der Teufel lachend: »Nun ist mein Tier klüger als das deine!« Gott aber erwiderte: »Es soll aber auch solch närrische Possen treiben wie du und als Strafe dafür mit kargem Futter sich begnügen müssen.« (Armenisch, Bukowina und Siebenbürgen)

114 DER URSPRUNG DER WILDSCHWEINE.

Als Christus und der heilige Petrus auf ihrer Wanderschaft durch die Welt nach den Dingen sahen und sie beurteilten, begegneten sie auf weiter Flur vier fettglänzenden, kleinen Ferkeln. »Ach, die Ärmsten sind hier ganz verloren.« – »Kümmere dich um sie, Petrus, denn wahrlich ich sage dir, sie haben keinen Herrn. Laß sie in irgendeinem Weiler, auf den wir unterwegs stoßen, auf halbpart großziehen.« Der heilige Petrus, der immer auf der Hut war, gedachte des Sprichwortes »Wenn man dir ein Ferkel gibt, so binde es gleich an«, und berührte die vier Spanferkel mit einem Zauberstab. Sie gelangten zu einem Anwesen, wo eine Frau an der Tür stand, und der heilige Petrus schlug ihr den Handel vor. »Kümmert Euch um diese Tierchen und versorgt sie, und wenn wir in einem Jahr hier vorüberkommen, dann wollen wir sie unter uns aufteilen.« Die Ferkelchen wuchsen heran und wurden fett, und auf dem Markt brachten sie schon einen großen Gewinn ein. Da war ein Jahr herum, und die beiden Wanderer kamen wieder des Wegs. Sobald die Bäuerin sie erblickte, verbarg sie die zwei dicksten Schweinchen im Schweinestall. Der heilige Petrus betätigte den Türklopfer, und die Frau trat heraus. »Hier sind zwei hübsche Schweine. Die beiden anderen bekamen einen Anfall und starben.« Da wandte der göttliche Meister die Augen von der Frau und sprach folgendes Urteil:

So werden nur die zwei, die hier sind,
dir und uns gehören.
Und die, die du dort eingeschlossen hast,
sollen durchs Gebirge streifen
und in wilde Tiere verwandelt werden.

(Portugal)

115 **WARUM DIE SCHWEINE RINGELSCHWÄNZE HABEN.** Einmal kam der Teufel zu einem Bauern und sagte: »Bauer, ich bin imstande, alle deine Schweine über das Dach des Schweinestalles zu werfen.« – »Das ist keine so große Kunst«, erwiderte herzhaft der Bauer, »das kann ich auch.« – »Versuch's einmal«, entgegnete der Teufel. Der Bauer zögerte nicht lange, sondern machte sich gleich an die Arbeit. Aber nur bei einem einzigen Schwein gelang es ihm, es über das Stalldach zu werfen. »Siehst du, was du für ein Prahlhans bist!« sagte der Teufel. »Jetzt schau einmal her!« Da nimmt der Teufel ein Schwein nach dem andern, macht jedem am Schwanz eine Schlinge, um es bequemer halten und desto weiter und höher schleudern zu können, und wirft richtig eins ums andere über das Stalldach. Seither tragen die Schweine aufgedrehte Schwänze. (Österreich)

116 **WARUM DIE SCHWEINE IN DER ERDE WÜHLEN.** Bei einem Bauern waren im Herbst die Dreschleute an der Arbeit. Und die Hausfrau wollte den fleißigen Tagelöhnern, wie das so Sitte war, einen tüchtigen Pfannkuchen backen. Als die Pfanne schon auf dem

Feuer stand, mußte die Hausfrau auf einen Augenblick das Herdfeuer verlassen, um zu dem Buchweizenteig eine Handvoll Salz zu holen. Diesen unbewachten Augenblick nahm der Pfannkuchen wahr, um auszureißen. Als die Hausfrau zurückkam, sah sie ihn gerade zur Tür hinauseilen und rannte hinterher. Aber sosehr sie sich auch abmühte, sie erreichte ihn nicht. Sie rief die Dreschleute; die waren schon längst stutzig geworden, als sie den angenehmen Duft auf einmal nicht mehr gespürt hatten. Sie rannten hinterher, konnten aber den Ausreißer auch nicht mehr fassen. Ein Hase, der gerade den Weg des Flüchtlings kreuzte, nahm die Verfolgung auf, doch so flink er auch war, der Pfannkuchen lief schneller. Gleich darauf kam der Pfannkuchen an einem Fuchsloch vorbei. Der Fuchs hatte schon lange Hunger verspürt, ihm kam der Bissen ganz gelegen, dann brauchte er nicht auf dem Bauernhof sein Leben aufs Spiel zu setzen. Er konnte ihn aber auch nicht kriegen.

Zuletzt tanzte ein Schwein hinter ihm her. Darüber mußte der Pfannkuchen tüchtig lachen. Er rief dem Borstenvieh zu: »Du dumme Schweineschnauze! Wenn die Hausfrau und die Dreschleute, wenn Hase und Fuchs mich nicht einholen können, kannst du es erst recht nicht. Plag dich doch nicht unnütz ab!« Da sagte das Schwein: »Was meinst du? Ich kann es nicht verstehen. Du sprichst so leise, und ich habe meine Ohren erkältet; du mußt mir ins Ohr rufen.« Und richtig! Der Kuchen kommt und will es dem Schwein ins Ohr sagen. Als er noch eben seinen Spottvers wieder hersagt, beißt das Schwein zu und hat schon den halben Kuchen in der Schnauze. Da war der Kuchen zornig, daß er durch seine eigene Dummheit so hereingefallen war, und da er nicht mehr weglaufen konnte, wühlte er sich tief in die Erde. Das Schwein wühlte den Boden auf, konnte aber den Kuchenrest nicht mehr finden. Es lief flink hin und holte die anderen Schweine, die auch sogleich kamen und mitsuchten. Den Kuchen fanden sie nicht, haben ihn bis heute auch noch nicht wieder. Wo ein Schwein aus dem Stalle kommt, wühlt es gleich in der Erde, um die andere Hälfte zu bekommen. (Mecklenburg)

117 **WARUM DER ESEL LANGE OHREN HAT.** Als Gott die Welt geschaffen hatte, versammelte er alle Tiere und gab jedem einen Namen. »Man soll dich ›Pferd‹, dich ›Löwen‹, dich ›Wolf‹, dich ›Bären‹, dich ›Fuchs‹ nennen«, sagte er zu ihnen. Dann befahl er ihnen, am nächsten Tag wiederzukommen, um zu prüfen, ob sie ihre Namen nicht vergessen hätten. Der Esel war damals ein hübsches, niedliches Tier, er hatte keine langen Ohren, und Gott hatte ihm einen der hübschesten Namen gegeben und ihm gesagt, ihn ja nicht zu vergessen.

Als sich die Tiere am nächsten Tag versammelten, konnte jeder seinen Namen sagen, nur der Esel nicht, der hatte ihn vergessen. Darüber wurde Gott böse, nahm die beiden Ohren des Tieres, zog sie ein großes Stück in die Länge und sagte: »Esel, der du bist, da du so schnell vergißt.« Seitdem ist der Arme ein »Esel« geblieben und hat seine langen Ohren behalten. (Ungarn)

118 **DAS RÜCKENKREUZ DES ESELS.** Als unser Herrgott seinen Einzug in Jerusalem gehalten hat, da ist er auf einem Esel geritten. Seit der Zeit haben alle Esel ein schwarzes Kreuz auf dem Rücken. (Jülicher Land)

119 **WARUM DER OCHSE LANGSAM GEHT.** Sobald der Mensch den Ochsen sah, bemerkte er auch seine große Kraft und gebrauchte ihn, um Lasten zu

ziehen. Der Ochse gehorchte der Stimme des Herrn und zog die schweren Lasten schnellen Schrittes. Doch als er nach vielen Arbeitsjahren die Ruhe, die er ersehnte, nicht kommen sah, wagte das nützliche Tier, seinen Führer zu fragen, wann es sich endlich ausruhen dürfe. »Niemals«, antwortete der Mensch, »du wirst bis zum Ende deiner Tage arbeiten.« – »Ah, wenn es so ist«, sagte der Ochse, »werde ich mich künftig nicht beeilen.« Und seitdem geht er bedächtigen Schrittes einher. (Luxemburg)

120 **DIE BUNTEN KÜHE.** Als Gottvater die Welt geschaffen hatte, bildete er auch die Tiere nach seinem Wohlgefallen und zum Nutzen der Menschen. Der Teufel wollte es ihm nachmachen und formte ebenfalls Schafe, Ziegen und Rindvieh, alle aber ganz einfarbig, weiß, rot und schwarz. So trieb er sie auf die Weide, wurde bald bei der brennenden Sonnenhitze des Mittags der Aufsicht müde und legte sich schlafen. Die von ihm selbst früher zur Plage der Welt geschaffenen Bremsen, Wespen und anderes Ungeziefer machten die Kühe so unruhig, daß sie wie wütend hin und her liefen, sich mit den Schwänzen peitschten und hinten ausschlugen. Aus Mitleid mit den armen Tieren öffnete Gott ihnen einen Stall, in den sie sich retteten vor der Hitze und vor den Stichen der Insekten. Dann ging er umher und berührte jedes Tier mit einem frischen Weidenstäbchen, an dem die Rinde zum Teil abgeschält war, so daß weiße Streifen daran sichtbar wurden. Alsbald verwandelten die Tiere ihre Farbe und wurden fleckig. Einige bekamen einen weißen Rücken, andere einen weißen Kopf, andere einen Stern vor der Stirn oder wenigstens einige weiße Haare an den Füßen. So entstand das bunte Vieh, welches man jetzt Weißrücken, Weißkopf, Stern oder Weißfuß zu nennen pflegt. Unterdes war der Teufel erwacht und ging

umher, sein Vieh aufzusuchen. Gott ließ es hinaus, er aber erkannte sein Machwerk nicht wieder, konnte daher keine Ansprüche mehr darauf machen, und verlangte nur seine einfarbigen Tiere zurück. Um ihn zufriedenzustellen, überließ ihm Gott alles Rindvieh, welches ganz einfarbig, namentlich schwarz, ohne ein Härchen einer anderen Farbe geboren würde, was äußerst selten der Fall ist. Wenn aber ein ganz rotes, weißes oder schwarzes Kalb zur Welt kommt, so gedeiht es nicht, sondern stirbt bald, denn es ist des Teufels Teil, weshalb man es so bald als möglich schlachtet oder verkauft. (Schwedisch, Estland)

121 WARUM DAS PFERD NIE SATT WIRD. Einst weideten ein Pferd und eine Kuh am Ufer eines breiten Flusses im Grase. Da kam der Heiland des Weges und wollte über den Fluß. Er trat an das Pferd heran und bat dasselbe, ihn über das Wasser zu tragen. Das Pferd gab zur Antwort: »Ich kann nicht, da ich fressen muß.« Da ging Jesus zu der Kuh, und diese trug ihn über das Wasser. Dem Pferde aber rief Christus zu: »So friß denn immerzu!« Seit dieser Zeit wird das Pferd nie satt, wenn es auch noch soviel frißt. (Posen)

122 JESUS, DAS PFERD UND DER KREBS. Der Herr Christus wollte einst durch ein Wasser. Da ein Pferd ihn nicht hinüberbringen konnte, mußte er sich eines Ochsen bedienen. Der Ochs trat im Wasser auf einen Krebs und trat ihm einen Fuß ab. Als nun der Krebs fortwährend jammerte, sagte ihm der Herr tröstend: »Sei nur stille, du sollst alle Jahre einen neuen Rock haben.« Seitdem wechselt der Krebs alle Jahre. (Mecklenburg)

123 **WARUM AUCH DIE PFERDE IHRE AUGEN IM KOPF TRAGEN.** Unser Herr Christus wollte einst auf einem Pferde durch einen Fluß reiten. Damals aber hatten die Pferde ihre Augen noch an den Füßen. Deshalb sagte das Pferd zu dem Herrn: »Nun werden aber meine Augen naß werden.« Da ordnete Christus an, daß fortan die Pferde ihre Augen im Kopfe tragen sollten. Und so geschah es auch. Die Stellen aber, wo die Augen früher gesessen haben, sind noch heutigentags sichtbar. Denn alle Pferde haben dort kleine hornartige Gewächse. (Rügen)

124 **WARUM DAS PFERD DEM MENSCHEN GEHORCHT.** Das Pferd ist viel größer und stärker als der Mensch, und doch gehorcht es ihm. Die Leute wissen auch zu erzählen, woher das kommt. Im Auge des Pferdes erscheint nämlich der Mensch zehnmal größer, als er in Wirklichkeit ist. Deshalb empfindet das Pferd Furcht vor ihm und fügt sich willig seinem Befehl. (Posen)

125 **DER ERSTE AFFE.** A – Als der liebe Gott Adam aus einem Erdklumpen erschaffen hatte, hat der Teufel das auch versuchen wollen. Aber unser Herrgott hatte ja Adam den Atem eingeblasen – das brachte der Teufel nicht fertig. Da hat er mit der Hand ausgeholt und den Erdklumpen weggehauen. Als er am nächsten Morgen wieder hinkommt, sitzt da ein Affe. Daher kommt es, daß der Affe so einen Plattkopf hat und die Schnauze so weit nach vorn steht: der Teufel hat ihm gerade vor den Kopf gehauen. (Mecklenburg)

✦

B – Ein Schmiedegeselle war auf der Wanderschaft. Da begegnete ihm Sankt Peter, grüßte das Handwerk, und sie beschlossen, zusammen zu ziehen. Als sie ein Stückchen gewandert waren, kamen sie vor eine Schmiede, die trug ein gar prächtiges Schild, darauf stand mit großen, goldenen Buchstaben geschrieben: »Der Schmied aller Künste!« – »Warum hast du das Schild ausgehängt?« fragte Sankt Peter den Meister. »Weil ich der kunstreichste Schmied auf der ganzen Welt bin«, erhielt er zur Antwort. »Nun, dann werde ich dir ein Kunststück zeigen«, gab Sankt Peter zurück, »das du nicht nachmachen kannst.«

Mittlerweile war des Schmieds alte Großmutter in die Werkstatt getreten, um sich die fremden Männer anzuschauen. Flugs ergriff Sankt Peter das Weib bei der Hand und warf sie in das Feuer; dann mußten die Gesellen die Blasebälge arbeiten lassen, daß die Lohe zum Himmel schlug. Sankt Peter kehrte das linke Bein mit der Zange um und dann das rechte, ebenso tat er mit dem Kopf, dem Leib und den Armen, auch warf er gut Sand darauf. Als alles ordentlich durchgeglüht war, wie sich's gehört, und die alte Frau ganz feurig aussah, zog er sie aus der Esse heraus und legte sie auf den Amboß. »Jetzt, ihr Gesellen, darauf losgeschlagen!« rief Sankt Peter, und nun hämmerten sie zu fünfen auf der alten Großmutter herum, bis alle Glieder gut durchgeschmiedet waren. Dann mußte das Mütterchen in den Trog hinein, und das Wasser zischte hoch auf, als die glührote Frau hineingeworfen wurde. Als sie nun kalt geworden war, wer sprang da hervor? Da war's kein altes Mütterchen mehr, das mit dem Kopfe wackelte und Runzeln hatte, sondern ein blutjunges Mädchen von kaum achtzehn Jahren. Das sang und sprang und war schöner und lieblicher anzuschauen, als ihres Enkelkindes Frau, die doch in den besten Jahren stand.

»Wie gefällt dir das Kunststück, Meister?« fragte Sankt Peter. Und der Schmied schämte sich und tat das Schild »Der Schmied aller Künste!« fort und ward fortan ein bescheidener Mensch. Anders Sankt Peters Reisegefährte. Der hatte genau auf alle Handgriffe und Bewegungen achtgegeben und dachte bei sich: »Was der gemacht hat, kann ich jetzt auch.«

Als sie nun in das nächste Dorf gelangten und Sankt Peter sich auf eine kurze Weile entfernt hatte, sprach der Gesell bei dem Schmied vor und erbot sich, ihm seine alte Frau jung zu schmieden. Der Meister ging vergnügt darauf ein, denn ein junges Weib hat man immer lieber als ein altes, und obendrein war seine Frau eine recht schmutzige, garstige Hexe.

Der Gesell ergriff nun die Alte, wie er bei Sankt Peter gesehen, und warf sie in das Feuer hinein. Da gerieten aber ihre Kleider ins Brennen, und das Fleisch begann zu braten und zu schmoren, und das alte Weib erhub ein Zetergeschrei, daß Sankt Peter es hörte und herbeilief. »Was hast du getan?« rief er zornig. »Wie kannst du dich mit solchen Sachen abgeben?« – »Ach, ich will's auch nie wieder versuchen«, jammerte der Gesell, »rette mich nur diesmal aus der Not.« – »Es wird nicht mehr helfen«, sagte Sankt Peter, »du hast schon zu viel verdorben.« Und er schmiedete und schmiedete, aber es war nun einmal so; als die Frau in den Wassertrog geworfen war und sich abgekühlt hatte, sprang kein junges Weib daraus hervor, sondern ein großer, garstiger Affe. Der lief in den Wald hinein. Und seit der Zeit heißt's bei den Leuten: »Von den alten Weibern stammen die Affen ab.« (Pommern)

✦

C – Unter der Herrschaft des Herodes, des Königs der Juden, kamen die Weisen aus dem Osten nach Jerusalem und fragten, wo sich der neugeborene König der Juden befinde, dessen Stern ihnen den Weg nach Jerusalem gezeigt. Da erschrak gewaltig der König Herodes und mit ihm ganz Jerusalem. Er ließ nun die alten Weissagungen erforschen und schickte die Weisen in das Städtchen Bethlehem in Juda. Zugleich gab er Befehl, daß alle männlichen Kinder unter zwei Jahren in Bethlehem und der Umgegend getötet werden, weil er hoffte, daß dabei auch das neugeborene Jesukind ums Leben kommen wird. Die Henkersknechte zogen fort nach Juda, damit sie dort die Kinder töten; Josef aber, der Pflegevater Jesu, hatte einen Traum von Gott, nahm das Jesukind und zog mit ihm und der Mutter nach Ägypten.

Als die Henkersknechte nach Juda kamen, schlachteten sie dort hundertvierundvierzigtausend kleine Knaben ab. Einige jüdische Mütter versteckten aber ihre Kinder unter Mulden. Nachdem die Henker abgezogen waren, hoben die Mütter die Mulden auf und fanden statt ihrer Kinder lauter junge Affen vor. So ist das Affengeschlecht entstanden. (Slawonien)

126 **DIE FLEDERMAUS.** A – Als letztes Tier wurde die Fledermaus erschaffen. Nachdem der Herr die Frau gemacht hatte, waren so furchtbar viele Mücken übriggeblieben, daß man sich abends und nachts kaum draußen aufhalten konnte. Da gingen die Tiere zum Herrn und baten ihn, ein Tier zu schaffen, das die Insekten vertilgen und nachts unterwegs sein könnte. Tagsüber täten ja schon die Vögel, was sie könnten, aber nachts seien sie machtlos.

»Ich würde euch ja gern helfen«, sagte der Herr, »aber mir ist das Material ausgegangen. Wenn allerdings jeder von euch ein bißchen dazugibt, dann wird sich schon etwas machen lassen.«

Jedoch es kam wie so oft, wenn mehrere zusammenlegen – keiner wollte etwas Wertvolles geben.

Das Pferd sagte: »Ihr könnt die Augen nehmen, die ich an den Beinen habe.«

Das waren nun aber Augen, die Luzifer gemacht hatte, und die sahen wirklich nicht sehr hübsch aus. Der Ochse sagte, man könne ein paar Haare von seinen Hoden nehmen, und die Wasserratte war bereit, ihre Ohren herzugeben, die ihr ohnhin zu kaum etwas nütze waren. So sammelten sie hier ein bißchen und da ein bißchen. Dann gingen sie alle zur Frau und wollten auch von ihr etwas haben. Der ging es nun gerade nach der Frauen Weise, wie Rachel gesagt hat. Deshalb war sie verdrießlich und sprach:

»Ja, Blut habe ich mehr als genug, davon könnt ihr so viel haben, wie ihr wollt.«

Als sie nun aber ihr Versprechen wahrmachen sollte, brachte sie nicht mehr als drei Tropfen zustande. Doch das genügte, denn diese Tropfen waren wie der Glaube – sie konnten Berge versetzen.

Als der Herr alles bekommen hatte, wollte er zuerst ein vierfüßiges Tier machen. Doch dann besann er sich und entschloß sich zu einem Vogel, weil der besser Insekten fangen konnte, und so wurde die Fledermaus ein solches Zwischending.

Die Frauen konnten Fledermäuse nie leiden. Sie sagen, sie sähen aus wie Ratten, aber es kann auch an ihrem Geruch liegen. (Ångermanland, Schweden)

✦

B – Die Fledermaus war ursprünglich als eine Maus erschaffen worden. Als sie jedoch einmal in der Kirche die Hostie aufgegessen hatte, gewann sie Flügel zum Flug in den Lüften. Doch Gott bestrafte sie für die begangene Sünde damit, daß er ihr den Gesichtssinn bei Tag benahm und ihr ihn bloß für die Nachtzeit beließ und sie verfluchte, sie möge fortab in Einöden und altem Gemäuer heimen. Und so ist es dabei bis auf den heutigen Tag verblieben. (Südslawen, Balkanhalbinsel)

127 **DER FUCHS ALS HIRTE.** Es war einmal eine Frau, die ging aus und wollte sich einen Hirten mieten. Da begegnete ihr der Bär. »Wo willst du hin?« fragte der Bär sie. »O, ich wollte mir nur einen Hirten mieten«, antwortete die Frau. »Willst du mich zum Hirten haben?« fragte der Bär. »Ja, wenn du bloß hübsch locken kannst«, sagte die Frau. »Hö-i!« sagte der Bär. »Nein, dich will ich nicht haben«, sagte die Frau, als sie das hörte, und ging weiter.

Da begegnete ihr der Wolf. »Wo willst du hin?« fragte der Wolf. »O, ich wollte mir nur einen Hirten mieten«, antwortete die Frau. »Willst du mich zum Hirten haben?« fragte der Wolf. »Ja, kannst du auch hübsch locken?« sagte die Frau. »Uh-uh!« sagte der Wolf. »Nein, dich will ich nicht haben«, sagte die Frau.

Ein Ende weiter hin begegnete ihr der Fuchs. »Wo willst du hin?« fragte der Fuchs. »O, ich wollte mir nur einen Hirten mieten«, antwortete die Frau. »Willst du mich zum Hirten haben?« fragte der Fuchs. »Ja, wenn du bloß hübsch locken kannst«, sagte die Frau. »Dil-dal-holom!« sagte der Fuchs noch so hübsch und artig. »Ja, dich will ich haben«, sagte die Frau und nahm den Fuchs zum Hirten bei ihrem Vieh an.

Am ersten Tage, wie der Fuchs das Vieh auf die Weide trieb, fraß er alle Ziegen auf, den zweiten Tag ließ er sich die Schafe schmecken, und den dritten Tag mußten die Kühe daran. Als er darauf am Abend nach Hause kam, fragte die Frau ihn, wo er das Vieh gelassen hätte. »Der Kopf ist im Bach, und der Rumpf im Busch«, sagte der Fuchs. Die Frau stand eben bei ihrem Butterfaß und butterte, aber sie wollte doch selbst zusehen. Während sie nun zusah, steckte der Fuchs den Kopf ins Butterfaß und fraß allen Rahm auf. Als die Frau zurückkam und das gewahr ward, da wurde sie so erbittert, daß sie einen Rahmklumpen nahm, der noch im Butterfaß saß, und damit nach dem Fuchs warf, so daß er einen Klatsch am Schwanz bekam. Davon kommt es, daß der Fuchs einen weißen Schwanzzipfel hat. (Norwegen)

28 **WARUM DER FUCHS DES HASEN FEIND IST.** In seinem Mißmut traf der Fuchs auf den Hasen, der war gesättigt und sprang fröhlich herum wie eine Geiß. »Halt, halt!« rief der Fuchs, »ich mag es nicht leiden, daß so ein Kerl immer lustig ist und sich gebärdet als unsereiner. Gleich sollst du mit mir kämpfen, und da will ich sehen, ob du mit Ehren in der Welt fortleben kannst; unterliegst du, so bist du mein eigen mit Haut und Haar!« Da zitterte der Hase nach seiner Natur schon im voraus, und als es zum Gefechte kam, da ward er leicht überwunden. »Das Ehrenzeichen gebührt dir nicht«, sprach der Fuchs und biß dem Hasen den Zagel ab und fügte ihn an den seinen – darum hat der Hase einen Stumpfschwanz und der Fuchs einen so langen Zagel und kommt das Weiße an der Spitze vom Schwanze des Hasen. Der Hase aber lief eiligst fort. »Du bist dennoch mein eigen«, rief ihm der Fuchs nach, »denn wessen der Zagel ist, dem gehört auch, was dran gehangen.« Deshalb betrachtet der Fuchs den Hasen bis heute als seinen vollkommenen Leibeigenen und tötet ihn geradezu, wo er ihn findet. (Deutsch, Siebenbürgen)

29 **WARUM DER FUCHS NIE MIT ERHOBENEM SCHWANZ HERUMLÄUFT.** Es war in der schönsten Frühlingszeit. Die Vögel hatten ihre Nester

fertiggestellt, die Eier ausgebrütet und waren jetzt eifrig beschäftigt, die hungrige Brut mit Nahrung zu versorgen. Das prächtige Wetter hatte auch dem Bären keine Ruhe in seiner dumpfen Höhle gelassen und schwerfällig tappte er an den Buchenhecken entlang, ob er nicht irgendwo etwas für seinen Magen fände. Bei dieser Wanderung stieß er auf das Nest des Nesselkönigs, der jedoch mit seiner Gemahlin, der Nesselkönigin, zur Zeit gerade auf Fliegenfangen ausgeflogen war. Als er die nackten Jungen in dem Neste erblickte, lachte der grobe Gesell laut auf. »Na, ihr Kahlducken« (so nannte er sie, weil sie noch ganz kahl waren und keine einzige Feder an ihrem Leibe trugen), sagte er, »was macht ihr denn da?« Dann wandte er geringschätzig sein Gesicht von ihnen ab und trottete gemächlich weiter. Dieser Schimpf fuhr des Nesselkönigs Kindern gewaltig in die Krone. Sie hielten sich für Königskinder, nannten sich Prinzen und sollten sich nun von dem garstigen Bären ungestraft Kahlducken schelten lassen? Nein, das ging nicht an.

Als die beiden Alten zurückkehrten, erklärten sie darum rundweg, sie würden keine Nahrung mehr annehmen, wenn nicht zuvor der Bär wegen seines Übermuts bestraft sei. Die Eltern suchten die Kleinen zu beruhigen, aber all ihr Reden half nichts, sie mußten wohl oder übel das ganze Vogelheer zusammenrufen und dem Bären den Krieg erklären. Aber der Bär war auch nicht allein; ihm standen alle vierfüßigen Tiere bei, und so schien es zu einer großen Feldschlacht kommen zu sollen. Bannerträger und oberster Feldherr war bei den Vierfüßlern der Fuchs, denn der trug dazumal den Schwanz höher als alle übrigen Tiere und war deshalb leicht kenntlich, auch im dichtesten Kampfgewühl. »Solange ich meinen Busch hochhalte«, hatte er den andern gesagt, »so lange geht es uns gut; laß ich ihn aber sinken, dann ist alles verloren.«

Wie die Entscheidungsschlacht geschlagen werden sollte und die beiden Heere einander schon gegenüberstanden, schickte der Nesselkönig Spione aus, um die Stellung des Feindes zu erkunden. Der erste Kundschafter war die Mücke. Sie flog auf den Fuchs zu, summte ihm um Augen und Ohren herum und schrie dabei, wie sie zu tun pflegt: »Frinnd! Frinnd!« Weiter konnte sie aber auch nichts ausrichten und mußte, ohne besonderen Nutzen gewirkt zu haben, wieder zurückkehren. Da sandte der Nesselkönig die Biene. Die flog auf den Fuchs zu, kroch ihm unter den Schweif und stach ihn ins Fleisch. Aber Reinharts Fell war zu dick, der Stachel der Biene brach ab, und der ganze Erfolg war, daß der Fuchs ein wenig mit dem Schwanze zuckte. Die Vierfüßler glaubten, es wäre eine üble Vorbedeutung, aber ihr Bannerträger rief ihnen zu: »Fürchtet euch nicht, ich stolperte nur ein wenig.« Als auch die Biene unverrichteter Dinge heimkehrte, schickte der Nesselkönig die Wespe. Fort brummte sie dieselbe Straße, welche die Biene genommen hatte, aber ihr Stich saß besser, der scharfe Wespenstachel bohrte sich tief in Reinharts Fleisch hinein. Hui, wie kniff da der Fuchs seinen Schwanz zwischen die Beine. Und da er sich vor weiteren Stichen fürchtete, nahm er Reißaus, so schnell seine Füße ihn zu tragen vermochten. Als der Führer floh, hielten auch die andern Vierfüßler nicht länger stand, sondern alle eilten in wilder Flucht ihren Höhlen zu und verschworen sich hoch und teuer, nie wieder mit dem Vögelvolk einen Krieg anzufangen. Der Zaunkönig aber entließ freudig sein siegreiches Heer und verkündete stolz seinen Kindern, daß der Frevel des Bären an der ganzen vierfüßigen Tierwelt gerächt sei. Da hatten auch die Kleinen keinen Grund mehr zu hungern und ließen sich willig, wie zuvor, mit Fliegen und anderen leckeren Speisen ätzen. Daß es jedoch mit dieser Geschichte seine Richtigkeit haben muß, erkennst du leicht daraus, daß du niemals den Fuchs mit erhobener Rute wirst über das Feld schleichen sehen. Noch immer fürchtet er, der Nesselkönig möchte wiederum eine Wespe gegen ihn senden, und noch immer nicht hat er es vergessen, wie weh ein Wespenstich tut, zumal wenn er gerade unter dem Schweif in den Körper hineindringt. (Pommern)

130 **WARUM DER BÄR EINEN STUMMELSCHWANZ HAT.** A – Der Fuchs und der Bär hatten einmal großen Durst. Da sprach der Fuchs: »Ich weiß in einem Keller guten Wein, willst du, so gehen wir in der Abenddämmerung hin und holen ihn.« Dem Bären war das ganz recht, und als es Abend wurde, gingen sie hin. Damals aber hatte dieser auch einen so langen, ja noch einen längeren Schwanz als der Fuchs – und warum sollte er ihn auch nicht gehabt haben, er ist ja größer und stärker? – »Gevatter, Ihr seid stark!« sprach der Fuchs, »lasset Euren Zagel zum Kellerfenster hinein, dann keule ich die Spitze fest ins Faßloch ein und Ihr zieht das Faß hinaus!« So geschah es; als aber der Fuchs fertig war, rief er: »Nun wartet, bis ich hinauskomme, daß ich auch ziehen helfe«, und sprang hinaus. »Nun drauflos jetzt, Gevatter!« Der Bär zog, daß er kein Leben hatte, doch das Kellerfenster war zu klein, und das Faß ging nicht hinaus, aber bei seiner gewaltigen Kraft brach der Bär die Mauer mit dem Fasse durch. Das gab ein fürchterliches Gerumpel. Der Wirt im Hause erwachte, sah hinaus und rief seine Leute gleich zusammen; sie eilten mit Stangen und Stöcken hinaus dem Bären und Fuchs nach, diese waren schon im Feld, der Fuchs voran, der Bär mit dem Faß Wein am Zagel hinterher. Als er aber über einen Graben sprang, fiel das schwere Faß hinunter und nahm ihm ein Stück vom Zagel mit, doch war er froh, daß er vor den

Nacheilenden in den nahen Wald entkommen konnte. Seit der Zeit hat der Bär einen Stumpfschwanz. (Deutsch, Siebenbürgen)

✦

B – Dem Bären begegnete einmal der Fuchs, der mit einem Bündel Fische angeschlichen kam, die er gestohlen hatte. »Wo hast du die her?« fragte der Bär. »Die hab ich mir geangelt, Herr Bär«, versetzte der Fuchs. Da bekam der Bär auch Lust, das Angeln zu lernen, und bat den Fuchs, ihm doch zu sagen, wie er es machen müßte. »Das ist eine leichte Kunst und sehr bald gelernt«, erwiderte der Fuchs: »Du mußt nur aufs Eis gehen, dir ein Loch hauen und den Schwanz hineinstecken, und dann mußt du ihn recht lange drein halten und dich nicht darum bekümmern, wenn's ein bißchen weh tut; denn das ist ein Zeichen, daß Fische dran beißen; und je länger du's aushalten kannst, desto mehr Fische bekommst du; aber wenn's zuletzt recht tüchtig kneift, dann mußt du aufziehen.« Ja, der Bär tat, wie der Fuchs ihm gesagt hatte, und hielt den Schwanz so lange ins Loch, bis er darin festgefroren war. Da zog er auf – den Schwanz ab, und nun geht er noch da den heutigen Tag mit einem Stumpfschwanz. (Norwegen)

31 **WARUM DIE HASEN EIN GEBORSTENES MAUL UND DIE FRÖSCHE EINEN ZERBROCHENEN RÜCKEN HABEN.** Die Hasen kamen einst zusammen und überlegten miteinander, daß sie weglaufen wollten, dieweil sie vor allen Tieren flüchten müßten. Als sie nun so im Laufen waren, gelangten sie an eine Brücke, darauf saß gerade ein Frosch, der wurde bange vor ihnen und sprang von der Brücke und kroch hinunter. Als die Hasen seine Angst

sahen, sprachen sie zueinander: »Nun wollen wir bleiben!« und fingen an zu lachen, daß ihnen das Maul offen barst. Seitdem haben alle Hasen ein geborstenes Maul. Der Frosch aber saß unter der Brücke und wagte sich nicht wieder weg, so lange, bis einmal ein dicker, schwerer Kerl hinüberging. Der trat auf den Frosch, daß ihm der Rücken zerbrach. Seit der Zeit haben alle Frösche den Rücken zerbrochen. (Oldenburg)

132 WIE DIE HUNDE ENTSTANDEN SIND.

A – Als Väterchen Adam gemeinsam mit seinen beiden Söhnen Kain und Abel auf der Tenne Frucht ausdrosch, streute er werfelnd auf die eine und auf die andere Seite je eine Schaufel Getreide aus. Bei diesem Anblick befragte ihn Abel, der jüngere Sohn: »Warum verstreutest du so die Frucht?« Antwortete ihm Väterchen Adam: »Ich tat es um des Opfers willen, auf daß sich davon die Tiere sättigen, so da auf Erden einherwandeln!« Sprach da Abel zu seinem Väterchen: »Erlaubst du mir, daß auch ich Gott ein Opfer darbringe?« Väterchen Adam gewährte ihm die Bitte. Und Abel brachte zum Opfer den ersten festen Schafbock dar. Kain, sein älterer Bruder, war ihm neidisch, geriet in Zorn und tötete ihn auf der Schafweide.

Als Kain allein ohne seinen Bruder Abel heimkam, befragte ihn Väterchen Adam: »Wo ist Abel, dein Bruder, hin?« und Kain erwiderte, er wisse nicht, was mit ihm geschehen sei. Wie nun die Schafe ohne Abel, den Hirten, heimkamen, ging ihn Adam suchen und fand ihn nach zwei, drei Tagen getötet, in Verwesung übergegangen und von Würmern zerfressen. Allda segnete Väterchen Adam die Würmer, auf daß sie sich zu Hunden verwandeln und an Stelle des ermordeten Abels zu Wardeinen [Wächtern] der Schafe werden mögen, und im selben Augenblick entstanden die Hunde. Seitdem verblieb es, daß jede

Herde mehrere Hunde hat, um die Schafe zu behüten. (Südslawen, Balkanhalbinsel)

✦

B – Vor vielen, vielen tausend Jahren lebte einmal ein sehr reicher Mann, der hatte einen Diener, der ihm so treu ergeben war, daß er weder am Tage noch in der Nacht von seiner Seite wich. Der Herr hatte ihn dafür auch so lieb, wie wenn er sein eigener Bruder wäre, und er heiratete auch deshalb nicht, damit seine Liebe ungeteilt seinem Diener bleibe. Da traf es sich einmal, daß der Herr mit seinem treuen Diener auf die Jagd ging. Den ganzen Tag über durchstöberten sie den Wald und fanden gar kein Wild; erst gegen Abend stießen sie auf einen großen Hirsch und trennten sich nun, damit sie von zwei Seiten her den Hirsch verfolgen könnten. Da hörte nach einer Weile der Herr im Laube etwas rascheln und dachte bei sich, es sei der Hirsch; er schoß daher in die Richtung und hörte dann einen menschlichen Schrei. Er lief erschreckt hin und fand dort seinen treuen Diener tot, mit durchschossener Brust auf dem Boden liegen. Er hatte ihn aus Versehen erschossen. Weinend warf er sich über den Leichnam seines treuen Dieners hin, jammerte und klagte die ganze Nacht hindurch so lange, bis er gegen Morgen vor Erschöpfung einschlief.

Da träumte ihm, der heilige Gregorius sei ihm erschienen und habe zu ihm also gesprochen: »Du hast deinen treuen Diener erschossen, der dir mehr zugetan war als die treueste Gattin, als der beste Bruder! Du mußt nun dafür Buße tun und so lange bei seinem Leichnam betend verweilen, bis derselbe ganz verwest und zu Staub geworden ist. Wenn dann Gott aus dem Staube ein Tier erstehen läßt, das an Treue zum Menschen alle Tiere der Welt übertrifft, dann hast du deine Sünde gebüßt und Vergebung erlangt.«

Als der Herr erwachte, ging er sogleich in die Stadt, wo er den Leuten sein Unglück erzählte. Hierauf verkaufte er sein Hab und Gut und verteilte den ganzen Erlös unter die Armen. Ein Eremitenkleid anziehend, begab er sich dann zurück in den Wald, wo er von nun an Tag und Nacht betend beim Leichname des treuen Dieners saß.

Sieben Jahre waren auf diese Weise verflossen, und der Leichnam des treuen Dieners war schon ganz verwest und zu Staub geworden, nur der Kopf war noch ganz und unversehrt. Da sah eines Tages der Herr, wie unzählige Würmer den Kopf umkreisten, von Minute zu Minute heranwuchsen und endlich eine Tiergestalt annahmen. Unzählige, früher nie gesehene Tiere umgaben den Herrn, der nun erstaunt bemerkte, daß der Kopf seines Dieners verschwunden war. Nun wußte auch der Herr, daß er vor Gott Verzeihung und Vergebung gefunden habe, und machte sich also mit seinen Tieren, die ihm getreu überall nachfolgten, auf den Weg in die Stadt, wo er die Tiere verschenkte und sich nur zwei Stück derselben behielt. Diese Tiere übertrafen alle Geschöpfe an Treue, und seit dieser Zeit kennt die Menschheit die Hunde, die treuesten Tiere der Welt. (Armenisch, Bukowina und Siebenbürgen)

133 **WARUM DER HUND SO TREU IST.** Einst ging der Herr mit seinen Jüngern über Land. Da lag ein kranker Hund im Weg. Die Leute, die vorüberkamen, stießen ihn mit den Füßen fort aus dem Weg. Da trat der Herr hinzu, neigte sich freundlich und blickte das Tier an. Er sprach: »Was für schöne weiße Zähne hat das Tier, und wie fest ist sein Gebiß. Du wirst von mir gesegnet, die Menschen und Haustiere zu beschützen.«

Da erhob sich auch schon der Hund, sprang lebhaft auf, wedelte mit dem Schwanz und folgte dem Herrn und seinen Jüngern und wich ihm nicht mehr von der Seite. Seit der Zeit ist der Hund das Tier, das dem Menschen am treuesten dient und ihn auch in der Stunde der Gefahr nicht verläßt. (Hessen)

134 WARUM DER HUND KEIN HAUS HAT. Es war einmal ein Hund, der mußte in strenger Winterszeit draußen in Eis und Schnee übernachten. Es war so schneidig kalt, daß der Hund am ganzen Körper zitterte und sich zusammenknäuelte, um nicht zu erfrieren. Da nahm er sich's fest vor, sobald der Sommer ins Land kommt, daß er sich ein kleines Häuschen erbauen wird. »Siehe da«, pflegte er sich zu sagen. »Soll nur so groß wie das Nest einer Henne werden; ein größeres brauch ich nicht, nicht größer, als ich so zusammengekauert Raum einnehme.« Als sich der Sommer mit seiner schwülen Hitze eingestellt, legte sich der Hund ins Gras unter die Linde und streckte so lang er war alle viere aus. »Ei, ei!« dachte er nun, »wer könnte mir wohl ein so großes Haus erbauen, schau mal einer her, wie lang ich bin!« Also blieb der Hund ohne Haus. (Kroatien)

135 WARUM DIE HUNDE NUR KNOCHEN FRESSEN. In alten Zeiten war vieles anders als heutzutage. Damals bekamen die Hunde das Fleisch, die Menschen die Knochen.

Das gefiel den Hunden ganz gut, nicht aber den Menschen. Sie drehten die Sache um und überließen den Hunden bloß die Knochen. Jene wollten aber den alten Zustand wiederhaben. Sie gaben gute Worte, sie baten in höflicher und ordentlicher Weise, es nützte ihnen nichts. Wenn man bittet, soll man nicht zu demütig sein. Darauf versuchten sie durch Bellen und Heulen ihr altes Recht wiederzuerhalten. Doch wenn man mal sein gutes Recht mit scharfen Worten fordert, bekommt man erst recht nichts. So ging es den Hunden auch. Es blieb den Vierfüßlern nichts anderes übrig, als einen Prozeß gegen die ungerechten und hartherzigen Menschen anzustrengen. Vor Gericht bekamen sie Recht, die Menschen könnten die Knochen für sich behalten. Ja sogar schriftlich bekamen sie es mit, damit sie, wenn es nötig werden sollte, es schwarz auf weiß vorweisen könnten. Wie freuten sich die Tiere, wenn sie bloß an die Zukunft dachten!

Auf dem Nachhausewege kamen sie an ein großes Wasser, das tüchtig brauste. Kein Steg, keine Brücke war mehr zu finden. Da gab's keinen anderen Ausweg, als durch das Wasser zu schwimmen. Das wäre ganz gut gegangen, wenn sie das Papier nicht gehabt hätten. Ein kleiner Hund kam auf einen schlauen Gedanken, der sie noch retten konnte. Die ganzen Akten wollten sie einem großen Hunde unter den Schwanz binden und dann durchschwimmen. Gesagt, getan! Hinein ging's ins Wasser, aber der Strom war so heftig, daß sie knapp hinüber konnten. Am anderen Ufer fanden sie von den wichtigen Akten nichts, nicht einmal den Bindfaden konnten sie finden, mit dem sie sie festgebunden hatten. Sie liefen hin und her, sie suchten überall, nichts zu sehen.

Große Trauer befiel nun alle Hunde, denn was sie befürchteten, traf ein – die bösen Menschen nahmen für sich das Fleisch und speisten die Vierfüßler mit Knochen ab. Und darum suchen sie noch heutigen Tages das Papier; wenn zwei Hunde zusammen sind, sehen sie zu, ob nicht doch noch einer die Akten unterm Schwanz hat, damit sie sich bessere Tage erzwingen können. (Niedersachsen)

136 **WARUM DIE HUNDE EINANDER BERIECHEN.** Bei einer Mahlzeit des Löwen, zu der die meisten Tiere eingeladen waren, bemerkte man, daß es

an Pfeffer fehle. Sogleich rief der Löwe einem Hunde, der mit an der großen Tafel saß, und sagte ihm, er solle nur recht geschwind in die nächste Stadt laufen und einen Pfeffer holen. Der Hund, der knurrte und war sehr verdrießlich, daß er so manchen köstlichen Bissen, den er schon mit seinen Augen verschlungen hatte, zurücklassen mußte; doch ging er fort, weil er sonst Prügel empfangen hätte. Aber statt den Pfeffer zu bringen, spielte er den Schabernack und lief mit dem Pfeffer davon.

Man wartete eine Stunde und noch eine Stunde; wer aber nicht kam, das war der Hund. Das machte den Löwen böse, und er schickte die übrigen Hunde aus, daß sie den Hund mit dem Pfeffer suchten; und wo sie ihn fänden, da sollten sie ihn in Stücke zerreißen; und solange sie den Hund mit dem Pfeffer nicht finden und sich an ihm rächen würden, so lange sollten sie an der Königstafel statt des Fleisches nur die Knochen bekommen. Seit der Zeit beschnüffeln sich einander die Hunde, um den Hund mit dem Pfeffer ausfindig zu machen; sie haben ihn aber noch nicht gefunden. (Deutschland)

137 **WARUM DIE HUNDE DEN KATZEN SPINNEFEIND SIND.** Die Tiere hatten einmal äußerst wichtige Dinge zu beraten. Es wurde eine Versammlung ausgeschrieben, wozu jede Tierart einen Abgeordneten senden sollte. Da kamen denn die Vögel und die Fische und die Vierfüßler von allen Seiten herbei, bis sie alle zusammen waren und nur der Elefant noch fehlte. Als er immer und immer nicht kommen wollte, beschlossen die Tiere, einen Gesandten zu dem Elefanten zu schicken. Sie losten, wer das sein sollte, und das Los traf den Hund. Der aber sagte: »Wie soll ich den Elefanten finden, ich habe nie einen gesehen und kenne ihn nicht.« – »Den kannst du leicht finden und erkennen«,

erwiderten die Tiere, »er hat ja einen Buckel auf dem Rücken.« – »Dann werde ich ihn schon bringen«, sprach der Hund und lief fort. Er begegnete einer Katze, die gerade einen Buckel machte, lud sie höflich ein, mitzugehen, und sie folgte ihm mit stets gehobenem Buckel. In der Versammlung angekommen, rief er: »Hier ist der Elefant!« und stellte die buckelnde Katze vor. Aber da lachten ihn alle Tiere aus, und seitdem ist der Hund spinnefeind mit der Katze. (Rheinland)

138 WARUM SICH DIE KATZE ERST NACH DER MAHLZEIT DEN MUND WÄSCHT.

Es flog ein Sperling auf die Düngerstätte eines Bauern. Da kam der Kater, erwischte den Sperling, trug ihn fort und wollte ihn verspeisen. Der Sperling aber sagte: »Kein Herr hält sein Frühstück, wenn er sich nicht vorher den Mund gewaschen hat.« Mein Kater nimmt sich das zu Herzen, setzt den Sperling auf die Erde hin und fängt an sich mit der Pfote den Mund zu waschen – da flog ihm der Sperling davon. Das ärgerte den Kater ungemein, und er sagte, solang er lebe, werde er immer zuerst sein Frühstück halten und dann den Mund waschen. Und so macht er es denn bis auf diese Stunde. (Litauen)

139 **DER MAULWURF.** Ein Edelmann ließ sich von einem Schlachter das ganze Jahr hindurch Fleisch liefern. Als nun das Jahr um war und der Schlachter seine Rechnung brachte, wog ihm der Edelmann alle Knochen wieder zu und sagte: »Ich habe nur Fleisch verlangt und keine Knochen. Du mußt dir nun für so viel Pfund abziehen lassen.« Das wollte der Schlachter natürlich nicht gelten lassen und verklagte den Edelmann, konnte aber gegen ihn kein Recht bekommen. Das folgende Jahr über

ließ sich der Edelmann von einem andern Schlachter sein Fleisch liefern und machte es am Ende ebenso wie mit dem ersten. Zuletzt hatte er alle Schlachter der ganzen Gegend auf dieselbe Weise angeführt. Da haben die armen betrogenen Leute den Edelmann endlich unter die Erde zu einem Tier verwünscht, das sich nur Fleisch ohne Knochen suchen muß. Das ist nämlich der Maulwurf, der ja nur Regenwürmer frißt. (Schleswig-Holstein)

VÖGEL

140 **DER STIEGLITZ.** Es gibt viele Vögel und darunter auch recht hübsche bunte, aber keiner hat doch so viele Farben wie der Stieglitz. Nicht eine einzige fehlt ihm, da ist rot und gelb und blau und violett und schwarz und weiß, kurz alle Farben. Das kommt aber daher: Als der liebe Gott alle Tiere und Vögel geschaffen hatte, da malte er sie auch an, den Fuchs rot, den Schimmel weiß, die Hunde braun und weiß und schwarz, das Schaf weiß, und so fort. Aber als er ganz fertig war und sich alles ansah, was er gemalt hatte, da kam noch ein kleiner Vogel, den hatte er vergessen zu malen, weil er nicht zur rechten Zeit gekommen war. Da sagte der liebe Gott: »Warum kommst du so spät? Nun mußt du ganz ohne Farbe bleiben, ich habe keine mehr.« Aber der kleine Vogel jammerte so, daß er allein keine Farbe haben solle, und sagte: »Da ist doch noch von jeder Farbe ein kleines bißchen im Topf. Schmier mir von jeder Farbe auch nur ein kleines Kleckschen an!« Das tat denn der liebe Gott, und so kriegte der Vogel von allen Farben etwas. Der Vogel aber ist der Stieglitz. (Mecklenburg-Strelitz)

141 **WARUM DIE TAUBE EIN SO LIEDERLICHES NEST BAUT.** Als unser lieber Herrgott die Vögel geschaffen hatte, zeigte er jedem, vom Storch bis auf den Zaunkönig, wie er sein Nest bauen solle. Die wilde Taube war eine von den ersten gewesen, die er gemacht hatte, und sie war schon müde, ehe die anderen zutage kamen. Sie setzte sich in dem Paradiesgarten auf einen Ast und verschlief die ganze Unterweisung. Als sie aufwachte, war unser Herrgott schon weg, und die anderen Vögel erzählten ihr, was sie gelernt hatten, und machten sich gleich ans Nesterbauen. Aber die Taube saß und weinte den ganzen Tag. – Als nun am andern Tag unser Herrgott wiederkam und Adam machen wollte, sagte er zu ihr: »Die Krähe soll dir's lehren« – weil er selbst heute keine Zeit hatte.

Die Krähe fing an und legte die Reiser. Da rief die Taube: »Nun weiß ich's schon! Nun weiß ich's schon!« Das ärgerte die Krähe, sie flog fort, und seit der Zeit baut die wilde Taube ein so elend-liederliches Nest, daß man Sonne, Mond und Sterne durchscheinen sieht. (Brandenburg)

142 **DER GANTER.** Der Ganter ruft: Ararat. Als nämlich bei der Sintflut die Tiere schon von Noah in den Kasten gebracht worden sind, ist der Ganter vergessen worden. Das große Wasser hat ihm ja nun nichts antun können, aber das Heimweh nach seiner Gänsefrau hat ihn doch höllisch gepiesackt, und er ist immer dem Kasten nachgeschwommen. Als sich der Kasten zuletzt auf das Gebirge Ararat niedergelassen hat und alle Tiere herausgelassen wurden, da hat der Ganter immer vor Freude gerufen: Ararat! Und so ruft er heute noch. (Mecklenburg)

143 WARUM DAS HUHN NICHT FLIEGEN KANN. In alten Zeiten konnte das Huhn genauso gut fliegen wie die Taube, doch war das Huhn streitsüchtig und mißhandelte die Taube. Überall, wohin diese flog, wurde sie von ihrem Feind verfolgt.

Eines Tages kämpften sie wieder miteinander, daß die Federn nur so flogen; die Taube hatte eine tiefe Wunde, und das Blut tropfte an ihren Läufen herab. Da sagte der liebe Gott, der sie schon lange beobachtet hatte: »In Zukunft darf das Huhn nur noch einen oder zwei Schritte fliegen, die Taube aber soll weiter so gut fliegen wie bisher; damit wird der ewige Kampf zwischen beiden ein Ende finden.«

Seit dieser Zeit können die Hühner sich nur mühsam vom Boden erheben, während die Tauben zu den bestfliegenden Vögeln zählen, und seit dieser Zeit haben die Tauben auch rötliche Läufe. (Flandern)

144 WARUM DER KUCKUCK KEIN NEST BAUT. Als Gott der Herr die Tiere auf Erden erschaffen und jedem Tiere seine Wohnung angewiesen hatte, fügten sich alle in den Willen des Herrn und waren zufrieden mit dem Platze, den sie erhalten hatten. Nur der Kuckuck murrte und fand an allen Plätzen, die ihm angeboten wurden, etwas auszusetzen: das Dach, auf welchem der Storch nistete, war ihm zu luftig; die Wiese, auf welcher der Kiebitz wohnte, zu naß; die Furche, welche der Lerche zugewiesen war, zu niedrig; der Dachfirst, unter dem die Schwalbe ihr Nest baute, zu eng. Da ward der liebe Gott zornig und sprach: »So wähle dir selbst einen Platz, der dir mehr behagt!« Nun machte sich der Kuckuck auf die Suche, aber nirgends fand er einen Platz, an dem er nicht irgend etwas zu tadeln gehabt hätte. Und so ist es gekommen, daß er bis auf den heutigen Tag

heimatlos umherirrt, seine Eier in fremde Nester legt und seine eigenen Kinder nicht kennt. (Rügen)

145 **WARUM DER KUCKUCK DIE EIGENEN KINDER NICHT PFLEGEN DARF.** Ein armes Weib hatte sieben Kinder. Da sie glaubte, daß sie sie nicht länger ernähren könne, ging sie mit ihnen in den Wald, um sie dort auszusetzen. Um sich von ihnen fortschleichen zu können, sagte sie zu ihnen: »Wir wollen Versteck spielen. Ich werde immer ›Kuckuck!‹ rufen, und ihr sollt mich suchen.« Auf diese Weise gelang es ihr, sich weit von den Kindern zu entfernen. Die Kinder mußten elend zugrunde gehen. Aber die Strafe blieb nicht aus. Der liebe Gott verwandelte die Rabenmutter in einen Vogel, der immerfort »Kuckuck« rufen muß. Auch darf er nie mehr die eigenen Kinder pflegen, sondern muß sich scheu und ängstlich in den Kronen der Bäume versteckt halten und Tiere und Menschen meiden. (Pommern)

146 **TURTELTAUBEN UND KUCKUCK.** Die Turteltauben hatten einst eine Kuh gefunden. Das haben sie dem Kuckuck angezeigt. »Was wollt ihr dafür haben?« fragte der. »Bau uns ein Nest, dann kannst du die Kuh behalten«, sagten die Turteltauben. Der Kuckuck hat ein paar Strohhalme übereinandergelegt. »Ich mache nach Johannstag fertig, ich hab keine Zeit mehr«, sagte er. »Wie können wir dich finden?« fragten die Turteltauben. »Ihr hört mich doch rufen«, sagte der Kuckuck. Nach Johannstag sind die Turteltauben gegangen, den Kuckuck suchen, sie konnten ihn aber nicht finden. Die Kuckucke rufen ja nach Johannstag nicht mehr. Noch heute rufen die Turteltauben lauter: Du, du, du, bezahl die Kuh, du, du, du bezahl die Kuh. Sie können auch bis heute noch nicht ein richtig Nest bauen. (Untere Sieg)

147 **Warum die Weihe im Sommer Durst leiden muss.** Bald nach der Schöpfung kamen die Vögel des Himmels zusammen, um sich Brunnen zu graben, daraus sie trinken könnten. Alle Vögel scharrten und gruben fleißig nach dem Wasser, und so entstanden die Brunnen der Tiefe. Die Weihe aber war zu stolz, wollte sich ihre gelben Füße nicht beschmutzen, und grub nicht mit; deshalb hat sie auch gelbe Füße behalten, während die anderen Vögel die ihren bei der Arbeit geschwärzt haben. Zur Strafe ihres Stolzes und ihrer Eitelkeit verfluchte aber Gott der Herr die Weihe: sie solle nie aus einem Brunnen, Teiche oder Fluß ihren Durst stillen. Bei anhaltender Dürre hört man daher die durstende Weihe heftig und verlangend nach Regen pfeifen, denn nur mit dem in hohlen Steinen angesammelten Regenwasser darf sie – eine Folge jenes Fluches – ihren Durst löschen. (Ostpreußen)

148 **Warum die Lerche immer singt.** Die heilige Familie ist auf der Flucht gewesen. Da haben sie unter ein paar Bäumen gerastet. Das Jesuskind war müd und hat wollen schlafen. Da ist die Lerche kommen und hat gesungen alleweil. Und das Jesuskind hat nicht schlafen können. Da hat der heilige Josef gesagt: »Zur Strafe sollst du immer hoch in der Luft fliegen und darfst nimmer mit Singen aufhören.« Seit der Zeit fliegt und singt die Lerche stundenlang. (Oberpfalz)

149 **Gimpel und Kreuzschnabel bei der Kreuzigung Christi.** Als der Herr Jesus gekreuzigt wurde, trauerten alle Vögel. Auch Gimpel und Krummschnabel legten ihr Leid an den Tag. Sie setzten sich auf das Kreuz und versuchten mit den Schnäbeln die Nägel herauszuziehen. Im Eifer aber bogen die

einen sich hierbei den Schnabel krumm, während die Gimpel sich ihn stumpf hieben; zugleich bespritzten sich diese Brust und Leib mit rotem Blut. (Steiermark)

150 **LERCHE UND KRÄHE BEI DER KREUZIGUNG.** Alle Vögel waren betrübt über den großen Durst unseres Herrn. Die Lerchen wollten ihm Wasser zutragen. Zum Lohne erhielten sie den hohen Flug und den schönen Gesang. Denn vorzeiten konnten sie nicht so hoch sich emporschwingen und auch nicht so herrlich singen. Die Krähen dagegen blieben ungerührt. Darum müssen sie in dem heißesten Monat August Durst leiden, die Schnäbel aufreißen, können aber nicht trinken. (Bayern)

151 **WARUM DIE KRÄHEN AUF DEM FELD HAUSEN MÜSSEN.** Als der Heiland mit den Schächern am Kreuz hing, kamen die Krähen in Scharen herbei. Sie setzten sich auf die Kreuze, lärmten und störten die Todesstunde des Herrn. Eine der Krähen wollte, als einer der Schächer gestorben war, ihm die Augen aushacken. Da bannte sie der Herr fort auf die Felder.

Hier müssen sie auch bei strengster Winterkälte hausen, wenn der Sturm heult und keine Nahrung zu finden ist. Früher konnten die Krähen, wie alle Vögel in Wald und Feld, singen und zwitschern. Seit dem Sterbetag des Herrn dürfen sie nur noch krächzen und kreischen. (Hessen)

152 **DIE SCHWALBE BEI DER KREUZIGUNG.** Als unser Heiland am Kreuze hing, trauerte die ganze Natur. Die Vögel schwiegen, die Bäume zitterten, die Erde tat sich auf, und die Sonne wurde verfinstert.

Da hörte Jesus plötzlich ein fröhliches Zwitschern und erblickte ein paar Schwalben auf einem Baume, die miteinander um die Wette sangen. Darob wurde unser Herr höchlich erzürnt, und er sprach den Fluch über die leichtsinnigen Vögel aus.

Deshalb wird man nie mehr eine Schwalbe auf etwas Grünem sitzen sehen, sondern sie hüpfen den ganzen Tag auf kotigen Wegen herum, um ihrer Beute nachzujagen, wobei sie fast immer schnattern. (Tirol)

153 **SPATZ UND SCHWALBE BEI DER KREUZIGUNG.** Als Christus am Kreuze hing, hat der Spatz seiner gespottet, die Schwalbe wollte die Nägel verscharren, der Kreuzschnabel die Nägel herausziehen. Deshalb steht diesem Vogel noch heute der Schnabel über Kreuz. Die Schwalbe aber ist überall gern gesehen: wo sie hinkommt, bringt sie Glück.

Der Spatz dagegen kann seitdem nicht gehen, sondern soll zur Strafe ständig hüpfen. (Bergisches Land)

154 **DIE SCHWALBE.** Es war einmal eine Kammerjungfer, die war sehr stolz und schnippisch, wie manche sein können; sie ging an Werktagen in dunkelblauem Seidenkleide mit weißem Besatz an der Brust. Unter anderen Sachen nahm sie von ihrer Herrin ein Garnknäuel, eine Nadel und eine Schere. Das merkte die Frau und setzte ihr zu, sie sollte bekennen, daß sie es gestohlen hätte. Das wollte sie nicht, sondern schwur, daß es nicht wahr wäre; ja sie sagte, sie wollte zu einem Vogel werden, der draußen herumflöge, wenn sie ein Dieb wäre. Mit einem Male wurde sie ein dunkelblauer Vogel mit weißer Brust, mit einem Kopf wie ein Garnknäuel, einem Schnabel wie eine Nadel und einem Schwanz wie eine Schere und

schwirrte zum Fenster hinaus und zum nächsten Hause hin. Da setzte sie sich und wollte sich von der Beschuldigung reinwaschen, zwitscherte und sagte: »Die Frau beschuldigte mich, ich hätte ihr Nadel und Garn gestohlen, Nadel und Garn, Nadel und Garn und eine kleine Schere.« Darauf flog sie weg, und so soll sie es an jedem Orte treiben, solange die Welt steht. So entstand die erste Schwalbe. (Dänemark)

155 DIE SCHWALBEN. Wißt ihr, warum die Schwalben dem Landmann als Glücksvögel gelten und bei ihm so hoch in Ehren stehen? – Sie sind das erste Wunder, das Jesus getan hat.

Als er noch ein kleiner Knabe war, formte er einstmals in kindlichem Spiel Vögel aus Lehm und setzte sie auf ein Brettlein. Er war gerade im besten Eifer, da kam ein alter Jude des Weges und drohte dem Kind mit dem Stock, weil es seine Kleider arg beschmutzt hatte. Jesus aber meinte, der Alte wolle seinen lieben kleinen Lehmvögeln etwas antun, und in seiner Not klatschte er in die Hände und rief: »Husch, husch!« Da entfalteten die Vögel ihre Schwingen und flogen munter zwitschernd auf und davon.

Damals trugen die Schwalben noch ein himmelblau und weißes Kleid. Das änderte sich aber von dem Tage an, wo der Heiland am Kreuze hing. In jenen Stunden seiner tiefsten Not fanden sich die Schwalben wieder ein; in ihren Schnäbeln brachten sie Wassertropfen herbei; die ließen sie lindernd in die Wunden fließen, welche die Dornenkrone ihm in die Stirne gedrückt hatte. Da aber geschah ein zweites Wunder mit ihnen: die Kopf- und Rückenfedern wurden glänzend schwarz, gleich einem Trauerflor, und dieses dunkle Band ist noch heute an ihnen zu sehen. (Rheinland, Westfalen)

156 **WO BLEIBEN DIE SCHWALBEN IM WINTER?** Wenn der Herbst hereinbricht, sammeln sich die Schwalben zu großen Scharen am Rande eines Gewässers. Schwimmt dann irgendein Strohhalm oder ein verwehter Zweig auf dem Wasser, so setzen sie sich darauf und gehen langsam mit ihm unter. Auf dem Grunde des Wassers liegen sie im Winterschlaf, bis die warme Frühlingssonne sie zu neuem Leben aus dem Wasser hervorruft. (Pommern)

157 **WARUM DIE RAUCHSCHWALBEN EINEN ROTEN FLECK AN DER KEHLE HABEN.** Die Rauchschwalben sind seit jeher sehr neugierig gewesen. Sie flogen immer an den Fenstern auf und ab, um zu sehen, was in den Häusern vorginge, und so ihre Neugierde zu befriedigen. Das ärgerte einen Finken. Er bestellte sich deshalb ein Faß rote Tinte und schrieb darauf mit großer Schrift: »Hier ist ein Geheimnis drin.«

Sofort kamen die Rauchschwalben herbeigeflogen und guckten zum Spundloch hinein. Der Fink aber saß in der Nähe, eilte schnell hinzu und stieß sie mit dem Kopfe hinein. Seit der Zeit tragen die Rauchschwalben den roten Fleck unter der Kehle. (Pommern)

58 **DER SCHWARZSPECHT.** Eine reiche Bauernwirtin in Worms war sehr geizig und hielt ihre Dienstleute schlecht. An einem Sonntagmorgen forderte ihr Mann sie auf, mit ihm zur Kirche zu gehen. Sie aber wollte die Zeit benutzen und unterdessen Brot backen; daher weigerte sie sich, ihn zu begleiten. Vergeblich stellte er ihr vor, wie unrecht eine solche Entweihung des heiligen Tages sei; sie blieb bei ihrem Willen und verabschiedete

ihren Eheherren mit unziemlichen Schimpfreden und Lästerworten. Sobald jene davongegangen waren, fing sie an, den Ofen zu heizen, den Teig zu bereiten und hineinzuschieben. Nach einigen Stunden war das Brot gar und dampfte mit angenehmem Dufte. In demselben Augenblicke kam ein armer Mann an einer Krücke an die Tür des Hauses und bat mit kläglicher Stimme um ein Stückchen Brot. Die hartherzige Frau verweigerte es ihm und sagte: »Wir haben selbst nicht einen Bissen Brot im Hause, daher kann ich nichts geben!« Mit diesen Worten ging sie in die Stube zurück und bedeckte das frische Brot mit ihrer Schürze, damit der Bettler nicht ihre Lüge bemerke. Dieser aber folgte ihr nach und sprach: »Duftet nicht das Brot lieblich und kräftig? Und du verbirgst es vor dem Armen, der dieser Gottesgabe entbehrt und dich um ein kleines Stücklein bittet? Aber zur Strafe für deine Entweihung des Sonntags und deine Unbarmherzigkeit sollst du mühsam deine Nahrung gewinnen und in hohlen Bäumen deine armselige Wohnung aufschlagen!« Der Bettler war bei diesen Worten jung und herrlich geworden, und mit Schrecken erkannte die Bäuerin den Herrn Jesum in ihm. Er berührte sie mit seinem Stabe, und alsbald schrumpften ihre Glieder zusammen, sie sah sich in einen Vogel verwandelt. Das schwarze Kleid wurde zu schwarzem Gefieder, die rote Mütze erkannte man wieder in einem roten Flecke auf dem Kopfe. Als Schwarzspecht *[spillkråka]* flog sie in die Wälder, wo sie ihr eintöniges und klägliches *spil, kro, kro!* ertönen läßt und mit vieler Mühe die Würmchen aus der Rinde der Bäume heraushackt. (Schwedisch, Estland)

159 DIE ELSTER. Hexen und Zauberinnen nehmen oft die Gestalt der Elster an. Manche Elstern sieht man deshalb nie am Ostertag, denn am Abend vorher fliegen

die Hexen zum Blocksberg. An Sankt Olof machen sie die Reise noch einmal. Da rupft ihnen der Teufel die Federn aus. Deshalb sind die Elstern in dieser Jahreszeit am Hals kahl. Man sagt auch, die Elster sei aus einer Schwanzfeder des Teufels gemacht. (Södermanland, Schweden)

60 **DER ZAUNKÖNIG.** In den alten Zeiten, da hatte jeder Klang noch Sinn und Bedeutung. Wenn der Hammer des Schmieds ertönte, so rief er: »Smiet mi to! Smiet mi to!« Wenn der Hobel des Tischlers schnarrte, so sprach er: »Dor häst! Dor, dor häst!« Fing das Räderwerk der Mühle an zu klappern, so sprach es: »Help, Herr Gott! Help, Herr Gott!« und war der Müller ein Betrüger und ließ die Mühle an, so sprach sie hochdeutsch und fragte erst langsam: »Wer ist da? Wer ist da?« dann antwortete sie schnell: »Der Müller! Der Müller!« und endlich ganz geschwind: »Stiehlt tapfer, stiehlt tapfer, vom Achtel drei Sechter.«

Zu dieser Zeit hatten auch die Vögel ihre eigene Sprache, die jedermann verstand, jetzt lautet es nur wie ein Zwitschern, Kreischen und Pfeifen, und bei einigen wie Musik ohne Worte. Es kam aber den Vögeln in den Sinn, sie wollten nicht länger ohne Herrn sein und einen unter sich zu ihrem König wählen. Nur einer von ihnen, der Kiebitz, war dagegen: frei hatte er gelebt und frei wollte er sterben, und angstvoll hin- und herfliegend rief er: »Wo bliew ick? Wo bliew ick?« Er zog sich zurück in einsame und unbesuchte Sümpfe und zeigte sich nicht wieder unter seinesgleichen.

Die Vögel wollten sich nun über die Sache besprechen, und an einem schönen Maimorgen kamen sie alle aus Wäldern und Feldern zusammen, Adler und Buchfinke, Eule und Krähe, Lerche und Sperling, was soll ich sie alle nennen? selbst der Kuckuck kam und der Wiedehopf, sein Küster, der so heißt, weil er sich immer ein paar Tage früher hören läßt; auch ein ganz kleiner Vogel, der noch keinen Namen hatte, mischte sich unter die Schar. Das Huhn, das zufällig von der ganzen Sache nichts gehört hatte, verwunderte sich über die große Versammlung. »Wat, wat, wat is den dar to don?« gackerte es, aber der Hahn beruhigte seine liebe Henne und sagte: »Luter riek Lüd«, erzählte ihr auch, was sie vorhätten. Es ward aber beschlossen, daß der König sein sollte, der am höchsten fliegen könnte. Ein Laubfrosch, der im Gebüsch saß, rief, als er das hörte, warnend: »Natt, natt, natt! Natt, natt, natt!« weil er meinte, es würden deshalb viel Tränen vergossen werden. Die Krähe aber sagte: »Quark ok«, es sollte alles friedlich abgehen.

Es ward nun beschlossen, sie wollten gleich an diesem schönen Morgen aufsteigen, damit niemand hinterher sagen könnte »ich wäre wohl noch höher geflogen, aber der Abend kam, da konnte ich nicht mehr«. Auf ein gegebenes Zeichen erhob sich also die ganze Schar in die Lüfte. Der Staub stieg da von dem Felde auf, es war ein gewaltiges Sausen und Brausen und Fittichschlagen, und es sah aus, als wenn eine schwarze Wolke dahinzöge. Die kleinern Vögel aber blieben bald zurück, konnten nicht weiter und fielen wieder auf die Erde. Die größern hielten's länger aus, aber keiner konnte es dem Adler gleich tun, der stieg so hoch, daß er der Sonne hätte die Augen aushacken können. Und als er sah, daß die andern nicht zu ihm heraufkonnten, so dachte er: »Was willst du noch höher fliegen, du bist doch der König«, und fing an, sich wieder herabzulassen. Die Vögel unter ihm riefen ihm alle gleich zu: »Du mußt unser König sein, keiner ist höher geflogen als du.« – »Ausgenommen ich«, schrie der kleine Kerl ohne Namen, der sich in die Brustfedern des Adlers verkrochen hatte. Und da er nicht müde war, so stieg er auf und stieg so hoch, daß er Gott auf seinem

Stuhle konnte sitzen sehen. Als er aber so weit gekommen war, legte er seine Flügel zusammen, sank herab und rief unten mit feiner, durchdringender Stimme: »König bün ick! König bün ick!«

»Du unser König?« schrien die Vögel zornig. »Durch Ränke und Listen hast du es dahin gebracht.« Sie machten eine andere Bedingung, der sollte ihr König sein, der am tiefsten in die Erde fallen könnte. Wie klatschte da die Gans mit ihrer breiten Brust wieder auf das Land! Wie scharrte der Hahn schnell ein Loch! Die Ente kam am schlimmsten weg, sie sprang in einen Graben, verrenkte sich aber die Beine und watschelte fort zum nahen Teiche mit dem Ausruf »Pracherwerk! Pracherwerk!« Der Kleine ohne Namen aber suchte ein Mäuseloch, schlüpfte hinab und rief mit seiner feinen Stimme heraus: »König bün ick! König bün ick!«

»Du unser König?« riefen die Vögel noch zorniger, »meinst du, deine Listen sollten gelten?« Sie beschlossen, ihn in seinem Loch gefangenzuhalten und auszuhungern. Die Eule ward als Wache davorgestellt: sie sollte den Schelm nicht herauslassen, so lieb ihr das Leben wäre. Als es aber Abend geworden war und die Vögel von der Anstrengung beim Fliegen große Müdigkeit empfanden, so gingen sie mit Weib und Kind zu Bett. Die Eule allein blieb bei dem Mäuseloch stehen und blickte mit ihren großen Augen unverwandt hinein. Indessen war sie auch müde geworden und dachte: »Ein Auge kannst du wohl zutun, da wachst ja noch mit dem andern, und der kleine Bösewicht soll nicht aus seinem Loch heraus!« Also tat sie das eine Auge zu und schaute mit dem andern steif auf das Mäuseloch. Der kleine Kerl guckte mit dem Kopf heraus und wollte wegwitschen, aber die Eule trat gleich davor, und er zog den Kopf wieder zurück. Dann tat die Eule das eine Auge wieder auf und das andere zu, und wollte so die ganze Nacht abwechseln. Aber als sie das eine Auge wieder zumachte, vergaß sie das andere aufzutun, und sobald die beiden Augen zu waren, schlief sie ein. Der Kleine merkte das bald und schlüpfte weg.

Von der Zeit an darf sich die Eule nicht mehr am Tage sehen lassen, sonst sind die andern Vögel hinter ihr her und zerzausen ihr das Fell. Sie fliegt nur zur Nachtzeit aus, haßt aber und verfolgt die Mäuse, weil sie solche böse Löcher machen. Auch der kleine Vogel läßt sich nicht gerne sehen, weil er fürchtet, es ginge ihm an den Kragen, wenn er erwischt würde. Er schlüpft in den Zäunen herum, und wenn er ganz sicher ist, ruft er wohl zuweilen: »König bün ick!« und deshalb nennen ihn die andern Vögel aus Spott *Zaunkönig*.

Niemand aber war froher als die Lerche, daß sie dem Zaunkönig nicht zu gehorchen brauchte. Wie sich die Sonne blicken läßt, steigt sie in die Lüfte und ruft: »Ach, wo is dat schön! Schön is dat! Schön! Schön! Ach, wo is dat schön!« (Deutschland)

161 **WARUM SICH DIE EULE NUR DES NACHTS HERVORWAGT.** Einst war eine reiche Dame gestorben, die von Menschen und Tieren in gleicher Weise betrauert wurde. Die Vögel berieten unter sich, wen von den Ihren sie der Verstorbenen zu Ehren als Leichenwächter schicken sollten. Man warf das Los, und dasselbe entschied für die Eule.

Diese wartete auch anfangs ihres Amtes mit gewissenhafter Sorgfalt; endlich wurde ihr jedoch die Zeit zu lange, und sie sprach bei sich: »Ek well ein Og tau mäuke, un met dem andere war ek wachte.« Wie sie gesprochen, tat sie auch, nur schade, daß das andere Auge bald ebenfalls zuschlug und die Eule auf diese Weise in tiefen Schlaf verfiel. Der Morgen dämmerte, die andern Vögel kamen herbeigeflogen und sahen die große Schande, daß der von ihnen gestellte Leichenwärter sein Ehrenamt so unehrenhaft verwaltet hatte. Zornig flogen sie auf den pflichtvergessenen Vogel zu, jagten ihn in die Flucht und schwuren ihm ewige Rache. So ist es gekommen, daß die Eule nur des Nachts sich hervorwagt und auf Raub ausgeht und den Tag über in dunklen Gebäuden oder großen, finsteren Wäldern sich aufhält. (Pommern)

.62 **ROHRDOMMEL UND WIEDEHOPF.** »Wo weidet Ihr Eure Herde am liebsten?« fragte einer einen alten Kuhhirten. »Hier, Herr, wo das Gras nicht zu fett ist und nicht zu mager; es tut sonst kein gut.« – »Warum nicht?« fragte der Herr. »Hört Ihr dort von der Wiese her den dumpfen Ruf?« antwortete der Hirt, »das ist der Rohrdommel, der war sonst ein Hirte, und der Wiedehopf war es auch. Ich will Euch die Geschichte erzählen.

Der Rohrdommel hütete seine Herde auf fetten grünen Wiesen, wo Blumen im Überfluß standen, davon wurden seine Kühe mutig und wild. Der Wiedehopf aber trieb das Vieh auf hohe dürre Berge, wo der Wind mit dem Sand spielt, und seine Kühe wurden mager und kamen nicht zu Kräften. Wenn es Abend war und die Hirten heimwärts trieben, konnte Rohrdommel seine Kühe nicht zusammenbringen, sie waren übermütig und sprangen ihm davon. Er rief: ›Bunt, herüm‹ (bunte Kuh, herum), doch vergebens, sie hörten nicht auf seinen Ruf. Wiedehopf aber konnte sein Vieh nicht auf die Beine bringen, so matt und kraftlos war es geworden. ›Up, up, up!‹ schrie er, aber es half nicht, sie blieben auf dem Sand liegen. So gehts, wenn man kein Maß hält. Noch heute, wo sie keine Herde mehr hüten, schreit Rohrdommel: ›Bunt, herüm‹, und der Wiedehopf: ›Up, up, up!‹ (Deutschland)

163 **DIE NEBELKRÄHE.** Ein Schäfer hatte einst Seuche in seiner Herde und zieht einem Schaf gerade das Fell ab. Die Krähen sitzen dabei. Da sagt die eine Krähe: »Das Aas, das Aas pult er ab, pult er ab!« Und eine andere: »Schmeiß es raus, schmeiß es raus!« – »Wartet so lang, bis ich das Fell herunter habe«, sagt der Schäfer. »Mit dem Fell, mit dem Fell!« rufen die Krähen dagegen. Da wurde der Schäfer ärgerlich und schmiß einen Krückstock mitten zwischen sie. Da erschraken die Krähen so, daß sie ganz blaß wurden. Und davon haben sie noch heute die grauen Federn. (Mecklenburg)

164 **WIE DIE KRÄHE GRAUE FEDERN BEKAM.** In alten Zeiten, als noch alle Vögel und Tiere reden konnten, baute sich eine Singdrossel ihr Nest auf einer Espe, die nicht weit von einem Fuchsbau stand. Der Fuchs kam zum Baum und forderte von der Singdrossel ein Junges.

Er sagte:

»Diese Espe ist mein Baum, ich werde sie jetzt absägen; doch wenn du mir ein Junges gibst, lasse ich die Espe noch wachsen.«

Eine Krähe, die damals noch ganz schwarz war, beobachtete von der Spitze einer Fichte diesen spitzbübischen Betrug und sagte schließlich: »Singdrossel, glaube ihm nicht! Womit sollte er denn den Baum fällen, er hat ja kein Beil!«

Der Fuchs schlug dann mit dem Schwanz gegen den Baum und sagte: »Ist das denn kein Beil?«

Dann schlich er beschämt weg, drohte aber der Krähe: »Warte nur ab! Warte nur ab! Wirst schon morgen in meine Hände fallen!«

Am anderen Tag ging der Fuchs auf ein Brachland hinter dem Friedhof, legte sich am Wegesrand ausgestreckt hin, den Hals zurückgebogen, den Schwanz eingezogen, wie tot. Die Krähe kam dort vorbei, als der Fuchs ausgestreckt am Boden lag, und glaubte, es sei das Aas eines verendeten Fuchses. Sie ging näher und schaute ihn zuerst etwas an. Dann schlug sie ihm mit ihrem Schnabel ein paarmal in den Hintern.

Als sie nun merkte, daß der Fuchs das aushielt und nicht aufstand, wurde die Krähe mutiger und glaubte, es sei tatsächlich ein toter Fuchs. Jetzt ging sie zu seiner Schnauze und wollte ihm vor allem die Augen aus dem Kopf picken. Sie begann gerade auf die Augen loszuhacken, als der Fuchs sie packte und sofort anfing, ihr die Federn vom Rücken zu rupfen.

Der Körper der Krähe war schon ganz nackt gerupft, der Schwanz war noch da, der Kopf und die Flügel waren auch noch heil, als der Fuchs die Krähe fressen wollte, ohne auf ihr Flehen um Erbarmen zu achten.

Schließlich bat die Krähe ganz herzerweichend: »Lieber Gevatter Reineke! Friß mich doch nicht, bevor du ein Tischgebet gesprochen hast.«

Der Fuchs wollte der Krähe diesen Gefallen noch tun und begann ein Tischgebet zu sprechen. Als er »Amen« sagen mußte, gingen ihm plötzlich die Zähne zu weit auseinander, und die Krähe entwischte. Da ihre Flügel noch heil waren, flog sie sofort davon.

Allmählich wuchsen der Krähe neue Federn nach, doch nicht mehr schwarze, sondern graue. Von der Zeit an hat das ganze Krähengeschlecht graues Gefieder. Nur der Kopf, die Flügel und der Schwanz, die der Fuchs nicht gerupft hatte, sind immer noch schwarz. Die Beine und der Schnabel, die schon früher ungefiedert waren, sind auch jetzt nackt. (Estland)

165 **WARUM DIE NACHTIGALL NICHT MEHR AM TAGE SINGT.** Einst ging der Fuchs am hellen Tage hungrig und mißmutig durch einen dichten Laubwald. Er spähte vergeblich nach Nahrung umher. Da bemerkte er in der lichten Krone eines schlanken Baumes eine Nachtigall. »Was treibst du dort?« rief der Fuchs arglistig zum Baume hinauf. »Ich singe meinen Kindern etwas vor, damit sie immer hübsch artig sind«, antwortete die Nachtigall. »Du singst vor Freude, und ich krümme mich vor Hunger, das ist gewiß unrecht. Wenn du mir nicht sogleich etwas zu fressen verschaffst, fälle ich den Baum um, und du mußt mit deinen Kindern elendiglich umkommen«, sagte der Fuchs mit drohender Stimme.

Dabei schlug er mit seinem Schwanze gegen den Baum, daß es laut durch den Wald schallte. »Ich habe hier oben nichts zu fressen«, erwiderte schüchtern die Nachtigall. »Dann wirf mir eins deiner Kinder herunter, damit ich meinen Hunger stille«, sprach der Fuchs weiter und klopfte abermals mit dem Schwanze gegen den Baum, als wenn er seinen Vorsatz ausführen wollte. Die Nachtigall bekam Angst und warf ihm ein noch nicht flügges Junges zu. Der Fuchs verschlang es hastig und verlangte mehr Nahrung. Nach und nach wußte er unter immer größeren Drohungen der furchtsamen Nachtigall alle Kinder abzuverlangen und schlich dann vergnügt von dannen.

Da kam eine Krähe nach dem Baume geflogen, wo die betrübte Nachtigall auf dem leeren Neste saß. »Warum weinst du?« fragte die Krähe teilnahmsvoll. Die Nachtigall erzählte all ihr Unglück und meinte, gegen den schlauen Fuchs sei nichts auszurichten. »Närrin«, entgegnete die Krähe, »der Fuchs kann ja gar nicht den Baum fällen, dazu ist er zu schwach. Ich werde aber deine Kinder an dem Fuchse rächen, sobald ich ihn treffe.« Damit flog die Krähe wieder in das Feld.

In einer Ackerfurche lag der Fuchs auf dem Rücken, hatte seine gekrümmten Füße gen Himmel gerichtet und schien verendet zu sein. »Ich will dir zur Strafe noch die Augen aushacken«, dachte die Krähe bei sich und setzte sich auf den Fuchs. Rasch schnappte dieser zu und hielt die Krähe fest. »Du kommst mir eben recht«, sprach der Fuchs vergnügt, »die kleinen Nachtigallen waren zu gering für mich, du gibst schon einen besseren Bissen ab.« – »Ich weiß wohl, daß ich sterben muß«, sagte die Krähe leise zum Fuchs, »aber du bist nicht so unbarmherzig, mir vor meinem Tode einen letzten Wunsch zu versagen.« – »Und der wäre?« fragte neugierig der Fuchs. »Dein Großvater konnte so schön singen«, sprach zaghaft die Krähe, »du wirst es gewiß noch besser können. Singe mir vor meinem Ende noch etwas vor!« Geschmeichelt setzte sich der Fuchs auf die Hinterfüße und fing an zu heulen, so laut er nur konnte. Dabei entwischte ihm die Krähe aus dem geöffneten Maul und flog rasch davon.

»Narr, Narr!« rief sie aus der Luft spöttisch dem Fuchse zu. Und wenn noch heute die Krähen am Tage einen schleichenden Fuchs auf dem Felde antreffen, so umkreisen sie ihn sogleich und suchen ihm mit vielstimmigem »Narr, Narr« seine Beute abzujagen. Er geht daher nur noch des Nachts auf Raub aus. Die Nachtigall singt seitdem am Tage nicht mehr, sondern läßt nur zu nächtlicher Stunde ihre klagenden Weisen erschallen. Die fröhlichen Lieder hat sie gänzlich verlernt. (Westpreußen)

166 **DER STORCH UND DIE FRÖSCHE.** Wolf und Storch hatten sich zusammengetan und errichteten eine Weinschenke. Das Geld wurde gemeinschaftlich eingenommen; als aber der Gewinn nach einem halben Jahre berechnet werden sollte, sah es schlecht aus: kaum die Hälfte der Gäste hatte gezahlt, das übrige stand auf

Borg. Der Wolf zeigte sich großmütig. »Ich will auf meinen Teil verzichten!« sprach er. »Du sollst keinen Verlust erleiden; lieber will ich erfrieren, als daß man spräche, ich wäre gewaltsam mit dir verfahren.« Der Storch antwortete: »Ich muß fort in ferne Lande, liebster Geselle. Gib mir das bare Geld! Du kannst dafür die Schulden eintreiben. Wenn die Schuldner nicht zahlen wollen, so nimm ihnen Gänse, Kühe, Schweine und Schafe und treib sie hinweg!« – »Da du so sehr nach dem Geld verlangst«, sagte der Wolf, »so will ich es dir ohne Zaudern geben.« Er band es in ein Tüchlein, das er dem Storch um den Hals hängte und das leicht über den schmalen Kopf ging. Der Storch erhob sich in die Luft und kam auf seiner Fahrt an einen See, in welchem er eine Menge Frösche erblickte. Von Hunger gequält, ließ er sich herab. Als er aber den Kopf ins Wasser steckte, rutschte das Tüchlein mit dem Gelde hinunter und sank auf den Grund. Der Storch suchte mit seinem langen Hals geraume Zeit, doch vergeblich. Endlich mußte er weiterfliegen. Seitdem aber haßt er die Frösche, weil er ihnen den Verlust seines Geldes beimißt. (Deutschland)

167 WARUM DIE WACHTELN KEINEN SCHWANZ HABEN. Die Ammer hatte eine Schenke. Eines Tages trat die Wachtel bei ihr ein und sagte: »Gib mir eine Pinte Bier.«

Die Wachtel leerte die Pinte auf einen Zug und sagte: »Gib mir noch eine.«

Und als sie auch die leer getrunken hatte, verlangte sie eine dritte. Die trank sie auch noch. Dann stand sie auf und wollte die Schenke verlassen, ohne zu bezahlen. Aber die Ammer merkte das noch rechtzeitig. Und schnell schloß sie die Tür ab und rief: »He! Erst gib mir mein Geld für das Bier.«

Aber die Wachtel war taub auf diesem Ohr. Sie suchte ein Loch, durch das sie entschlüpfen könnte. Da sah sie das Loch, durch das das Wasser auf die Straße fließt.

Aber die Ammer hatte wohl gemerkt, was die Wachtel vorhatte. Sie ließ nicht nach und rief immer wieder:

»Gib mir das Geld für mein Bier! Gib mir das Geld für mein Bier!«

Schon war die Wachtel halb in dem Loch verschwunden, nur der Schwanz guckte noch hervor. Da packte die Ammer den Schwanz, und krack! hatte sie die Federn in der Hand, die Wachtel aber war draußen.

Seit der Zeit haben die Wachteln keinen Schwanz. (Flandern)

KRIECHTIERE UND FISCHE

168 **SCHLANGE, AAL UND EIDECHSE.** Als der Herr nach Adams Fall das Urteil über die Schlange sprach, daß sie auf ihrem Bauche kriechen und Erde essen sollte ihr Leben lang, richtete sie sich stolz und höhnisch empor, als achtete sie der Strafe nicht. Da nahm der Herr Jesus einen Stab und schlug sie in drei Teile, so daß das Kopfende in einen Wald, das Mittelstück mit den vier Füßen auf das Feld und das Schwanzende ins Meer fiel. Aus ersterem wurde eine neue Schlange, welche dasböseste Tier der Welt ist, aus der Mitte die Eidechse, und aus dem hintern Ende der Aal, der von allen Fischen das beste Fleisch hat, aber doch von Esten und Schweden wegen seiner Verwandtschaft mit der Schlange nur selten gegessen wird. Nach andern schlug der Herr der Schlange zuerst die Füße weg und teilte sie durch einen Hieb in zwei Teile, eine Schlange und einen Aal. (Schwedisch, Estland)

169 **WARUM KRIECHEN DIE SCHLANGEN AUF DEM BODEN?** In alten Zeiten wanderten die Schlangen in halbaufgerichteter Haltung einher. Dazumal waren sie den Menschen weitaus gefährlicher und bissen sie öfter als jetzt. Dieser Plage wurden die Menschen überdrüssig, und ein Mann begab sich gemeinsam mit der Schlange zum heiligen Theodor zu Gericht. »Gerechter Theodor!« so sprach der Mann, »die Schlange ist uns mit ihren Bissen lästig geworden. Dauert dieser Zustand noch länger an, so wird sie uns bald alle insgesamt vertilgen. Sprich uns denn da das Urteil, wo wir diese Strafe Gottes verdient haben!« – »Das Urteil hältst du in der Hand!« entgegnete ihm der heilige Theodor und wies mit dem Finger auf den Stock, den der Kläger in der Hand hielt. Der Mann verstand den Wink und versetzte der Schlange mit aller Wucht einen Streich über den Hals. Die Schlange sank zu Boden und kann sich seither bis auf den heutigen Tag nimmer aufrichten. (Südslawen, Balkanhalbinsel)

170 **WESHALB DIE MENSCHEN DIE SCHWALBE LIEBEN UND DIE SCHLANGE HASSEN.** In dem Kasten, in dem bei der großen Wasserflut die Menschen sowie die zahmen und die wilden Tiere eine Zuflucht gefunden hatten, war unglücklicherweise ein kleines Loch. Alle überlegten, wie man das Loch verstopfen könnte. Da kam die Schlange herangekrochen und sagte: »Wenn man mir nach der Flut das Fleisch zu essen gibt, welches das süßeste Blut enthält, so würde ich das Loch mit meinem Körper verstopfen.« Man ging darauf ein. Nach der Flut übernahm es die Mücke, ausfindig zu machen, welches lebende Wesen das süßeste Blut habe. Nachdem sie den ganzen Tag gesucht hatte, entschied sie, der Mensch habe das süßeste Blut. Während die Mücke

zurückflog, begegnete ihr die Schwalbe und fragte: »Nun, wessen Blut schmeckt am süßesten?« – »Keiner hat so süßes Blut wie der Mensch.« – »Wirst du so sagen?« – »Ja«, erwiderte die Mücke und wollte weiterfliegen. Aber der Schwalbe tat es leid um den Menschen; sie riß der Mücke eine halbe Kinnlade aus, damit sie nicht sagen könne, bei wem sie das süßeste Blut gefunden habe.

Nun wollte die Mücke erzählen, aber sie brachte nicht mehr heraus als *dzin, dzin!* Alle wunderten sich, was das für eine Sprache wäre. Da erschien die Schwalbe und sagte: »Ich verstehe, was sie sagen will.«

»Nun, was denn?« fragte neugierig die Schlange. – »Sie will sagen, daß der Frosch das süßeste Blut habe.« Als die Schlange das hörte, geriet sie in Zorn und packte die Schwalbe; aber der Griff mißlang ihr: sie riß der Schwalbe nur die Mitte ihres Schwanzes heraus. Seit der Zeit lieben die Menschen die Schwalbe und beherbergen sie unter ihrem Vordach; die Schlange hassen und verfolgen sie. (Lettland)

171 **WIE DIE SCHILDKRÖTE ENTSTANDEN IST.** Einst war die Schildkröte eine junge Frau, die eben erst geheiratet hatte. Als sie einmal Brot knetete, ließ sie in Gegenwart ihres Schwiegervaters und ihrer Schwiegermutter einen F... fahren. Darüber schämte sie sich dermaßen, daß sie ihnen gar nicht mehr in die Augen blicken konnte. Vor Scham setzte sie die Scheibe auf die Erde, legte sich auf die Scheibe, duckte sich zusammen, deckte sich mit dem Backtrog zu und flehte zu Gott, er möge sie in was immer für ein ekelhaftes Geschöpf verwandeln. Gott verwandelte sie in eine Schildkröte. Die Scheibe und der Backtrog wuchsen ihr an den Leib an. Nun kroch sie langsam fort, kroch aus dem Haus hinaus und zog ins Gebirge. Daher kommt es, daß

sie jedesmal, wenn sie jemanden erblickt, gleich den Kopf hinter die Mulde zurückzieht und so lange sich nicht muckst, bis der vorbeigegangen. Das tut sie nur, weil sie sich schämt. (Bulgarien)

172 **DIE EIDECHSE.** Ein junges Mädchen verschwor sich, um ihrer Putzsucht genügen zu können, dem Teufel und gebar ihm Eidechsen, ein Männchen und ein Weibchen. Von diesen stammen alle Eidechsen ab. (Belgien)

173 **WARUM DIE MENSCHEN FISCHE QUÄLEN DÜRFEN.** Unsere alte Mutter sagte jedesmal beim Fischschuppen: Es ist den Fischen ganz recht, wenn sie gequält werden. Denn als der liebe Gott den anderen Tieren aus Mitleid mit ihrer Not eine Waffe gab, dem Igel die Stacheln, der Kuh die Hörner, da sagten die Fische in ihrem Hochmute: Wir brauchen keine Waffen; wir sind so flink, daß uns niemand greifen kann. Und darum hat Gott aus Rache sie uns gegeben, daß wir sie quälen können, soviel wir wollen. (Westpreußen)

174 **WOHER DIE MENSCHEN DAS RECHT HABEN, DIE KREBSE ZU KOCHEN.** Als der liebe Gott den Krebs geschaffen hatte, fragte er ihn, wo er die Augen haben wollte. Als er antwortete: »An der Hinterseite!«, so geschah es. Als ihn der liebe Gott fragte, wie er sterben wollte, so meinte er im Vertrauen auf sein verborgenes Leben im Wasser: »Wenn mich die Menschen fangen, so sollen sie mich lebendig in heißes Wasser werfen und darin kochen.« (Westpreußen)

175 **WARUM DIE FISCHE KALTES BLUT HABEN.** Die Fische haben deswegen kaltes Blut und werden auch von vielen Leuten lebendig aufgeschnitten, weil sie bei dem Tode des Herrn im Wasser lustig schnalzten. (Oberpfalz)

176 **WOHER DAS ROTAUGE ROTE AUGEN HAT.** Nahe bei Christi Kreuz war ein Teich. Als der Heiland starb, streckten die Fische alle ihre Köpfe heraus. Ein Fisch, der dem Kreuze am nächsten war, weinte blutige Tränen. Daher stammen die roten Augen des Fisches Rotauge. (Mecklenburg)

177 **DIE TAUBEN AUSTERN.** Als der liebe Gott die Austern geschaffen hatte, kam der Teufel zu ihm und sagte: »Du hast da sehr häßliche Muscheltiere gemacht.« – »Sind sie nicht sehr hübsch, so schmecken sie doch sehr gut«, antwortete der Herr. »Oh, so erlaube mir, sie zu kosten«, bat der Teufel, »damit ich sehen kann, ob sie so gut sind, wie du sagst.« Der liebe Gott erlaubte es ihm, aber der Teufel aß auch die Schalen mit, denn er konnte sie nicht öffnen, und fand darum die Austern schlecht und hart. Da sagte ihm der liebe Gott, daß nicht die Schale, sondern das Innere gut schmecke, und er befahl einer der Austern, ihre Klappen zu öffnen. Sie gehorchte, und der Teufel steckte seinen Finger hinein, um das Tier herauszuholen. Aber die Auster schloß sich wieder und quetschte den Finger so sehr, daß der Teufel laut zu schreien anfing. Da sagte er, er wolle solche machen, die sich leichter öffnen ließen. Er machte sich ans Werk, aber er konnte nur taube Austern zustande bringen, die man nicht essen kann. (Frankreich)

178 DER SCHELLFISCH. Der Schellfisch hat auf dem Rücken dicht hinter dem Kopf einen schwarzen Fleck. An der Stelle nämlich hat ihn Petrus angefaßt, als er ihn beim großen Fischzug gefangen. Da hat sich sein Finger eingedrückt. (Norddeutschland)

179 DER STÖR. Der Stör hatte früher gerade ein solches Maul, wie es alle übrigen Fische auch haben. Nun war er aber von jeher ein großer Fresser, und um satt zu werden, verzehrte er große Mengen andrer Fische. Mit Vorliebe machte er sich an die Heringe, und schon war es so weit gekommen, daß die Heringe anfingen auszusterben. Da gebot der liebe Gott dem Stör, nicht so viel zu fressen. Der aber ließ sich dadurch nicht abhalten, und deshalb nähte der liebe Gott ihm seinen Rachen zu und schnitt ihm unterhalb dessen ein neues Loch in den Hals, durch das er von jetzt ab seine Nahrung zu sich nehmen mußte.

Der Zwirnsfaden aber, womit der liebe Gott ihm das Maul zugenäht hat, ist noch jetzt am Stör zu sehen. (Rügen)

180 DIE SCHOLLE. A – Adam hatte einst eine Menge Fische gefangen und sie am Ufer niedergelegt. Während er nun an der Arbeit war, sie auf einen Haufen zu sammeln, kam er zu Fall, da der Boden vom Schleim der Fische schlüpfrig geworden war. Er fiel mit dem Hinterteil mitten auf eine Scholle, die davon ganz platt wurde. Nun hatte aber Adam eine Hose mit Noppen an. Davon kriegte die Scholle Flecken auf der Haut, wie man noch heute sehen kann. Auch ist sie seitdem platt geblieben. (Friesland)

✦

B – Als die Jungfrau Maria schwanger war, machte sie einmal einen Spaziergang und wurde unterwegs sehr hungrig. Während sie den Strand entlangging, fing sie sich eine Scholle, aber mehr als die Hälfte konnte sie nicht essen. Die andere Hälfte warf sie wieder ins Meer, und seither haben die Schollen nur auf einer Seite Fleisch. (Småland, Schweden)

✦

C – Früher hatte die Flunder ein ganz gerades Gesicht. Als aber einmal der Hering bei ihr vorüberschwamm, hat sie ihn höhnisch gefragt: »Is denn de Hering ook en Fisch?« und hat dabei das Maul gegen ihn verzogen. Da ist ihr für ihren Übermut das Gesicht so schief geblieben, wie man's noch heute sehen kann. (Westfalen)

✦

D – Die Fische waren schon lange unzufrieden, daß keine Ordnung in ihrem Reich herrschte. Keiner kehrte sich an den andern, schwamm rechts und links, wie es ihm einfiel, fuhr zwischen denen durch, die zusammenbleiben wollten, oder sperrte ihnen den Weg, und der Stärkere gab dem Schwächeren einen Schlag mit dem Schwanz, daß er weit wegfuhr, oder er verschlang ihn ohne weiteres. »Wie schön wäre es, wenn wir einen König hätten, der Recht und Gerechtigkeit bei uns übte«, sagten sie und vereinigten sich, den zu ihrem Herrn zu wählen, der am schnellsten die Fluten durchstreichen und dem Schwachen Hilfe bringen könnte.

Sie stellten sich also am Ufer in Reihe und Glied auf, und der Hecht gab mit dem Schwanz ein Zeichen, worauf sie alle zusammen aufbrachen. Wie ein Pfeil schoß der Hecht dahin und mit ihm der Hering, der Gründling, der Barsch, die Karpfe, und wie sie alle heißen. Auch die Scholle schwamm mit und hoffte das Ziel zu erreichen.

Auf einmal ertönte der Ruf »Der Hering ist vor! Der Hering ist vor.« – »Wen is vör?« schrie verdrießlich die platte, mißgünstige Scholle, die weit zurückgeblieben war, »Wen is vör?« – »Der Hering, der Hering«, war die Antwort. »De nackte Hiering?« rief die Neidische. »De nackte Hiering?« Seit der Zeit steht der Scholle zur Strafe das Maul schief. (Deutschland)

181 **DIE SCHÖNHEIT DER BRASSEN.** Fischern in Schleswig, die gar nichts gefangen hatten, erschien einst die schwarze Gret [die dänische Königin Margarete] und befahl ihnen, die Netze noch einmal auszuwerfen, doch sollten sie den besten Fisch, den sie fangen würden, wieder ins Wasser werfen. Sie fingen nun eine Menge Fische, darunter einen, der Perlen auf der Nase, Flossen von Smaragd und statt der Schuppen Goldmünzen trug. Der eine Fischer wollte ihn wieder ins Wasser setzen, der andere aber versteckte ihn, um ihn zu behalten. Allein der Fisch ließ sich nicht verbergen, sondern färbte alle anderen Fische golden, und sie wurden so völlig zu Gold, daß der Kahn von ihrer Schwere untersank. Der gewissenhafte Fischer konnte sich durch Schwimmen retten, der andere aber ertrank. Seitdem sind die Brassen in jenen Gewässern so schön gefärbt. (Schleswig)

182 **DIE MUSCHELPERLE.** Wenn das Meer ruhig ist und Windstille herrscht und wenn der Himmel bewölkt ist und ein Gewitter bevorsteht – bei einem solchen Wetter öffnen die Muscheln nachts ihre beiden Seiten und warten auf die Stunde, in der es zum Donner kommen wird. Wenn es dann am Himmel blitzt, werden die geöffneten Muscheln in der Nacht von Licht erfüllt. Sie schließen

sich noch im gleichen Augenblick. Aber das Licht des Blitzes ist nun in ihnen. Später entsteht aus diesem Licht des Blitzes die Perle, von der wir sagen: »Freude dem Fischer, der sie findet!« (Insel Lipsós, Griechenland)

INSEKTEN

183 **DIE BIENE UND DIE LAUS.** Die Imb ist das einzige Tier so uns unverwandelt aus dem Paradies überkommen worden, darum weil sie das Wachs zum Heiltum sammelt. Darum sagt man auch nur von den Immen, daß sie sterben, alle anderen Tiere krepieren. Derentwegen sind sie hochverehrt und werden allenthalben gehalten. – So wie die Imb allein sich rein aus dem Paradies erhalten hat, so ist es mit der Laus entgegengesetzten Falls, daß selbe im Paradies noch gar nit geschaffen gewesen. Erst als Adam und Eva des Sündenfalls halber das Paradies verlassen und im Schweiße ihres Angesichts ihr täglich Brot verdienen mußten, erwuchs in dem Wuzel der schwitzenden Haut solch Malefiztier, die Laus. (Lechrain)

184 **WARUM DIE BIENEN DEN ROTEN KLEE NICHT BEFLIEGEN.** Die Biene ist eine Sabbatschänderin. Der liebe Gott sprach: »Sechs Tage sollst du arbeiten!« Die Biene entgegnete: »Warum hast du, lieber Gott, es nicht auch eingerichtet, daß wir am siebenten Tage nicht zu essen brauchen? Weil wir am siebenten Tage essen müssen, darum müssen wir an diesem Tage auch arbeiten.« – »Magst du das«, sprach Gott, »aber zur Strafe für deine unfromme Gesinnung entziehe

ich dir die Blume, welche den meisten Honigstoff in sich birgt, den roten Klee.« Daher befliegt die Biene nicht den roten Klee. (Ostpreußen)

185 **WIE DER SCHNEIDER DEN FLÖHEN, BIENEN UND HORNISSEN DIE STACHELN EINSETZTE.** Als Gott dem Vater Noah befahl, sich ein großes Schiff zu bauen und von allen Tieren ein Paar darin aufzunehmen, da verordnete er zugleich, daß von jedem Handwerke ein Meister in dem Schiff gerettet werden solle, aber nur kein Schneider. Denn die waren von Anfang an ein böses Geschlecht und sollten deshalb ausgerottet werden. Trotz aller Vorsicht, die Noah anwandte, stahl sich aber doch ein Schneider in das Schiff und verbarg sich so gut, daß ihn niemand gewahr wurde. Indes war es dem Schneider gar nicht wohl zumut, daß er sich so still halten mußte und keine losen Streiche ausführen und die Menschen nicht quälen konnte. Da fing er endlich ein Paar Flöhe und machte denen von seinen Nadeln spitzige Stacheln. Ebenso setzte er den Bienen und Hornissen ihre Stacheln ein. Die haben sie seit der Zeit behalten.

Was aber geschah nun? Ein Floh stach zuerst die Frau des Vater Noah, und die Bienen und Hornissen quälten Menschen und Tiere. Es entstand großer Lärm in der Arche, und keiner konnte begreifen, wer diesen Tierchen die Nadeln gegeben haben könnte. Aber alsbald schöpfte man den Verdacht, daß ein Schneider mit in der Arche sein müsse. Deshalb wurde das ganze Schiff sogleich durchsucht. Und richtig! man fand den losen Schneider und warf ihn ohne Gnade sogleich hinaus ins Wasser. Da hätte er nun elendiglich versaufen müssen, und dann wären wir noch heutigen Tages ohne Schneider und müßten unsere Kleider selbst machen, wenn nicht eine langbeinige Wasserspinne eben in der Nähe gewesen wäre. Auf die setzte sich flink unser Schneiderlein und ritt auf ihrem Rücken so lange umher, bis die große Flut verlaufen und die Erde wieder trocken war. (Schwaben)

186 **SPINNE, FLIEGE UND MILBE.** Noah hatte vergessen, die Milbe mit auf die Arche zu nehmen. Da fragte er die anderen Tiere, ob eines von ihnen bereit sei, den kleinen Kriecher zu holen – zur Belohnung dürfe das hilfsbereite Tier dann an Noahs Tisch essen. Sogleich erbot sich der Weberknecht, seine kleine vergessene Verwandte herbeizuschaffen. Er stakste davon und kehrte bald mit der Milbe zurück, war aber so schüchtern, daß er sich mit seinem Fund nicht gleich zu Noah hindrängte. Das bemerkte die Fliege. Schamlos entriß sie die Milbe der großen Spinne und brachte sie selbst zu Noah.

Deshalb durfte nun die Fliege an Noahs Tisch sitzen und wurde schließlich auch die ständige, lästige Begleiterin des Menschen. Die Spinne aber ärgerte sich so sehr über die Fliege, daß sie sich schwor, ihr von Stund an in allem Gebüsch mit ihren Netzen nachzustellen. (Gotland, Schweden)

187 **WARUM DIE AMEISEN EIN ZERBROCHENES KREUZ HABEN.** Die Ameisen haben ein zerbrochnes Kreuz. Das ist so zugegangen. Die Ameise fand einst auf dem Felde, wo die ackernden Bauern gegessen hatten, Brotkrumen. Sie nahm sie und ging damit zum lieben Gott. »Sieh, Herr«, sprach sie, »wie der übermütige Landmann deine Gabe mißachtet. Es wäre gut, wenn du ihm den Segen des Feldes vorenthieltest.« Der liebe Gott sah wohl ein, daß die armen Bauern bei ihrer Mahlzeit auf dem Felde kein Tischtuch

unterbreiten konnten, sich auch mit dem Sammeln der Brosamen nicht aufhalten durften, er ward über den ungerechten Kläger zornig und warf ihn aus dem Himmel.

Kopfüber stürzte die Ameise auf die Erde herab und brach das Kreuz mitten durch, wie man es noch heute sehen kann. (Ostpreußen)

188 **DIE AMEISE UND DIE SPINNE.** Hirten hatten ein Ameisennest verbrannt, weil die Ameise sie immer sehr scharf biß. Die Ameise war damit nicht zufrieden und hatte doch nicht soviel Kraft, die Hirten dafür zu schlagen, daß sie ihr Nest verbrannt hatten. Sie ging darauf in ihrem Ärger zu Gott hin und klagte heftig über die Hirten, daß sie alle Tage auf der Hütung sehr viele Brotkrümchen auf die Erde verspilleten; aber von der Verbrennung des Nestes durfte sie Gott nichts sagen, dieweil sie selber zuerst die Hirten angerührt hatte. Gott sprach: »Das kann zwar also sein; aber du hast keinen Zeugen, welcher die Wahrheit aussagen könnte. Gehe und hole deinen Zeugen!«

Die Ameise ging, einen Zeugen zu suchen. Im Gehen dachte sie bei sich selber: »Möchte ich mit der Spinne zusammenkommen; selbige könnte wohl dieses richtige Zeugnis zwischen mir und den Hirten sprechen, denn sie lebet ja auch täglich also unter den Hunden auf der Trift.« Sie kam auch mit der Spinne zusammen und sagte flugs zu ihr: »Komm jetzt, Bruder, als mein Zeuge! Ich gehe wider die Hirten vor Gericht.« Die Spinne fragte, worüber der Streit sei, aber die Ameise sagte ihr nur: »Du sollst kommen! Denn nachher ist es zu spät. Gott selber gibt dir diesen Befehl.«

Als sie vor Gott kamen, da fragte Gott die Spinne: »Die Hirten sollen täglich Brotkrümchen auf die Erde verspillen; hast du das auch gesehen?« Die Spinne antwortete: »Daran sind die Hirten nicht schuld! Sie haben nirgends eine Stätte, wo sie friedsam sich satt essen könnten, auch keinen Brottisch, auf welchem sie das Brot brechen könnten.« Gott sprach: »Das ist ganz richtig, was du da zeugest! Aber du, Ameise, wirst zum Lügner, weil du deinen Nächsten ohne Ursache hassest!« Er schlug die Ameise mit einem Stock auf den Rücken und warf sie vom Himmel hinunter, also daß sie mittendurch in zwei Hälften zerfiel. Aber die Spinne ließ er an einem Seile vom Himmel hernieder, dieweil sie die Wahrheit gesprochen. Darum dient der Spinne bis zum heutigen Tage immer ihr Gespinst zum Seile, daß sie nach jeder Seite aufwärtsgehen und sich niederlassen kann. Aber die Ameise ist immer in zwei Teilen, so wie sie vom Himmel herniederfallend geworden war – in der Mitte dünn, der Kopf und das Hinterteil dick. (Estland)

189 **WIE DIE AMEISEN IHRE GESTALT ERHIELTEN.** Der Herrgott und der Petrus sind einmal auf Erden gewandert. Da ist es heiß geworden, und da haben sie sich niedergelegt und haben geschlafen. Da sind aber so viele Ameisen umeinandergelaufen. Die sind auf den Herrgott und Petrus und haben gebissen. Da sind sie aufgewacht, und der Herrgott hat gesagt: »'s is Middoch! 's is Middoch! [Mittag]« Und der Petrus hat verstanden: »In der Mid o! In der Mid o!« und hat die Ameisen in der Mitte auseinanderreißen wollen. Da hat der Herrgott seinen Arm gepackt. Aber seit der Zeit sind die Ameisen in der Mitte geteilt. (Oberpfalz)

90 **URSPRUNG DER FLIEGEN.** Als Christus der Herr noch auf Erden wandelte, von Sankt Petrus begleitet, kam er an einer großen Linde vorbei, in deren

Schatten sich ein Mann behaglich ausgestreckt hatte. Als der Herr ihn so daliegen sah, fragte er ihn, welches der Weg in den nächsten Flecken sei. Der Mann aber war zu bequem, um aufzustehen und gehörig Bescheid zu geben. Er zeigte daher mit seinem Fuße nach der Richtung. Darüber ärgerte sich Sankt Petrus gar sehr und sprach zu Christus: »Herr, was tun wir dem Manne? Er ist zu bequem, uns ordentlich den Weg zu zeigen!« Der Herr antwortete: »Was willst du ihm tun? Nimm eine Handvoll Staub und wirf nach ihm!« Petrus tat, wie ihm der Herr geheißen, und es wurden Fliegen aus dem Staube, und sie stachen den Mann, so daß er, um die lästigen Gäste abzuwehren, nicht bloß Hände und Füße in Bewegung setzen, sondern schließlich das kühle, schattige Plätzchen verlassen mußte. Zur Belästigung der Müßiggänger ließ der Herr die Fliegen fortbestehen. (Österreichisch-Schlesien)

191 **DIE WANZE.** Als die erste Tanne gefällt war, vergoß sie bittre Tränen, die nachher zu Harz sich verhärteten. Der Kummer der Mutter ging den Kindern, den Tannenzapfen, zu Herzen, und sie sprachen zu ihr: »Höre auf zu weinen, liebe Mutter! Wir werden uns an dem Menschen, der dich so unbarmherzig getötet, auf das grausamste rächen!« Darauf verwandelten sich die Schuppen der Tannenzapfen in Wanzen, krochen in die Häuser der Menschen und quälen sie daselbst noch bis auf den heutigen Tag. (Estland)

192 **WIE DIE SEIDENRAUPEN ENTSTANDEN SIND.** Als man Jesum Christum zur Kreuzigung führte oder zur Bestattung trug, so folgte ihm weinend seine Mutter, die allerreinste Maria, und sie blickte danach

rückwärts und sah auch eine Schildkröte, die gleichfalls nach dem Toten oder zur Bestattung nachschlurfte. Darüber lachte die Mutter Gottes auf, später jedoch dachte sie darüber nach, bereute ihr Auflachen und verwünschte sich selber mit den Worten: »Würmer mögen aus meinem Munde hervorquellen!« Ein wenig darnach spuckte sie aus und welch ein Wunder zu schauen! Sie spuckte Würmer aus dem Munde. Das waren die ersten Seidenraupen. (Südslawen, Balkanhalbinsel)

193 DIE KREUZSPINNE. Die Kreuzspinne hat doch das Kreuz aufm Rück. Man sagt, das käm davon: Wie unser Heiland am Kreuz hing und all die Wespeln und Mücken immer wieder an seine Wunden flogen, hat die Kreuzspinne ihn ganz eingesponnen, daß die Wespeln und Mücken nicht dran konnten gehn. Aus Dankbarkeit hat sie das Kreuz aufm Rück. (Untere Sieg)

PFLANZENWELT

GEWÄCHSE DES WALDES

194 **WARUM DIE BÄUME NICHT GEHEN KÖNNEN.** Vor vielen tausend Jahren gab es eine Zeit, wo auch die Bäume gehen konnten. Da lebte einmal ein sehr geiziger Mann, der zwar sehr reich war, aber dennoch gerne noch mehr besessen hätte. Einmal ging dieser Mann hinaus in den Wald und sah daselbst eine wunderschöne Eiche. Er hatte zwar zu Hause genug Holz, aber diese Eiche gefiel ihm gar zu sehr, und er sprach daher also zu derselben: »Komm mit mir zu meiner Hütte! Ich habe kein Holz!« Da folgte ihm der Eichbaum nach, und als sie ein Stück des Weges gegangen waren, wurde der Mann müde und sprach also zum Baume: »Du bist groß und stark; trag mich zu meiner Hütte!« Der Eichbaum blieb stehen, und der Mann kroch nun auf einen Ast, worauf der Baum weiterging. Da kamen sie auf eine Wiese, wo ein weißer Ochse graste. Der Mann sprach also: »Holz hätte ich, aber sehr gut wäre es, wenn ich auch Fleisch zum Braten hätte! Wie wär's, wenn du diesen Ochsen erschlügest und wir ihn mitnähmen in meine Hütte?« Der Eichbaum erwiderte kein Wort, sondern näherte sich dem Ochsen und traf ihn mit einem dicken Ast so stark auf die Stirne, daß er tot zu Boden fiel. Darauf hob er den erschlagenen Ochsen auf seine Äste und schritt vorwärts. Als sie wieder ein Stück Weges gegangen waren, begegneten sie einem Wagen. Der Fuhrmann schlief, und die Pferde trabten langsam einher. Da bemerkte der Mann auf dem Wagen ein Faß voll Wein, und er sprach also zu dem Eichbaum: »Holz hätte ich, Fleisch hätte ich auch, aber keinen Wein! Wie wär's, wenn du dies Weinfaß auf deine Äste heraufheben würdest?« Der Eichbaum erwiderte kein Wort, sondern näherte sich dem Wagen und hob das Weinfaß auf seine Äste und

schritt dann vorwärts. Nach einer Weile kamen sie an einer kleinen Kirche vorüber. Da sprach der Mann also zum Eichbaum: »Holz hätte ich, Wein hätte ich, Fleisch hätte ich auch! Aber keine Pfanne, in der ich das Fleisch braten könnte! Wie wär's, wenn du die Glocke vom Turme herabnähmest? Dann könnte ich mir daraus eine Pfanne schmieden!« Der Eichbaum sprach kein Wort, sondern näherte sich dem Turme, griff zum Fensterloch hinein und holte die Glocke heraus. Eben wollte er sie an einen seiner Äste hängen, da fuhr ein Blitz vom Himmel herab und zerschlug den Eichbaum, den Mann samt dem Ochsen und dem Weinfaß. Nur die Glocke blieb unversehrt und wurde von den Leuten wieder in den Turm aufgehängt. Von der Zeit an aber dürfen sich die Bäume nicht mehr von ihrer Stelle rühren. (Erzählung der Zigeuner in Siebenbürgen und Südungarn)

195 **WARUM DIE BÄUME NICHT MEHR REDEN.** Vor alters konnten die Bäume reden. Jetzt haben sie auch zwar eine Seele, was man daran erkennt, daß sie wachsen, Blüten und Früchte bringen, wozu ein abgehauener Baum nicht mehr imstande ist; die Sprache aber ist ihnen genommen.

Ein Bauer ging in den Wald, um Holz zu hauen. Der erste Baum, den er abhieb, war eine Tanne, aber aus ihrem Innern scholl ihm eine Stimme entgegen: »Haue mich nicht! Siehst du nicht, wie zähe Tränen aus meinem Fleische hervordringen? Es würde dir übel gehen, wenn du mir das Leben nähmest.« Der Bauer wandte sich zu einem Fichtenbaume und hob seine Axt gegen ihn auf. Die Seele des Baumes aber rief ihm zu: »Haue mich nicht um! Du würdest wenig Nutzen von mir haben, denn mein Holz ist gewunden und ästig.« Unwillig wandte sich der Bauer zu einem dritten Baume, der Eller [Erle], und begann sie umzuhauen. Der Baumgeist aber schrie: »Hüte dich, mich zu verletzen! Bei jedem Hiebe dringt Blut von meinem Herzen heraus und färbt mein Holz und deine Axt blutig.« Betrübt über diese Abweisungen machte er keinen Versuch mehr, sondern schickte sich an, nach Hause zu gehen. Als er aus dem Walde heraustrat, begegnete ihm unser Herr Jesus und fragte, weshalb er so mißmütig aussehe. Er erzählte sein Mißgeschick. Da antwortete ihm der Herr: »Kehre nur wieder um und haue ab, was du willst; denn von jetzt an werde ich den Bäumen verbieten, zu reden und den Menschen zu widersprechen.« Es geschah, und seit der Zeit wagt es kein Baum, gegen die Axt des Menschen die Stimme zu erheben. Doch hört man es im Walde noch sanft rauschen und die Blätter sich bewegen, wenn die Bäume leise miteinander flüstern. (Estland)

196 WARUM DAS HOLZ KNOTEN HAT. Als unser Herr einstmals mit Sankt Peter über Land ging, kamen sie an einen Bauplatz, wo ein Haufen Zimmerleute sich in der Schenke gütlich tat. Als Sankt Peter hörte, wie es da so munter zuging, gelüstete ihn einzukehren, und er sagte das dem Herrn. Der aber warnte: »Tu das nicht, du bist nicht von dieser Zunft, es könnte dir übel bekommen.« Aber Petrus ließ von seinem Begehren nicht ab und ging zuletzt hinein gegen die Warnung des Herrn. Als er nun in die Stube trat und die Zimmerer ihn vorn und hinten besahen, rief einer der Gesellen: »Juchhe! Nun haben wir auch einen Spielmann!« Und gleich wandte er sich zu Petrus und sprach: »Spielmann, spiel auf!« Er hatte nämlich eine Geige auf seinem Rücken gesehen, die vielleicht nur gemalt war, was der Herr insgeheim so veranstaltet hatte. Aber Petrus sagte, er sei kein Spielmann, er komme nur, sich an Trank und Speise zu laben, wie

ein anderer Gast. Der Geselle ließ das aber nicht gelten und sagte: »Wozu trägst du denn eine Geige auf dem Rücken, wenn du kein Spielmann bist und nicht aufspielen willst? Sind wir dir keine ehrlichen Leute? Gleich aufgespielt oder da hinaus, wo der Zimmermann das Loch gelassen hat!« Nun riß Sankt Petern auch die Geduld, daß er keck entgegnete, wenn er eine Geige hätte, würde er ihm den Fiedelbogen um den Kopf schlagen. Damit hatte er aber den Giebel schief aufgesetzt, denn nun packten ihn drei handfeste Gesellen und schoben ihn unsanft zur Türe hinaus. Nachdem Sankt Peter so seine Lust gebüßt, ging er seines Weges und kam zu dem Herrn, der am Saume des Waldes seiner harrte. Petrus erzählte, wie es ihm ergangen war, worauf der Herr erwiderte: »Hab ich dir's nicht gesagt, daß du nicht zu dieser Zunft gehörtest? Warum bist du nicht weggeblieben?« Da bat ihn Petrus, er solle nun doch den Zimmerleuten eine Strafe dafür auferlegen, daß sie sich an ihm vergriffen hätten. Da sprach der Herr: »Was soll ich ihnen denn tun?« – »Meister«, sagte Petrus, »mach ihnen eiserne Knoten ins Holz, daß ihre Sägen sich die Zähne daran stumpf beißen.« Aber der Herr entgegnete: »Nein, Petrus, hölzerne sind schon hart genug.« Und seitdem finden sich zum großen Verdruß der Zimmerleute hölzerne Knoten im Holze. (Deutschland)

197 **WARUM MANCHE PFLANZEN IM WINTER IHRE BLÄTTER BEHALTEN.** Als der liebe Herrgott auch bei uns seine Herrschaft immer mehr ausdehnte, mußte sich der Teufel in das Dickicht des Waldes und in das Dunkel der Nacht zurückziehen. Das gefiel ihm nicht, und er beschloß, mit dem lieben Gott um die Herrschaft zu streiten. Seine Anhänger widerrieten ihm dies aber, und endlich kam man überein, der liebe Gott und der Teufel sollten beschließen, daß die Herr-

schaft zwischen ihnen wechsle. Der eine sollte sich in das Innere seiner Wohnung zurückziehen, wenn die Herrschaft des andern beginne. Der liebe Gott sollte nun in der Zeit herrschen, wenn das Laub auf den Bäumen sei, der Teufel aber, wenn der Wald entblättert stehen würde.

Die Boten, welche den Vertrag abschlossen, waren auf einer einsamen Heide zusammengekommen, um unbelauscht zu sein. Aber der Zaunkönig, unter einem verwelkten Laubblatte verborgen, hatte alles gehört. Der hatte es dem Markolf [dem Eichelhäher] verraten, und dieser hatte es laut in den Wald geschrien, so daß alle Bäume es hörten. Als nun der Herbst herankam, blieben die Tanne, die Hülse [Stechpalme] und der Wacholder grün, und auch Mistel, Buchs und Efeu behielten ihren grünen Schmuck. Andere Bäume hielten ihre verwelkten Blätter fest, bis der Mai neues Laub brachte, damit der Teufel nicht sagen konnte: Der Wald ist kahl, und meine Herrschaft beginnt. Da sah der Teufel, daß seine Herrschaft zu Ende war, und er mußte sich in die Tiefe der Erde zurückziehen. Nur zuweilen tritt er in den Stunden der Mitternacht als Spuk hervor. Zwar treibt der Teufel im Winter oft Böses mit Frost und Schneesturm. Wenn dann aber die Landleute in den Wald kommen und das dürre Laub noch fest an den Buchen und Eichen sehen, dann sprechen sie: Des Teufels Reich ist doch zu Ende; der liebe Herrgott waltet noch und wird uns das dürre Laub mit grünem vertauschen. (Bergisches Land)

198 **Der Hagebuttenstrauch.** Als Gott den Teufel vom Himmel auf die Erde hinabgestürzt hatte, gefiel es ihm hier unten schlecht. Um wieder hinaufzukommen, schuf er einen Strauch mit hohen, geraden Gerten, die voll Dornen waren. Daran wollte er wie auf den Sprossen einer Leiter emporklettern. Aber Gott er-

riet die Absicht des Bösen und bog die Gerten nieder. So wuchs der Strauch nicht in die Höhe, sondern wandte sich nach der Seite. Da ward der Teufel ärgerlich und bog auch die Dornen, so daß sie jetzt herabgekrümmt sind und alles festhalten, was sich ihnen naht. So entstand der Hagebuttenstrauch. Andere sagen, daß Judas sich an einem solchen Strauch erhängte und daß seit dieser Zeit die Dornen sich niederwärts gekehrt hätten. In Angeln und sonst nennt man die Hagebutten darum gewöhnlich Judasbeeren. (Schleswig-Holstein)

199 **DIE BLÄTTER DER EICHE.** Der Teufel versuchte einstmals Gottvater und wollte, daß er ihm eine Bitte gewähre. Gott der Herr versprach, sobald den Eichen alle Blätter würden abgefallen sein, wolle er die Bitte gewähren. Der Teufel war darüber froh und wartete den Herbst ab, aber die Blätter fielen nicht. Es kam der Winter – die Blätter fielen noch nicht ab, obschon sie ganz gelb und braun im Winde rauschten. Als der Frühling kam, wuchsen wieder neue grüne Blätter, und als diese ziemlich stark waren, fielen erst nach und nach die vorjährigen ab. Da sah der Teufel, daß seine Bitte niemals in Erfüllung gehen werde, weil vom Eichbaum nie alle Blätter abfallen. Das erzürnte den Teufel dermaßen, daß er in die Eichenbäume wütend fuhr und mit den Krallen die Blätter zerfetzte. Und bis jetzt trägt der Eichenbaum seine Blätter durch den Winter, bis die neuen stehen, und das Laub zeigt noch die von den Teufelskrallen zerschlitzten Blätter. (Tirol)

200 **WARUM DER BLITZ NICHT IN DIE BUCHEN SCHLÄGT.** Wenn ein Gewitter ist, soll man den Eichen weichen und die Buchen suchen. Das haben die alten Leute immer gesagt.

Wie die heilige Familie auf der Flucht gewesen ist, haben sie unter einer Buche gerastet. Da hat die Mutter Maria dem Jesuskind das Ärschl abwischen müssen. Ein Papier und ein Tüchel haben sie nicht gehabt. Da hat sie Laub von der Buche genommen. Seit der Zeit schlägt der Blitz nicht in die Buchen. (Oberpfalz)

201 WOHER DER WILDE ROSENSTRAUCH SEINEN GERUCH HAT. Als Joseph und Maria mit dem kleinen Jesuskinde nach Ägypten flohen, mußten sie auch durch die wasserleere Wüste ziehen, wo sie große Not litten. Da hat Maria die nassen Windeln des Christuskindleins, die sie nicht einmal waschen konnte, an einem wilden Rosenstrauch zum Trocknen aufgehängt. Den Geruch dieser Windeln nahm der Strauch in sich auf, und alle wilden Rosenhecken haben seitdem einen angenehmen weinigen Geruch. Sie werden zum Andenken auch Marienrosen genannt. (Deutschland)

202 DIE HASELRUTE. Eines Nachmittags hatte sich das Christkind in sein Wiegenbett gelegt und war eingeschlafen, da trat seine Mutter heran, sah es voll Freude an und sprach: »Hast du dich schlafen gelegt, mein Kind? Schlaf sanft, ich will derweil in den Wald gehen und eine Handvoll Erdbeeren für dich holen; ich weiß wohl, du freust dich darüber, wenn du aufgewacht bist.« Draußen im Wald fand sie einen Platz mit den schönsten Erdbeeren, als sie sich aber herabbückt, um eine zu brechen, so springt aus dem Gras eine Natter in die Höhe. Sie erschrickt, läßt die Beere stehen und eilt hinweg. Die Natter schießt ihr nach, aber die Mutter Gottes, das könnt ihr denken, weiß guten Rat. Sie versteckt sich hinter eine Haselstaude und bleibt da stehen, bis die Natter sich

wieder verkrochen hat. Sie sammelt dann die Beeren, und als sie sich auf den Heimweg macht, spricht sie: »Wie die Haselstaude diesmal mein Schutz gewesen ist, so soll sie es auch in Zukunft andern Menschen sein.« Darum ist seit den ältesten Zeiten ein grüner Haselzweig gegen Nattern, Schlangen, und was sonst auf der Erde kriecht, der sicherste Schutz. (Deutschland)

203 **WARUM DIE TANNE IHRE ÄSTE NIEDERHÄNGEN LÄSST.** Als Christus mit seinen Jüngern auf Erden wandelte, kam er auch ins Vogtland. Es regnete, und alle wurden arg durchnäßt. Da gewahrte ein Jünger eine sehr große Tanne und rief: »O, komm doch, Herr, unter diesen breiten Baum!« Allein der Herr entgegnete: »Wer den Regen schickte, wird auch Sonnenschein senden!« und blieb an seiner Stelle.

Da wollte der Jünger doch etwas Klügeres tun, als von der Hoffnung leben, und begab sich unter den Baum. Der aber schlug mit seinen Ästen wie der Haushahn mit den Flügeln und machte ihn naß bis auf die Haut. Auf das Feld jedoch schien die Sonne.

Zur Erinnerung an diesen Vorfall läßt die Tanne ihre Äste bis heute niederhängen. (Vogtland)

204 **DER SCHLEHDORN.** Deutschlands Volksglaube läßt die stachelige Bekrönung des Heilands aus dem harten Kreuzdorn gewunden sein. Der Schlehstrauch jedoch sträubte sich, als ihn die rohen Hände brechen wollten; weil er aber der ungestümen Gewalt nicht widerstehen konnte, ward er tief bekümmert bei dem Gedanken an seine Verwendung zu solch grausamer Handlung. Christus erkannte das berechtigte Mitleid des schwachen Dornbusches, wandte dankbar seinen Blick gegen ihn und

sprach: »Was kannst du dafür, wenn rohe Hände einen Kranz von deinen Zweigen flechten, ihn mir aufs Haupt setzen und mit einem Stabe die spitzen Dornen in Stirn und Schläfe treiben? Zum Zeichen deiner Unschuld sollen die Engel dich umkleiden mit einem weißen Blütenkleide, heute, und wenn der Gedächtnistag an meine Leiden wiederkehrt.« Diese göttliche Verheißung erfüllte sich denn auch sofort, und mit jedem neuen Lenze sieht man vor allen andern Sträuchern den Schlehdorn im schneeweißen Blütenkleide prangen. (Deutschland)

205 **WARUM MANCHE BIRKEN IHRE ZWEIGE ZUR ERDE NIEDERHÄNGEN LASSEN.** Als die Freunde Jesu den heiligen Leichnam vom Kreuze herabgenommen, legten sie ihn in der Mutter Schoß, bis man ihn vom Blute gereinigt hatte und ihn begraben konnte. In tiefstem Schmerze saß sie da, die Mutter Gottes, und schaute ihrem geliebten Sohne ins bleiche Antlitz, auf dem der fahle Schein des Todes schwebte. Die ganze Natur trauerte mit ihr, deren Herz ein siebenfaches Schwert durchdrang.

Die Birke besonders, unter der die Mutter Gottes saß, zeigte das innigste Mitleid. Sie ließ ihre schwanken Äste und Zweige tief herabhängen bis auf den Leichnam des Erlösers.

Seit jener Zeit gab Gott allen Birken dieser Gattung das Merkmal, daß sie ihre Zweige zur Erde herniederbeugen. Auch führen sie von da ab den Namen Trauerbirken. (Schlesien)

206 **DIE ESPE UND DER HASELSTRAUCH.** Man erzählt, die heilige Familie habe auf der Flucht nach Ägypten einen Espenbaum vergeblich um Bergung und Schutz gebeten, weil dieser sich vor des Herodes Leuten

fürchtete. Da sprach die heilige Maria: »So zittere du und bebe in Furcht bis ans Ende der Welt.« Die heilige Familie barg sich dann unter dem Schutze von Haselnußbäumen, daher seien diese vor dem Blitze sicher und tragen liebliche Frucht. (Oberschlesien)

207 WARUM DIE ESPE BEBT UND ZITTERT.

Als der Herr Christus durch die weite Welt wandelte, kam er einmal mit seinen Jüngern in ein kleines Häuschen, um dort Herberge zu nehmen. Das kleine Häuschen gehörte einer armen Witwe, und die Witwe wollte den Herrn gern beherbergen, aber weil sie doch so arm war, so konnte sie dem Herrn gar nichts zu essen vorsetzen. Der Herr aber sprach: »Sorge dich nicht, arme Witwe, ich will für dreißig Silberlinge Brot holen lassen!«

Und er fragte die Jünger, wer es holen wollte. Judas war geschwind bei der Hand und sagte: »Meister, ich will gehen!« Und der Herr gab ihm die dreißig Silberlinge, und Judas ging damit fort in die Judengasse, um Brot zu kaufen. Als er in die Judengasse kam, fand er dort unter einem Bottich eine Gesellschaft Juden sitzen, die spielten Karten und Würfel. Sie riefen dem Judas zu, er möchte doch mitspielen. Judas wußte nicht, ob er der Aufforderung folgen sollte oder nicht, und sprach bei sich: »Setz' ich oder setz' ich nicht? Ich verliere doch alles!« Aber der Versucher gewann zuletzt den Sieg, und er setzte von den dreißig Silberlingen, die ihm der Herr anvertraut hatte. Das erste Mal gewann Judas. Da setzte er alle dreißig Silberlinge und gewann auch das zweite Mal. Zum dritten Male setzte er alles zusammen, aber da ließ ihn der Teufel im Stich, und er verlor die dreißig Silberlinge samt seinem Gewinste. Er war außer sich und wußte gar nicht, was er machen sollte. Die Juden aber sagten, sie wollten ihm die dreißig Silberlinge wiedergeben, wenn er ihnen seinen Meister auslieferte, und Judas nahm den Vorschlag an.

Als sie nun beim Abendmahl saßen, fragte der Herr seine Jünger: »Welcher von euch hat mich verkauft?« Sankt Johannes fragte: »Herr, o Meister, bin ich's?«, und auch Sankt Petrus fragte: »Herr, o Meister, bin ich's?«, und auch der falsche Judas rief: »Herr, o Meister, bin ich's?« Da sagte der Herr: »Judas, Judas, du falscher Judas, das weißt du am besten!« Da stand Judas auf und lief in seiner Angst hinaus, um sich zu hängen. Der Herr Jesus rief ihm nach: »Kehre um, o Judas, deine Sünde ist dir vergeben, und deine Strafe ist dir erlassen!« Aber Judas hörte nicht darauf und lief immer fort, bis er in den Wald kam. In dem Walde stand eine Tanne, aber Judas ging weiter und sprach: »Dein Holz ist zu weich, und meine Sünde ist zu schwer, du Tanne kannst mich nicht tragen.« Und Judas lief immer weiter, bis dahin, wo eine Espe stand. Da blieb er stehen und sprach: »Dein Holz ist hart, Espe, du mußt mich tragen können!« und hängte sich auf an der Espe.

Aber von Stund an fing die Espe an zu beben und zu zittern und wird so beben und zittern bis zum Jüngsten Tage. (Lausitz)

208 **WARUM DER HOLUNDER STINKT.** Von dem Verräter Judas Ischarioth heißt es, er habe sich am Holunderbaume erhängt. Daher verbreitet der Holunder einen unangenehmen, stinkenden Geruch. Der Schwamm, der auf dem Holunder wächst, heißt Judasohr. (Mecklenburg)

209 **DER BROMBEERSTRAUCH.** Es ist eine merkwürdige Tatsache, daß der Boden, auf dem der Brombeerstrauch mit seinen langen, peitschenähnlichen

Ranken wächst, wie zerschlagen, wie zerklüftet und ausgedörrt erscheint. Kein Gras, kein Moos gedeiht unter ihm, kein Insekt, kein Tier sucht dort Schutz, weder Schmetterling noch Biene nähern sich seinen Blüten. Daraus entstand dann die Legende, daß der Strauch aus den achtlos fortgeworfenen Rutenbündeln erwachsen sei, mit denen die Kriegsknechte den Herrn vor seiner Kreuzigung gegeißelt haben, und daß aus dem Blut des Herrn die Blüte und Frucht entstanden wären. (Deutschland)

210 DIE NELKEN. Als der Herr am Kreuze gestorben war, rissen die Kriegsknechte die drei blutigen Nägel, die durch die Hände und Füße des Erlösers geschlagen worden waren, aus dem Holz heraus und warfen sie auf die Erde. Als nun der teure Leib Jesu in dem nahen Felsengrabe bestattet worden war, ging Maria nochmals nach Golgatha zurück, um die blutigen Nägel als teure Andenken mitzunehmen. Als sie die Nägel aufhob, entsprossen an derselben Stelle noch unter ihren Händen am Boden blutrote Blumen [Nelken], die sie, erschreckend über die Ähnlichkeit mit den blutigen Nägeln in ihrer Hand, »Nägelein« benannte. (Deutschland)

211 HERKUNFT DER PILZE. Einst hatten Jesus und seine Jünger nichts zu essen. Da stahl Petrus ein Brot, um es heimlich zu verzehren. Jesus aber wußte das, und sobald Petrus einen Bissen im Munde hatte und ihn kauen wollte, redete Jesus ihn an. Da mußte Petrus, um Rede zu stehen, den Bissen ausspeien. Und das geschah so oft, bis Petrus alles Brot wieder ausgespien hatte. Nicht einen Bissen konnte er hinunterschlucken. Überall aber, wo das ausgespiene Brot auf die Erde fiel, entstand ein Pilz. So steht es um die Herkunft der Pilze. (Schlesien)

212 WARUM ES GIFTIGE UND ESSBARE PILZE GIBT. Christus und Petrus gingen durch ein Dorf und bettelten um Kuchen. Darauf kamen sie durch einen langen Wald und verzehrten beim Gehen den Kuchen, mit weißem Mehl und mit Schwarzmehl gebacken. Wenn sie nun nach dem Genusse des schwarzen Kuchens ausspuckten, so entstanden die ungenießbaren Schwämme, spuckten sie aber aus, nachdem sie den weißen Kuchen gegessen hatten, so brachten sie damit eßbare Pilze hervor. (Deutsch, Böhmen)

213 DIE MORCHEL. Der Teufel war einmal übler Laune. Da begegnete ihm ein altes Weib; er packte es und schnitt es in lauter Stücke und streute diese im Walde umher. Wo ein Stück hingefallen war, wuchs eine Morchel empor. Deshalb wird noch heute ein altes Weib eine Morchel genannt. (Schlesien)

WIESEN UND FELDER

214 DAS VERGISSMEINNICHT. Als Gott der Herr den Blumen auf dem ganzen Erdenrunde die Namen gegeben hatte, behielten ihn alle sehr wohl im Gedächtnisse; nur ein Blümlein, ein ganz kleines, bescheidenes, von himmelblauer Farbe, hatte seinen Namen vergessen und konnte ihn auch bei keiner andern Blume mehr erfragen. Endlich mußte es, obwohl es sich scheute, wieder zurück zu seinem Schöpfer, um zu fragen, wie es heiße. Und als es kam, hob der Herr den Finger und sagte zum verschämten Blümlein nur drei Worte: »Vergiß mein nicht«. Darauf ist das Blümlein fröhlich wieder weg-

gegangen, nachdem es dem Allgütigen für den schönen Namen gedankt hatte, und trägt noch heute den Namen »Vergißmeinnicht«. (Rätoromanien)

215 **DES TEUFELS GLOCKENBLUME.** Der Teufel dachte einst, da er eben nichts Besseres zu tun hatte, eine Blume zu erschaffen. Am leichtesten erschien es ihm, die Glockenblume nachzuahmen, und er machte sich auch gleich ans Werk. Wirklich gelang es ihm, eine Pflanze dieser Art zustande zu bringen. Aber man merkt gleich, daß der Teufel sie gemacht hat. Der Blumenkrone fehlt jene schwungvolle schöne Form und die herrlich blaue Farbe der Glockenblume. Die Kelchblätter sind zerrissen und zackig, die Farbe zu düster, nicht blau und nicht grau. Blätter vermißt man an ihr gänzlich, einige kleine Lappen am Wurzelstocke vertreten deren Stelle. Auch blüht sie nur auf den Bergen in unwegsamen Gegenden und wagt sich nicht in den fröhlichen Kreis ihrer Schwestern im Tale. (Österreich)

216 **DIE PREISELBEERE.** Als Gott alle Kräuter und Bäume schuf, wollte der Teufel auch eine Pflanze erschaffen und bat dazu um Erlaubnis, die er denn auch erhielt. Da schuf er die lockenden Preiselbeeren, sprach aber in seiner Bosheit dabei den Fluch aus, daß ihm jeder verfallen sei, der davon esse. Das war aber Gott Vater nicht recht. Er setzte daher auf jede Beere ein Kreuzlein und hob dadurch den Fluch des Teufels auf, so daß die Beeren jetzt völlig unschädlich sind. (Tirol)

217 **WARUM MAN VON ERDBEEREN NICHT SATT WIRD.** Einst ging ein neidischer, habgieriger Knabe in den Wald, um Erdbeeren zu suchen, und hatte

schon ein hübsches Körbchen fast voll. Da begegnete ihm die Mutter Gottes und fragte in ihrer liebreichen Art: »Was hast du in deinem Körbchen?« Das Kind sagte trotzig: »Nichts!« Denn es fürchtete, sie wolle von den Beeren haben. »Ei!« sprach die Mutter Gottes. »Ist es nichts, so wird es dir auch nichts nützen!« Und von da an wird keiner von Erdbeeren satt, er mag deren noch so viele essen. (Deutschland und Tirol)

218 DAS IMMERGRÜN. Im alten Testament gab es noch kein Immergrün. Als aber die seligste Jungfrau Maria so weit herangewachsen war, daß sie sich verloben konnte, stellten sich gar viele und vornehme Freier ein, denn die Jungfrau war über die Maßen schön, so schön, daß die Sonne nicht untergehen wollte, sooft sie ihr ins Antlitz schien. Weil sie aber inniglicher Frömmigkeit pflag, wollte sie nur den frömmsten unter den Brautwerbern haben, gleichviel ob er hohen oder niederen Standes wäre. Deshalb bat sie den Herrn inständig, er möge ihr durch ein Zeichen ihren zukünftigen Gemahl zu erkennen geben. Und ihre Bitte wurde erhört. Also sagte sie eines Tages zu den Freiern: »Derjenige soll mein Bräutigam werden, dessen Wanderstab grüne Sprossen treibt.« Die Freier waren darüber sehr bestürzt. Eines Abends saß die holde Jungfrau bei ihren Eltern vor der Haustür und genoß der wohltuenden Kühle. Da kam ein armer Zimmermann namens Joseph des Weges einhergegangen, der einen Wanderstab mit grünem Geschirre bei sich führte. Sogleich erkannte die Jungfrau das Zeichen, und es ging nicht lange hin, da wurde sie mit dem frommen Zimmermann verlobt. Bei der Feier steckte dieser seinen Wanderstab in die Erde, und üppiges Geranke wuchs mit Schnelligkeit aus dem Stabe hervor und klomm daran in die Höhe. Wie das der heilige Joseph

ersah, zog er den Stock nimmer aus dem Boden, und es umschlang ihn immer mehr des lebendigen Grüns und welkte nimmer jahraus und jahrein und trieb auch fort, als alle Bäume ihr Laub zur Erde schüttelten. Darum ward das Gewächs Immergrün geheißen. (Tirol)

219 MUTTERGOTTESGLÄSCHEN. Es hatte einmal ein Fuhrmann seinen Karren, der mit Wein schwer beladen war, festgefahren, so daß er ihn trotz aller Mühe nicht wieder losbringen konnte. Nun kam gerade die Mutter Gottes des Weges daher, und als sie die Not des armen Mannes sah, sprach sie zu ihm: »Ich bin müd und durstig, gib mir ein Glas Wein, und ich will dir deinen Wagen frei machen.« – »Gerne«, antwortete der Fuhrmann, »aber ich habe kein Glas, worin ich dir den Wein geben könnte.« Da brach die Mutter Gottes ein weißes Blümchen mit roten Streifen ab, das Feldwinde heißt und einem Glase sehr ähnlich sieht, und reichte es dem Fuhrmann. Er füllte es mit Wein, und die Mutter Gottes trank ihn, und in dem Augenblick ward der Wagen frei und der Fuhrmann konnte weiterfahren. Das Blümchen heißt noch immer Muttergottesgläschen. (Deutschland)

220 DIE SCHLÜSSELBLUME. Daß der heilige Petrus die Schlüssel zur Himmelspforte hat und niemand in den Himmel einläßt, der's nicht verdient, weiß jedes Kind. Einmal wurde ihm gemeldet, einige Unholde hätten sich Nachschlüssel zur Himmelstür angefertigt. Das war nun freilich ein großer Schrecken! Und Petrus entsetzte sich so sehr, daß er in der ersten Aufregung sein Schlüsselbund zur Erde fallen ließ. Ein Engel mußte es wiederholen. An der Stelle aber, wo das Bund die Erde berührt hatte, entstand die Schlüsselblume. Sie ist zur

Erinnerung an die Begebenheit geblieben, und man nennt sie Himmelsschlüssel oder auch [in Tirol] Petersschlüssel. (Deutschland)

221 DER ENZIAN. Vor vielen Jahren – so erzählt eine Sage in den Alpen – gingen einmal nach einem langen Winter drei Kinder auf die Höhe der Gebirge, um die reiche Blumenpracht und die reine Himmelsbläue zu schauen. Als sie aber droben waren und auf das Dörflein tief unten blicken wollten, hüllte ein dichtes Gewölk sie ein. Ein heftiger Regenguß strömte vom Himmel und verbarg ihnen die geschmückte Erde. Die Kinder eilten schnell von den Höhen herab, suchten unter den dichten Kronen der Buchen Schutz und klagten, daß ihre Freude so unerwartet vereitelt ward.

Plötzlich trat ein schöner, blondlockiger Knabe heran und sprach tröstend: »Ihr lieben Kinder, kommt am Sonntage wieder herauf und singt alsdann da oben fromme Lieder. Dann sollt ihr den blauen Himmel schön und herrlich nicht nur zu euren Häuptern, sondern auch zu euren Füßen sehen.« Nach diesen Worten verschwand er.

Am nächsten Sonntage pilgerten die drei Kinder wieder den Berg hinan. Aber sie trauten kaum ihren Augen, als sich ihnen unerwartet ein wunderherrlicher Anblick bot. Ringsumher auf den grünen und bunten Matten standen vieltausend und abertausend blaue Blumen, so schön und blau, als ob sie Stückchen vom Frühlingshimmel wären. Da war's den Kindern, als sähen sie den Himmel zu Füßen, wie der Engel gesagt hatte.

Seit jener Zeit erscheinen alljährlich auf der Alp und in den bergigen Gegenden die blauen Enziane und zaubern den Himmel auf die Erde. Die Alpenbewohner nennen sie Gottesschühlein, weil sie den Tritten des holden Engels entsprossen. (Alpengebiet)

222 **DIE KORNÄHRE.** Vorzeiten, als Gott noch selbst auf Erden wandelte, da war die Fruchtbarkeit des Bodens viel größer, als sie jetzt ist: damals trugen die Ähren nicht fünfzig- oder sechzigfältig, sondern vier- bis fünfhundertfältig. Da wuchsen die Körner am Halm von unten bis oben hinauf: so lang er war, so lang war auch die Ähre. Aber wie die Menschen sind, im Überfluß achten sie des Segens nicht mehr, der von Gott kommt, werden gleichgültig und leichtsinnig. Eines Tages ging eine Frau an einem Kornfeld vorbei, und ihr kleines Kind, das neben ihr sprang, fiel in eine Pfütze und beschmutzte sein Kleidchen. Da riß die Mutter eine Handvoll der schönen Ähren ab und reinigte ihm damit das Kleid. Als der Herr, der eben vorüberkam, das sah, zürnte er und sprach: »Fortan soll der Kornhalm keine Ähre mehr tragen, die Menschen sind der himmlischen Gabe nicht länger wert.« Die Umstehenden, die das hörten, erschraken, fielen auf die Knie und flehten, daß er noch etwas möchte an dem Halm stehen lassen: wenn sie selbst es auch nicht verdienten, doch der unschuldigen Hühner wegen, die sonst verhungern müßten. Der Herr, der ihr Elend voraussah, erbarmte sich und gewährte die Bitte. Also blieb noch oben die Ähre übrig, wie sie jetzt wächst. (Deutschland)

223 **WARUM DIE ÄHRE HANDGRIFFLANG IST.** In alten Zeiten war die Fruchtähre viel länger, als sie es in unseren Tagen ist. Einmal steckte der Teufel die Frucht in Brand und sie fing zu brennen an. Bei diesem Anblick brach das Volk in Tränen aus. Darüber empfand die Mutter Gottes Mitleid, stieg vom Himmel herab, um den Brand zu löschen, umfaßte mit flacher Hand die Ähre, und das Feuer verlöschte, doch die Ähre verblieb von da ab nur so groß, als wie sie von der Hand der Mutter Gottes ergriffen worden war. (Südslawen, Balkan)

224 **STROHHALM, KOHLE UND BOHNE.** In einem Dorfe wohnte eine arme alte Frau, die hatte ein Gericht Bohnen zusammengebracht und wollte sie kochen. Sie machte also auf ihrem Herd ein Feuer zurecht, und damit es desto schneller brennen sollte, zündete sie es mit einer Handvoll Stroh an. Als sie die Bohnen in den Topf schüttete, entfiel ihr unbemerkt eine, die auf dem Boden neben einen Strohhalm zu liegen kam; bald danach sprang auch eine glühende Kohle vom Herd zu den beiden herab. Da fing der Strohhalm an und sprach: »Liebe Freunde, von wannen kommt ihr her?« Die Kohle antwortete: »Ich bin zu gutem Glück dem Feuer entsprungen, und hätte ich das nicht mit Gewalt durchgesetzt, so war mir der Tod gewiß: ich wäre zu Asche verbrannt.« Die Bohne sagte: »Ich bin auch noch mit heiler Haut davongekommen, aber hätte mich die Alte in den Topf gebracht, ich wäre ohne Barmherzigkeit zu Brei gekocht worden, wie meine Kameraden.« – »Wäre mir denn ein besser Schicksal zuteil geworden?« sprach das Stroh. »Alle meine Brüder hat die Alte in Feuer und Rauch aufgehen lassen, sechzig hat sie auf einmal gepackt und ums Leben gebracht. Glücklicherweise bin ich ihr zwischen den Fingern durchgeschlüpft.« – »Was sollen wir aber nun anfangen?« sprach die Kohle. »Ich meine«, antwortete die Bohne, »weil wir so glücklich dem Tode entronnen sind, so wollen wir uns als gute Gesellen zusammenhalten und, damit uns hier nicht wieder ein neues Unglück ereilt, gemeinschaftlich auswandern und in ein fremdes Land ziehen.«

Der Vorschlag gefiel den beiden andern, und sie machten sich miteinander auf den Weg. Bald aber kamen sie an einen kleinen Bach, und da keine Brücke oder Steg da war, so wußten sie nicht, wie sie hinüberkommen sollten. Der Strohhalm fand guten Rat und sprach: »Ich will mich querüber legen, so könnt ihr auf mir wie auf einer Brücke hinübergehen.« Der Strohhalm streckte sich also von einem Ufer zum andern, und die Kohle, die von hitziger Natur war, trippelte auch ganz keck auf die neugebaute Brücke. Als sie aber in die Mitte gekommen war und unter ihr das Wasser rauschen hörte, ward ihr doch angst: sie blieb stehen und getraute sich nicht weiter. Der Strohhalm aber fing an zu brennen, zerbrach in zwei Stücke und fiel in den Bach: die Kohle rutschte nach, zischte, wie sie ins Wasser kam, und gab den Geist auf. Die Bohne, die vorsichtigerweise noch auf dem Ufer zurückgeblieben war, mußte über die Geschichte lachen, konnte nicht aufhören und lachte so gewaltig, daß sie zerplatzte. Nun war es ebenfalls um sie geschehen, wenn nicht zu gutem Glück ein Schneider, der auf der Wanderschaft war, sich an dem Bach ausgeruht hätte. Weil er ein mitleidiges Herz hatte, so holte er Nadel und Zwirn heraus und nähte sie zusammen. Die Bohne bedankte sich bei ihm aufs schönste, aber da er schwarzen Zwirn gebraucht hatte, so haben seit der Zeit alle Bohnen eine schwarze Naht. (Deutschland)

EPILOG

225 WER HAT DEN ZAUN GEFLOCHTEN?

Ein Geistlicher predigte, Gott habe, als er die Welt erschuf, Adam aus Lehm geknetet und ihn dann an den Flechtzaun gelegt, damit er dort trockne.

Einer von den Kirchenbesuchern rief zur Kanzel hinauf:

»Das kann nicht wahr sein!«

Der Geistliche blickte verwundert hinunter, wer denn das gesagt hatte.

Und der Mann rief nun:

»Wer hat denn den Zaun geflochten?«

(Ungarn)

Erzählte Erklärungen

NACHWORT
VON REINHARD KAISER UND ELENA BALZAMO

Glückliche Enden

Wie Märchen ausgehen, das glauben wir zu wissen. An ihrem Ende öffnet eine der bekannten Formeln ein kleines Fenster, durch das wir einen kurzen Blick in die unbeschwerte Zukunft der Hauptgestalten werfen können: »... und sie lebten vergnügt bis an ihr Ende« – »... und wenn sie nicht gestorben sind, dann leben sie noch heute«.

Doch manche Märchen enden anders.

Die Geschichten, die wir in diesem Buch versammelt haben, münden fast alle in Wendungen, die eine Antwort auf irgendeine näher- oder fernerliegende Frage abrunden: »... und davon ist das Meerwasser so salzig« – »... und seitdem ist der Schnee weiß« – »... so entstand die erste Schwalbe« – »... und seither haben die Frauen ein Ungemach, das den Männern erspart bleibt« – »... und seit der Zeit baut die wilde Taube ein so elend-liederliches Nest, daß man Sonne, Mond und Sterne durchscheinen sieht«. Am glücklichen Ausgang dieser Geschichten steht nicht der Ausblick auf immerwährendes, glückliches Wohlleben, sondern die glücklich gefundene oder erfundene Erklärung für die Herkunft eines Dings, für den Ursprung eines Lebewesens, für die Ursache einer Erscheinung.

Diese Erklärungsgeschichten sind findig, wendig, gewitzt, bisweilen auch weise, und die meisten sind nicht sehr lang, manche geradezu winzig. Ihre Zahl jedoch ist riesig. Man begegnet ihnen in allen Kulturen und bei allen Völkern der Erde. Wahrscheinlich gibt es sie, seit

Menschen angefangen haben, sich Fragen über die Welt zu stellen, in der sie leben. Zu verschiedenen Zeiten und in verschiedenen Weltgegenden genossen solche Geschichten unterschiedlich viel Respekt und Glauben. In Europa ist das, was sie an Autorität vielleicht einmal besaßen, nach und nach verdunstet. Darunter hat wohl auch ihre Sichtbarkeit gelitten – nicht aber ihre Kraft, uns zu fesseln, sobald wir ihrer wieder ansichtig werden. Die Erklärungsgeschichten führen bei uns heute ein Schattendasein. Die erste Sammlung, die hierzulande – vor mehr als hundert Jahren – herausgebracht wurde, ist bis heute auch die letzte geblieben. Und dennoch, schwer zu finden oder selten sind diese Geschichten nicht, wie sich herausstellt, wenn man auf die Suche geht. An gewissen Stellen im Unterholz der europäischen Überlieferungen wimmelt es geradezu von ihnen.

Allerdings nicht bei den Brüdern Grimm. Zwar finden sich auch in ihrer Sammlung einige Beispiele, aber zahlreich sind sie nicht – vierzehn von rund zweihundertzwanzig Stücken –, und sie gehören nicht zum engeren Kreis der kanonischen Grimm-Märchen. In Auswahlausgaben für den Kinder- und Hausgebrauch werden sie oft weggelassen. Trotzdem – fast jeder kennt Beispiele für solche Geschichten oder wird sich nach kurzem Überlegen auf die eine oder andere besinnen. Doch nur selten wird ihnen die konzentrierte Aufmerksamkeit der Spezialisten zuteil, und dem interessierten Publikum sind sie, wenn der Eindruck nicht täuscht, kein »Begriff«.

Woher, weshalb, warum

Die Unauffälligkeit der Erklärungsgeschichten rührt wohl vor allem daher, daß sie als Gruppe nicht ohne weiteres erkennbar sind. Sie stehen gleichsam quer zu den Gattungen, in die man die »Volkspoesie« einzuteilen pflegt. Sie treten in Gestalt fast aller »einfachen Formen« auf – als Märchen, Sagen, Legenden, Schwänke, Witze – und stehen auch den mythischen Erzählungen, vor allem den Schöpfungs- und Ursprungsmythen, nicht fern. Kein typisches Handlungsschema und kein Kreis typischer Akteure macht die Verwandtschaft zwischen ihnen deutlich. Ihre einzige Gemeinsamkeit, das einzige Anzeichen ihrer Familienähnlichkeit besteht darin, daß sie eine Antwort auf die Frage »Warum?« oder »Woher?« geben. In Frankreich nennt man sie deshalb oft einfach *Les pourquois* und in England *explanatory tales*. Bei uns heißen sie Natursagen, Ursprungsmärchen, Erklärungsmärchen, Schöpfungserzählungen. Die Märchen- und Erzählforscher greifen auf das griechische Wort *aitía* – »Ursache«, »Grund« – zurück und bezeichnen sie mit dem gleichen Begriff wie die Mediziner ihre Lehre von den Krankheitsursachen: als ätiologische Erzählungen oder kurz Ätiologien.

Mehr als andere Formen der »Volkspoesie« bewahren die Erklärungsgeschichten eine enge, produktive Beziehung zur Wirklichkeit. Von der realen Welt wenden sie sich nicht ab, sondern bleiben ihr zugekehrt. Sie sind geradezu angewiesen auf die Anstöße, die sie aus dieser Welt empfangen, aus der Beobachtung der Naturerscheinungen und des Lebens in seinen Einzelheiten. Ihre erzählerischen und »erklärerischen« Mittel sind im wesentlichen jene, deren sich auch die übrigen Märchen bedienen – Personalisierung von Tieren, Pflanzen und Dingen aller Art, wunderwirkende Kräfte, Verwandlungen, die oft zur Bestrafung, bisweilen auch zur Belohnung dienen. Aber der Ausgangspunkt jeder einzelnen Geschichte liegt in der Wirklichkeit, der gegenüber den Menschen die Fragen noch nie ausgegangen sind und wohl auch nie ausgehen werden.

Tatsächlich begegnen uns in den Erklärungsgeschichten alle Welt- und Lebenssphären: das Pflanzen- und das Tierreich, das Weltall, die Erde und die Welt der Menschen – ihre körperliche Beschaffenheit, ihre Fortpflanzung, ihre Lebenszeit, ihr Alltag, ihr gesellschaftliches Dasein, ihre Teilung in Stände und Klassen, in Völker, Religionen und Sprachgruppen. Alle diese Verhältnisse geben Anlaß zu zahlreichen Fragen und noch mehr Geschichten, in denen sich eine hochentwickelte Beobachtungsgabe mit einem nie erlahmenden Verlangen nach Aufschlüssen aller Art und der Lust am Produzieren von Erklärungen verbindet.

Personal und Szenerie

In den Erklärungsgeschichten begegnet uns eine Vielfalt von Akteuren, unter ihnen auch einige ziemlich unwahrscheinliche. Doch gerade jene Gestalten, mit denen wir in märchenhaften Erzählungen am ehesten rechnen, treten nur selten in Erscheinung. Mit Leichtigkeit beleben und personalisieren die Erklärungsgeschichten die verschiedensten Wesen, Elemente, Phänomene der wirklichen Welt. Nicht nur Tiere und Pflanzen, Sonne und Mond verwandeln sie in sprechende, handelnde Subjekte. Auch dem Wind, dem Schnee und den Steinen verschaffen sie menschliche Eigenschaften, und selbst die Monate spielen in einer Geschichte miteinander Karten – um die meisten Tage. (Nr. 34) Unter den menschlichen Wesen aber, die in diesen Geschichten auftreten, fehlen gerade die hervorragenden fast völlig – die Könige und Königinnen, die Königssöhne, die Prinzessinnen, die tapferen Jünglinge. Auch die mit übermenschlichen Kräften begabten Märchenwesen – Zauberer, Hexen, Kobolde, Feen – bleiben Ausnahmeerscheinungen.

Die Menschen in den Erklärungsgeschichten sind fast alle von der gewöhnlichen, alltäglichen Art – Bauern, Hausfrauen, Handwerker –, während die Macht und die Herrlichkeit, die Gestaltungskraft und das Vermögen zum Wunderwirken einer Gruppe von Figuren vorbehalten bleiben, auf die sich die Zaubermärchen nur selten einlassen – vielleicht deshalb, weil es ihren Erfindern und Erzählern zu riskant erschien, mit ihnen ihr Spiel zu treiben. Die Erklärungsgeschichten indessen kommen an diesen wahrhaft ehrwürdigen Gestalten einfach nicht vorbei. Seit im nach-antiken Europa die Bibel zum maßgeblichen Auskunftsmittel in allen Fragen der Weltbeschaffenheit geworden ist, treten sie dort, wo es um Ursprungs- und Herkunftsangelegenheiten geht, oft in den Hauptrollen auf: Gottvater mit den Engeln, die er gelegentlich auf die Erde sendet; Christus, Gottes Sohn, mit seinen Jüngern; Maria, seine Mutter; und die interessanteste Figur von allen – der Teufel, der Böse, Satan. Tatsächlich kommt nur etwa ein Drittel der Geschichten in unserer Sammlung ganz ohne biblisches Personal aus.

Neben diesen dominanten Figuren liefert die Bibel mit ihrem Alten und ihrem Neuen Testament den volkstümlichen Erklärungsgeschichten auch eine Art chronologisches Gerüst, eine Anzahl privilegierter Augenblicke, in denen sich Ursprungs- und Ursachenerklärungen besonders gut verankern lassen: vor allem natürlich die Zeit der Erschaffung der Welt und der Menschen, die Zeit von Paradies und Sündenfall; sodann die Zeit der Sintflut, in der das Schicksal von Gottes ganzer Schöpfung plötzlich noch einmal auf dem Spiel steht; und schließlich die Zeit der Evangelien zwischen Christi Geburt und seinem Kreuzestod, als der Herr im Kreis seiner Jünger wundertuend auf der Erde unterwegs ist.

Dieses Erdenwandeln gibt den Erklärungsgeschichten überdies eine willkommene Möglichkeit, den göttlichen

Aktionsradius auszuweiten. Sie nutzen es mit Vorliebe, um Christus und seine Jünger, vor allem den heiligen Petrus, aus dem Land der Bibel in die weite Welt und besonders gern in die nähere Umgebung der Geschichtenerzähler und ihrer Zuhörer zu führen. Dabei verringern sie mit dem räumlichen oft auch den zeitlichen Abstand oder heben ihn ganz auf. Mit der Geographie gerät auch die biblische Chronologie aus den Fugen. Der Herr und seine Jünger erscheinen als Zeitgenossen der Erzähler und ihres Publikums, oder diese werden umgekehrt zu Zeitgenossen der biblischen Vorgänge.

Erklärungsbedarf

Für die Erklärungsgeschichten der verschiedenen europäischen Kulturen ist die Bibel wohl die wichtigste Inspirationsquelle gewesen – sowohl bei der Anlage der Figuren als auch bei der Wahl der Schauplätze. Aber in gewisser Weise war sie noch mehr: nicht nur Anregung für die Ausgestaltung dieser Geschichten, sondern auch Ursache für ihre Entstehung – dafür, daß sie gefunden und erfunden werden mußten und im apokryphen Umfeld der Bibel wachsen und wuchern konnten. Die maßgebliche Erklärungsgeschichte des christlichen Abendlandes hat nämlich, wie das im Wechselspiel von Wissenwollen und Aufschlußgeben so geht, mit ihren Antworten nicht nur etliche neue Fragen aufgeworfen, sie hat auch zahlreiche Fragen einfach unbeantwortet gelassen. Sie hat einen Bedarf an Erklärungen erzeugt, den sie bei weitem nicht zu befriedigen vermag.

Gerade dort, wo die Leute es gern genau gewußt hätten, faßt sich die Bibel besonders kurz. Zumal ihre beiden Schöpfungsberichte lassen vieles offen. Für den ersten ist mit einunddreißig Sätzen alles abgetan. Gott macht das Licht und scheidet es von der Finsternis. Sodann macht er den Himmel, trennt die trockene Erde vom Meer und läßt auf ihr Gras, Kraut und Bäume wachsen. Er setzt Lichter an den Himmel, erfüllt das Wasser mit Gewimmel und den Raum unter dem Himmel mit Vögeln. Schließlich setzt er auch Vieh, Gewürm und die Tiere des Feldes auf die Erde und schafft am Ende dieses sechsten Tages den Menschen – »ein Menlin und Frewlin«, wie Luther übersetzt. Auf weitere Einzelheiten läßt sich diese Erzählung nicht ein. Mit der Erwähnung »großer Walfische« (1. Mose 1,21) hat sie den Gipfel ihrer Genauigkeit erreicht.

Der zweite Bericht (1. Mose 2,4b-25) ist noch knapper, ausgenommen dort, wo es um die ersten Menschen geht. Daß Gott es dem Mann überläßt, den Tieren ihre Namen zu geben, die diesmal übrigens erst nach dem Mann geschaffen werden, liest man nur hier. Daß Gott die Frau aus der Rippe des Mannes macht, ebenfalls. Der volkstümlichen Neugier genügen solche spärlichen Andeutungen nicht. Überprüfend, ausmalend, erweiternd, hinzuerfindend kommt sie immer wieder auf jene Punkte zurück, die ihr ungeklärt erscheinen.

Die Schöpfung in Schräglage

So kurz er sich faßt, findet der erste Schöpfungsbericht der Bibel doch sechsmal, am Ende jeden Schöpfungstages, Raum für die Feststellung, daß Gott sein Werk für gut befand. Das volkstümliche Interesse, das sich den Einzelheiten dieses Werkes zuwendet, kommt zu einem weniger eindeutigen Ergebnis. Wozu gibt es Wespen? Warum Krankheiten? Und weshalb giftige Pilze? Wie kommt überhaupt das Schlechte, das Mißratene, das Häßliche, das Böse, die Armut in die Welt, wenn doch derjenige, der alles das gemacht hat, ein allmächtiger, vollkommener und vollkommen guter Gott ist? Die komplizierte Rechtfertigungstheologie, die das Schlechte, das Böse in einem höheren Sinne als notwendiges Element der Vollkommenheit von Gottes Schöpfung betrachtet, ohne welches sich das wahre Gute nicht verwirklichen könne, ist dem volkstümlichen Denken kaum zugänglich. Zwei andere Erklärungen leuchten ihm eher ein.

Die erste besagt, daß Gott selbst die Unvollkommenheiten in die Welt gebracht habe, um seine Geschöpfe für ihre Unbotmäßigkeit oder gewisse Verfehlungen zu bestrafen. Diese Erklärung läßt sich mit einer monotheistisch geprägten Morallehre noch einigermaßen vereinbaren. Menschen und Tiere, gleichermaßen als moralische Subjekte aufgefaßt, sind an den Mißhelligkeiten, die ihnen das Leben schwermachen, selbst schuld. Anders als die Kuh war das Pferd einmal nicht bereit, den Herrn über einen Fluß zu tragen, redete sich damit heraus, es müsse fressen – und muß seither zur Strafe unablässig fressen, um halbwegs satt zu werden, während es der Kuh gegeben ist, sich binnen einer Stunde satt zu weiden. (Nr. 121) – Bei einem seiner Spaziergänge begegnet Gottvater einer Frau, deren Topf fast überkocht. Er sagt es ihr, und ihre schnippische Antwort: »Ich weiß schon, was ich in meinen Topf tue und wieviel!« hat zur Folge, daß unsere Töpfe seither nie mehr ganz voll werden. (Nr. 71)

Die zweite Erklärung dagegen schreibt das Böse, das Schlechte, das Mißlungene in der Welt nicht Gott, sondern dem Teufel zu. Der will es machen wie Gott, will selbst Gott sein, ahmt ihn nach und bringt dabei auch tatsächlich allerlei hervor. Aber seine Geschöpfe sind stets weniger gelungen als die Geschöpfe Gottes. Vor allem ist er nicht imstande, ihnen das Leben einzuhauchen, und es geschieht, daß Gott in diesem entscheidenden Punkt einspringt und den Geschöpfen des Teufels zu ihrem Auftritt in einer Welt verhilft, die nun offenkundig nicht mehr allein die seine, sondern in manchen Teilen »des Teufels« ist. Orthodox kann man das nicht nennen. Aber besser begreiflich als eine Welt, die so, wie sie ist, einfach nur »gut« sein soll, ist ein solches Mischuniversum allemal.

Die Wespen hat der Teufel gemacht, als er Bienen schaffen wollte. Und als er einen Menschen zu formen versuchte, kam ein Affe dabei heraus. (Nr. 125 A/B) Auch in einer auf die Zeit der Reformation datierbaren, ätiologischen Satire gelingt dem Bösen kein Mensch, sondern nur ein »Mönch«. (Nr. 99) Gott erschafft das Schaf, der Teufel die Ziege. (Nr. 113) Gott macht den Regen, der Teufel den Hagel. Und während der farbenprächtige Regenbogen am Himmel ein Werk Gottes ist, erweist sich der zweite, verschwommene, der gelegentlich sichtbar wird, als minderwertige Nachahmung des Teufels. (Nr. 29)

Die Idee der dualistischen Weltschöpfung, deren Spuren sich in vielen Erklärungsgeschichten finden, scheint aus dem alten Persien, aus dem von Zarathustra gestifteten Parsismus zu stammen. Wirkliche Glaubensgrundlage bildete sie in Europa bei den Sekten der Bogumilen und Paulicianer im Süden der Balkanhalbinsel und bei den Katharern im Südwesten Frankreichs und in Oberitalien. Nach deren Vorstellung war die ganze dingliche, körperliche Welt Teufelswerk und nur die geistige Welt eine Schöpfung Gottes. Dafür, daß sie dem Teufel fast die gleiche Macht und den gleichen Rang wie Gott einräumten, hat die heilige Inquisition die Katharer mit Feuer und Schwert verfolgt.

Willkommene Widersacher

Den volkstümlichen Erklärungsgeschichten sind aus dem fast gleichberechtigten Nebeneinander von Gott und Teufel, das sie mit großem erzählerischem Gewinn immer wieder inszenieren, wohl kaum jemals ernsthafte Schwierigkeiten mit der Amtskirche entstanden. Aber kreuzbrav sind doch nur wenige dieser Geschichten und nicht die besten. Manche sehr frommen Stücke erzählen tatsächlich nur von der guten Schöpfung und davon, wie vollkommen der liebe Gott dieses oder jenes in seiner Welt eingerichtet hat. In den meisten jedoch ist eine ziemlich unorthodoxe Haltung erkennbar. Ihrem Schöpfergott gelingt bei weitem nicht alles. Manches geht daneben. Selbst das Menschenschaffen gelingt ihm erst beim dritten Versuch (Nr. 49), und vieles bedarf nachträglicher Verbesserungen. Die Schöpfungsgeschichte ist hier keine einfache, eindeutige Erfolgsgeschichte. Die Welt, von deren Entstehung erzählt wird, ist eine Mischung aus Gelungenem und Mißlungenem, aus Gutem und Bösem, Willkommenem und Lästigem, Nützlichem und Schädlichem – und in ihren mißratenen Teilen bietet sie natürlich mehr Stoff für Geschichten als in ihren gelungenen. Hier wie anderswo kommt das Erzählen erst richtig in Fahrt, wenn etwas schiefgelaufen ist. Geschichten, die nur vom Guten und vom Gelingen handeln, sind in der Regel keine guten, gelungenen Geschichten.

Geschichten, die die Gangart beibehielten, in der das erste Buch Mose anhebt – ein allmächtiger, nie irrender Schöpfer erschafft etwas Vollkommenes und stellt nachher fest, daß es vollkommen sei –, mögen nach den hehren Maßstäben der Rechtgläubigkeit vielleicht als erbaulich gelten. Nach den niederen Maßstäben eines volkstümlichen Publikums, das nach Dramatik und Witz, Spannung und Unterhaltsamkeit verlangt, taugen sie wenig. Selbst die Bibel verharrt ja nicht lange in diesem Modus. Bald tritt in Gestalt der Schlange ein Widersacher Gottes in Erscheinung und sorgt, indem er das erste Menschenpaar zur Sünde anstiftet, für jene Schieflage, deren gute Geschichten bedürfen. An Gottes übriger Schöpfung vergreift sich dieser Widersacher der Bibel zufolge allerdings nicht. Doch dem volkstümlichen »wilden Denken«, das nach einer Erklärung für das Mißratene in der Welt Ausschau hält, fällt es nicht schwer, den Teufel auch schon bei der Erschaffung der Welt ins Spiel zu bringen. Und angesichts all des Verfehlten, Lästigen, Schädlichen, das sich bei genauerem Hinsehen in dieser Welt findet, wird er auch dringend gebraucht.

Manchmal ist dieser Teufel kein wirklicher Feind Gottes, sondern eher ein minder begabter Schöpferkollege. Gott hilft ihm nicht nur, indem er dafür sorgt, daß seine zweifelhaften Kreationen tatsächlich zu leben beginnen und mit ihrer Unzulänglichkeit die Welt bereichern. Es kommt auch vor, daß er sich vom Teufel auf Lücken in seiner Schöpfung aufmerksam machen läßt und sogar dessen Vorschläge, wie diese Lücken durch weitere Wesen zu schließen wären, befolgt. In der Regel sind es allerdings nicht die gelungensten oder liebreizendsten Geschöpfe, die im Zuge dieser vom Teufel insinuierten Schöpfungsakte in die Welt gebracht werden.

Eine Rolle, die derjenigen des Teufels funktional ähnlich ist, übernimmt in vielen Geschichten sonderbarerweise der heilige Petrus – sei es als Himmelspförtner im Umgang mit Gottvater, sei es als Begleiter Jesu Christi auf Erden. Auch Petrus beteiligt sich dann und wann am Wunderwirken und Erschaffen, und auch ihm gelingt längst nicht alles. Aber noch häufiger stiftet er, ähnlich wie in anderen Geschichten der Teufel, den Herrn zu allerlei Experimenten an, von denen dieser in seiner

Weisheit wenig hält, zu denen er sich aber dennoch breitschlagen läßt – und sei es nur, um seinem Gefährten durch die schöpferische Tat zu zeigen, wozu es führt, wenn er, Christus, auf ihn hört. Auf diese Weise erteilt er Petrus (und uns allen) zwar auch eine Lehre und stellt seine Überlegenheit unter Beweis – vor allem aber bringt er mit bedenklicher Leichtfertigkeit alles mögliche Unvollkommene in die Welt. Die Erklärungsgeschichten beziehen daraus eine weniger ketzerische Erklärung für die Mangelhaftigkeit der Welt, als die Geschichten von Gott und Teufel sie bieten: das Unvollkommene haben Gottvater oder Gottsohn zwar gemacht, aber gewollt hat es ihr fehlbarer Begleiter, Petrus, ein Mensch – zu seinem eigenen Schaden.

Politische Korrektheit

Von ihr wissen die Geschichten dieser Sammlung nichts. Es macht sich in ihnen vielmehr an nicht wenigen Stellen eine moralisch befestigte Voreingenommenheit in der Beurteilung von Dingen, Tieren und Menschen bemerkbar. Oft genügt es ihnen nicht, Unterschiede festzustellen – solche Unterschiede müssen auch bewertet werden. Am deutlichsten zeigt sich das in den dualistischen Schöpfungsgeschichten, lauter kleinen Beiträgen zur Schwarzweißmalerei, an deren Ende klar sein soll, welche Geschöpfe des Herrn und welche des Teufels Getier sind. Es herrscht hier eine von Grund auf parteiische Weltsicht, die das Andere, das Auffällige nicht bloß für anders und auffällig, sondern auch für schlechter, wenn nicht gar böse hält.

Stereotypen begegnet man in diesen Geschichten an vielen Stellen. Nicht nur die Tiere, auch die Menschen werden immer wieder auf bestimmte mehr oder minder unerfreuliche Eigenschaften festgelegt: in den Frauen steckt ein Stück vom Teufel (Nr. 52), die Franzosen sind krakeelerisch oder eitel (Nr. 93 u. 97), die Juden hartherzig (Nr. 13 C), die Dänen boshaft und falsch (Nr. 95). Solche Stereotype gehören zur Vergangenheit des volkstümlichen Erzählens, wie sie zur Gegenwart des populären Witzemachens gehören. Durch Weglassen von wirklich oder vermeintlich Anstößigem ist hier nichts zu gewinnen. Genaues Hinsehen ist sicherlich empfehlenswerter als nachträgliches Retuschieren.

Deshalb haben wir eine ganze Serie von Geschichten in unsere Sammlung aufgenommen, in denen es um ethnische Stereotypen geht: schwankhafte Erzählungen, die davon berichten, wie der Herr auf Drängen des heiligen Petrus aus irgendeinem Unflat, sei es ein Maulwurfshaufen oder ein Kuhfladen, dieses oder jenes Volk erschafft und wie dessen erste Repräsentanten sich sogleich mit den ihnen zugeschriebenen üblen Eigenschaften unliebsam bemerkbar machen. Alle diese Geschichten (Nr. 91–95) folgen dem gleichen Schema, und man erkennt bald: im Grunde handelt es sich um eine einzige gesamteuropäische Geschichte, die die verschiedenen Völker übereinander erzählen – die Österreicher über die Slowaken, die Flamen über die Franzosen, die Schweden über die Finnen, die Deutschen über ihre Westfalen. Aber es ist eben auch diese Geschichte, die die Bibel unter Bewahrung des anstößigsten Elements darin uns allen über alle Menschen dieser Welt erzählt: daß sie – daß wir – aus nichts als Erde, Lehm, Kot, Staub geschaffen sind.

Glaubwürdigkeit

Sie ist offenkundig nicht das oberste Gebot, dem diese Geschichten gehorchen. Was sie an Überzeugungskraft besitzen, erwächst weder aus den Glaubwürdigkeitsquellen, die uns heute allein akzeptabel erscheinen – Empirie, Nachprüfbarkeit, Wissenschaft –, noch aus religiöser oder mythologischer Verbindlichkeit. Das volkstümliche Bedürfnis nach Orientierung, dem sie entgegenkommen, gibt sich offenbar gern auch mit Erklärungen zufrieden, die nicht buchstäblich geglaubt und sogar als erfunden durchschaut werden. *Si non è vero, è ben trovato.* Ob und wie sich diese Geschichten »geltend« machen und dadurch in die Überlieferung eingehen, hängt anscheinend weniger davon ab, wie sehr sie der Forderung nach Wahrhaftigkeit genügen, als von dem Maß an poetischer Intelligenz, das in ihnen zur Entfaltung kommt. Dem Bedürfnis nach Orientierung mischt sich das andere Bedürfnis nach Unterhaltung bei, und das Mischungsverhältnis variiert deutlich. Bei den Geschichten, die sich eng an Mythen oder autoritative Schöpfungsgeschichten anlehnen, scheint der wahrhaftigen Verbindlichkeit mehr Gewicht zuzukommen als bei den schwankhaften Geschichten, die selbst noch mit den ehrwürdigsten Gestalten ihren Scherz treiben. Und bei manchen Geschichten hat es den Anschein, als würden die Fragen, die ihnen zugrunde liegen, nur deshalb gestellt, weil sie sich auf so unterhaltsame, phantasievolle Weise beantworten lassen.

Daß uns die Erklärungsgeschichten heutzutage nicht mehr glaubwürdig erscheinen, macht sie nicht obsolet. Geglaubt wurden sie wahrscheinlich auch in der Vergangenheit nur selten ganz und buchstäblich – manche vielleicht nie. Kluge und naive Leute gab es zu allen Zeiten und in allen Schichten. Das Vergnügen, das die

Erklärungsgeschichten ihrem Publikum in früheren Zeiten bereitet haben, unterschied sich von dem, das sie uns bereiten, wahrscheinlich nicht so sehr, wie wir im Bewußtsein moderner Erkenntnisfortschritte vielleicht zu glauben geneigt sind. Noch viel weniger als die Bibel, die zu dergleichen heute wieder herhalten soll, taugen sie zur Rückkehr in blinde Schriftgläubigkeit. Und für irgendeinen Fundamentalismus haben sie schon wegen des spielerischen Elements, das ihnen allen innewohnt, noch nie getaugt.

Wie dieses Buch entstanden ist

Unsere erste Sammlung von Erklärungsgeschichten war für den Export bestimmt. Die Anregung dazu ging von Galina Kabakova aus. In ihrem Pariser Verlag gibt sie seit 1998 die Reihe »Aux origines du monde« heraus. Jeder Band ist den ätiologischen Erzählungen eines Landes gewidmet. Solche aus Deutschland fehlten ihr noch. Als wir darangingen, diese Lücke zu füllen, stellte sich heraus: in Deutschland fehlte ein solcher Band ebenfalls.

Den naheliegenden Gedanken, die für Frankreich bestimmte Kollektion einfach in ihr Herkunftsland zu reimportieren, ließen wir rasch wieder fallen. Innerhalb der französischen Buchreihe war die Beschränkung auf deutschsprachige Erklärungsgeschichten notwendig und sinnvoll. In einem für sich stehenden Band, der die Eigenart dieser Geschichten, ihren Artenreichtum, ihre Vielgestaltigkeit und also auch ihre Internationalität sichtbar machen sollte, wäre sie es nicht gewesen. Hätten wir nun aber die »ganze Welt« zu unserem Sammelgebiet erklärt, so wären wir wohl bald an kaum überwindliche, allenfalls zu vertuschende Kompetenz- und Verständnisgrenzen gestoßen. Statt dessen entschieden wir uns für eine Konzentration auf den europäischen Raum, und wenn der Eindruck nicht täuscht, ist es dieser Raum mit seinen unterschiedlichen germanischen, slawischen, romanischen Vorgeschichten und seiner späteren allgemein christlichen Prägung, in dem die hier versammelten Erklärungsgeschichten ihre Wirkung entfaltet haben, in dem sie gewandert sind, in dem sich ihre Motive verwandelt und verzweigt oder auch mit dem ihnen eigenen Beharrungsvermögen erhalten haben.

Gesammelt haben wir unsere Geschichten nicht »im Feld«, sondern in Büchern und Bibliotheken – in Paris, Frankfurt am Main, Wetzlar, Stockholm, Göttingen. Als entscheidend erwies sich bei dieser Sucharbeit die Möglichkeit des direkten Zugangs. Von außen sieht man einem Märchen- oder Sagenbuch selten an, ob es auch Erklärungsgeschichten enthält – und der Karteikarte im Bibliothekskatalog erst recht nicht. Also gilt es, wenigstens das Inhaltsverzeichnis zu mustern oder auch den ganzen Band durchzublättern und nach jenen eingangs erwähnten charakteristischen Enden Ausschau zu halten, in denen sich eine Erklärung rundet – und das läßt sich nur bewerkstelligen, wenn man die in Frage kommenden Bücher zum Greifen nah vor sich hat.

Wie andere Volksmärchen und anderes populäres »Erzählgut« sind auch die Erklärungsgeschichten zunächst Teil der mündlichen Überlieferung gewesen. Die Namen etwaiger Erfinder oder Umgestalter haben sich beim Weitererzählen mit ihnen genausowenig verbunden, wie dies heute bei umlaufenden Witzen oder modernen Wandersagen geschieht. Da diese Geschichten in einer Sphäre der Namen- und Schriftlosigkeit entstanden sind und weitergelebt haben, lassen sich über ihre Herkunft, ihr Alter und ihre Verbreitung oft nur Mutmaßungen anstellen. Klar scheint zu sein, daß die Altersunterschiede zwischen ihnen zuweilen beträchtlich sind – aber fast alle haben greifbare, das heißt schriftlich verfestigte Gestalt erst angenommen, seit sich im romantisch und national gestimmten frühen 19. Jahrhundert, angeregt auch durch die Arbeiten der Brüder Grimm, ein bis dahin nicht gekanntes Interesse an den Äußerungen des »Volksmundes« in der gelehrten Welt Europas verbreitete. Die Erträge, die die Märchen- und Sagensammler und die Volkskundler damals, aber auch noch im 20. Jahrhundert und selbst bis in die jüngste Vergangenheit aus dem »Feld« mit nach Hause brachten und veröffentlichten, haben uns vor allem als Quelle gedient. Die Art, wie diese Sammler mit ihren Funden umgingen, hat sich im Laufe der Jahrzehnte verändert – von der literarischen Verfeinerung, wie sie die Grimms praktiziert haben, hin zum möglichst genauen Protokoll des mündlichen Vortrags. Die Spuren dieses Wandels sind auch in den unterschiedlichen Stillagen der hier versammelten Geschichten spürbar, obwohl wir uns im Hinblick auf die sprachliche Geschlossenheit unserer Sammlung entschieden haben, die wenigen Fundstücke, die von unseren Quellen in deutschen Dialekten wiedergegeben waren, ins Hochdeutsche zu übersetzen.

Einige Fundstellen erwiesen sich bei unserer Suche als besonders ergiebig – zunächst vor allem die Publikationen jenes Mannes, der als erster und einziger in Deutschland Erklärungsgeschichten im großen Stil zusammengetragen und publiziert hat. Oskar Dähnhardt, 1870 in Kiel geboren, 1915 bei Ypern in Flandern gefallen, im Hauptberuf Studienrat und später Gymnasialdirektor in Leipzig, hatte Teile seiner Sammlung zuerst 1898 in einer kleinen, für das allgemeine Publikum bestimmten Ausgabe vorgelegt, der er dann eine ausführlich kommentierte, auf Systematisierung des Materials abzielende, für die gelehrte Welt bestimmte Edition unter dem Titel *Natursagen* folgen ließ. Sie umfaßt vier umfangreiche

Bände und ist dennoch unvollendet geblieben. In ihren theoretischen Aspekten gilt sie Erzählforschern und Folkloristen heute in mancher Hinsicht als überholt. Wegen ihres Materialreichtums dient sie ihnen aber nach wie vor als eine Fundgrube voller Anregungen – und das war sie auch für uns.

Ein Glücksfall für unsere Sammelarbeit waren die beiden CDs, die Hans-Jörg Uther in den Jahren 2003 und 2004 herausbrachte. Die erste, *Deutsche Märchen und Sagen,* erschien gerade um die Zeit, als wir auf der Suche nach deutschen Texten für unsere französische Sammlung waren. Und als wir einige Monate später begannen, diese Sammlung für den vorliegenden Band zu erweitern, erschien die CD *Europäische Märchen und Sagen.* Beide Silberscheiben zusammengenommen bergen einen Geschichtenschatz, der sich auf etwa 50 000 Stücke beziffert, von denen etliche auch unsere Sammlung bereichert haben.

Die kostbarsten Zuwächse und interessantesten Funde aber wurden unserer Sammlung dort zuteil, wo auch die beiden CDs konzipiert worden waren – im obersten Stock einer großen, alten Villa am Rand der Göttinger Innenstadt. Auf der Klingel neben der Tür im Treppenhaus steht »Enzyklopädie des Märchens«, und hinter dieser Tür zieht sich eine enorme Bibliothek zur Märchen- und Erzählforschung an den Wänden der verschiedenen Arbeitsräume entlang. Für unser Projekt war dies der ideale Ort. Hier war das möglich, was große wissenschaftliche Bibliotheken mit ihren unzugänglichen Magazinen und ihrem unumgänglichen Bestellwesen fast immer verwehren – der direkte Zugriff, die Suche inmitten der Bücher selbst. Die Forschergruppe, die hier seit den siebziger Jahren und noch für etliche weitere Jahre an der auf vierzehn Bände angelegten *Enzyklopädie des Märchens* arbeitet, nahm uns freundlich auf, ließ uns teilhaben an ihren Bücherschätzen und förderte unser Vorhaben mit gutem Rat.

Auch uns schwebte ein Nachschlagewerk vor. Die Universalität der Erklärungsgeschichten, ihre Verankerung in der Realität und nicht zuletzt der Umstand, daß die meisten von ihnen vergleichsweise kurz sind, ließen es möglich und reizvoll erscheinen, unsere Sammlung in eine gleichsam enzyklopädische Ordnung zu bringen und aus den schönsten, interessantesten Stücken ein Märchenbuch zum Nachschlagen zu machen – ein kleines Kompendium der populären Wißbegierde und des anonymen Einfallsreichtums.

Allerdings darf man aus der systematischen Anordnung nach Fragekomplexen nicht auf eine innere Geschlossenheit der Antworten schließen. Zwar gibt es größere und kleinere Gruppen zusammengehöriger, einander ergänzender, miteinander korrespondierender Geschichten. Ein geschlossenes Weltbild läßt sich aus ihnen aber nicht zusammenfügen. Immer handelt es sich um einzelne Erklärungen zu einzelnen Erscheinungen, und da, wo ein Phänomen Anlaß zu mehreren Geschichten gegeben hat, zeigt sich nicht selten, daß deren Erklärungen einander widersprechen.

Der Reiz dieser Geschichten, die in den vorhandenen Märchensammlungen eher stiefmütterlich behandelt werden, liegt vielleicht darin, daß sie uns etwas über unser eigenes, vermeintlich genuin modernes Verlangen nach Erklärungen und Aufklärungen und über unsere eigene Neugier sagen. Indem wir uns an ihrer Beobachtungsgabe, ihrem Witz und ihrer Weisheit erfreuen, erkennen wir, daß sich unsere von den Wissenschaften geprägte Mentalität in Graden, aber nicht grundsätzlich von der intellektuellen Grundausstattung jener anonymen Erzähler unterscheidet, die diese Geschichten hervorgebracht haben. Es wäre falsch, zu behaupten, ihre märchenhaften Welterklärungen seien eine Vorstufe zu unserer Wissenschaft. Aber die Neugier, die Lust und die Kunst, Fragen zu stellen, die Fähigkeit zum Staunen, das Verlangen nach Orientierung und Wissen, das fabulierende Vergnügen am Finden und Erfinden sinnreicher Erklärungen und schließlich auch die Lust am Begreifen, von der diese Geschichten zeugen, sind nicht grundverschieden von unserer eigenen Wißbegierde, sondern bilden deren Kern und innersten Antrieb.

Fred Boissonnas

LITERATURVERZEICHNIS

Allgemeine Literatur

Aarne, Antti, und Thompson, Stith, *The Types of the Folktale. A Classification and Bibliography* (Folklore Fellows Communications, Nr. 184), Helsinki: Academia Scientiarum Fennica 1964.

Aarne, Antti, *Verzeichnis der finnischen Ursprungssagen und ihrer Varianten* (Folklore Fellows Communications, Nr. 8), Hamina 1912, Nachdruck: Helsinki, Academia Scientiarum Fennica 1967.

Albert-Llorca, Marlène, *L'ordre des choses. Les récits d'origine des animaux et des plantes en Europe,* Paris: Editions du C.T.H.S [Comité des travaux historiques et scientifiques] 1991.

Amades, Joan, *Petite cosmogonie catalane. 1. L'origine des bêtes,* Carcassonne: GARAE 1988. *2. Des étoiles aux plantes,* Carcassonne: GARAE 1994.

Balzamo, Elena, »Die ätiologische Erzählung. Drei Aspekte«, in: *Fabula. Zeitschrift für Erzählforschung,* 45. Bd. Heft 1/2, 2004, S. 93–101.

Balzamo, Elena, »Autour du conte étiologique«, in: *Proxima Thulé,* Nr. 5/6, 2005.

Beth, K., Artikel »Ätiologie«, in: *Handwörterbuch des deutschen Aberglaubens.* Hrsg. von Hanns Bächtold-Stäubli und Eduard Hoffmann-Krayer. (Zuerst: Leipzig 1927 bis 1942). Reprint: Berlin, New York: De Gruyter 1987.

Kabakova, Galina (Hrsg.), *Aux origines du monde,* Paris: Flies France. Seit 1998 sind in dieser Reihe Sammlungen ätiologischer Märchen aus folgenden Ländern erschienen: *Frankreich, Ukraine,* beide hrsg. von Galina Kabakova; *Japan, China, Birma,* alle hrsg. von Maurice

Coyaud; *Flandern,* hrsg. von Marcel van den Berg; *Zentralasien, Türkei,* hrsg. von Rémy Dor; *Maya,* hrsg. von Perla Petrich; *Marokko,* hrsg. von Najima Thay Thay; *Schweden,* hrsg. von Elena Balzamo; *Korea,* hrsg. von Maurice Coyaud und Li Jin-Mieung; *Kongo,* hrsg. von Grégoire und Cyr Marx Koutekissa, *Komoren,* hrsg. von Salim Hatubou; *Pygmäen,* hrsg. von Elisabeth Motte-Florac, *Deutschland,* hrsg. von Elena Balzamo und Reinhard Kaiser.

Lixfeld, Hannjost, Artikel »Ätiologie«, in: Kurt Ranke (Hrsg.), *Enzyklopädie des Märchens,* Berlin, New York: De Gruyter 1977.

Lixfeld, Hannjost, Artikel »Dähnhardt, Oskar«, in: Kurt Ranke (Hrsg.), *Enzyklopädie des Märchens,* Berlin, New York: De Gruyter 1977.

Lixfeld, Hannjost, *Gott und Teufel als Weltschöpfer. Eine Untersuchung über die dualistische Tiererschaffung in der europäischen und außereuropäischen Volksüberlieferung,* München: Fink 1971.

Röhrich, Lutz, »›Am Anfang war …‹ Erzählungen vom Ursprung der Menschen, Tiere und Dinge«, in: Ursula Heindrichs, Heinz-Albert Heindrichs (Hrsg.), *Märchen und Schöpfung,* Regensburg: Röth 1993, S. 89–106.

Röhrich, Lutz, »Die ätiologische Erzählung«, in: L. R., *Märchen und Wirklichkeit,* Wiesbaden: Steiner 1974, S. 27–36.

Röhrich, Lutz, »Erklärungssagen (Sage und Wirklichkeit)«, in: L. R., *Sage,* Stuttgart: Metzler 1966, S. 26 bis 32.

Uther, Hans-Jörg, *Brüder Grimm. Kinder- und Hausmärchen. Vierter Band: Nachweise und Kommentare, Literaturverzeichnis,* München: Diederichs 1996. In den Anmerkungen zitiert als: *Nachweise und Kommentare.*

Quellen

Sammlungen, die auf den von Hans-Jörg Uther herausgegebenen CDs »Deutsche Märchen und Sagen« oder »Europäische Märchen und Sagen« enthalten sind, wurden mit CD-D bzw. CD-Eur bezeichnet.

Agricola, Johannes, *Sybenhundert und fünfftzig Teütscher Sprichwörter verneüwert und gebessert,* Hagenau 1534. Reprint: Hildesheim, New York: Olms 1970.

Alpenburg, Johann Nepomuk Ritter von, *Mythen und Sagen Tirols*, Zürich: Meyer und Zeller 1857.

Asbjørnsen, Peter Christen, und Moe, Jørgen, *Norwegische Volksmärchen,* 2 Bde., übers. von F. Bresemann, Berlin: Hans Bondy [1908]. (CD-Eur).

Asmus, Ferdinand, und Knoop, Otto, *Sagen und Erzählungen aus dem Kreise Kolberg-Körlin*, Kolberg: Post 1898.

Bartsch, Karl, *Sagen, Märchen und Gebräuche aus Mecklenburg,* 2 Bde., Wien: Braumüller 1879–1880. (CD-D)

Baumgarten, P. Amand, *Aus der volksmäßigen Überlieferung der Heimat,* Linz 1869.

Behrend, Paul, *Verstoßene Kinder. Eine Sammlung westpreußischer Volksmärchen. Nach dem Volksmunde wiedergegeben*, Königsberg: Bon 1912.

Benzel, Ulrich, *Märchen, Sagen, Schwänke und Schnurren aus Lollar und dem Land an Lumda und Lahn*, Lauterbach: Mergard 1992. Abdruck mit freundlicher Genehmigung von Julia Benzel.

Benzel, Ulrich, *Volkserzählungen aus dem oberpfälzisch-böhmischen Grenzgebiet*, Münster: Aschendorff 1965. Abdruck mit freundlicher Genehmigung von Julia Benzel.

Bergvall, Frans, *Sagor från Edsele*, Uppsala: Dialekt- och folkminnesarkivet 1991.

Bidrag till Södermanlands äldre kulturhistoria, Bd. 7, Uppsala: Almqvist u. Wiksell 1889.

Blümml, Emil Karl, *Schnurren und Schwänke des französischen Bauernvolkes*, Leipzig: Deutsche Verlags-Aktiengesellschaft 1906. (CD-Eur)

Boehm, Max, und Specht, F., *Lettisch-Litauische Märchen*, Jena: Diederichs 1924. Abdruck mit freundlicher Genehmigung, Heinrich Hugendubel Verlag.

Boehncke, Heiner, und Derichsweiler, Claudia, *Es war einmal … in Hessen. Grimms und andere Märchen.* CD. Hamburg: Jumbo Neue Medien 1999.

Bolte, Johannes, und Polivka, Georg, *Anmerkungen zu den Kinder- und Hausmärchen der Brüder Grimm*, 6 Bde. Leipzig: Dieterich 1918.

Braga, T., *Contos tradicionaes do povo portuguez. [I:] Contos de fadas – Cassos e facecia – Notas comparativas*, 2. Aufl., Lissabon 1914. – Teilübersetzung mit freundlicher Genehmigung von: Enzyklopädie des Märchens, Arbeitsstelle der Akademie der Wissenschaften, Göttingen, Manuskript. (CD-Eur)

Briggs, Katharine, und Michaelis-Jena, Ruth, *Englische Volksmärchen*, Düsseldorf, Köln: Diederichs 1970. Abdruck mit freundlicher Genehmigung, Heinrich Hugendubel Verlag.

Büchli, Arnold, *Schweizer Sagen*, Aarau: Sauerländer o. J.

Carnoy, E. Henry, *Littérature orale de la Picardie*, Paris: Maisonneuve et Co. 1883.

Colshorn, Carl und Theodor, *Märchen und Sagen*, Hannover: Rümpler 1854. (CD-D)

Dähnhardt, Oskar, *Naturgeschichtliche Volksmärchen*, zwei Bde. (zuerst 1898), 4. Aufl., Leipzig, Berlin: Teubner 1912/13. (CD-Eur)

Dähnhardt, Oskar, *Natursagen. Eine Sammlung naturdeutender Sagen, Märchen, Fabeln und Legenden*, 4 Bde.,

Leipzig, Berlin: Teubner 1907–1912. Reprint, Hildesheim, Zürich, New York: Olms 1983 (2 Bde.).

Dijkstra, Waling Gerrits, *Uit Frieslands Volksleven van vroeger en later,* 2 Bde., Leeuwarden: Bruis 1894.

Dima, Alexander, *Rumänische Märchen,* Leipzig: Harrassowitz 1944.

Dittmaier, Heinrich, *Sagen, Märchen und Schwänke von der unteren Sieg,* Bonn: Röhrscheid 1950.

Düsel, Friedrich, *Deutsche Volkssagen,* Braunschweig, Berlin, Hamburg: Westermann 1918.

Engelien, August, und Lahn, Wilhelm, *Der Volksmund in der Mark Brandenburg,* Berlin: Schultze 1868.

Fink, Hans, *Volkserzählungen aus Südtirol. Unveröffentlichte Quellen,* Münster: Aschendorff 1969. Abdruck mit freundlicher Genehmigung der Europäischen Märchengesellschaft e.V.

Firmenich, Johannes Matthias, *Germaniens Völkerstimmen: Sammlung der deutschen Mundarten in Dichtungen, Sagen, Märchen, Volksliedern,* 3 Bde., Berlin: Schlesinger 1843–66.

Freisauff, Rudolf von, *Salzburger Volkssagen,* Wien, Pest, Leipzig: Hartleben 1880.

Frischbier, Hermann, »Zur volkstümlichen Naturkunde. Beiträge aus Ost- und Westpreußen«, in: *Altpreußische Monatsschrift,* XXII, 1885.

Goyert, Georg, *Vlaemische Märchen,* Jena: Diederichs 1925. Abdruck mit freundlicher Genehmigung, Heinrich Hugendubel Verlag.

Grimm, Jacob und Wilhelm, *Deutsche Sagen,* Vollständige Ausgabe nach dem Text der 3. Aufl. von 1891, Nachwort von Lutz Röhrich, München: Winkler 1965. (CD-D)

Grimm, Jacob und Wilhelm, *Kinder- und Hausmärchen,* München: Winkler 1977. (CD-D und CD-Eur)

Grundtvig, Frederik Lange, und Eklund, Anders, *Svenske minder fra Tjust,* Kopenhagen 1882.

Grundtvig, Svend, *Dänische Volksmärchen,* Leipzig: Barth 1878. (CD-Eur)

Haas, Albert, *Rügensche Sagen und Märchen,* Greifswald: Bamberg 1891.

Haas, Albert, *Schnurren, Schwänke und Erzählungen von der Insel Rügen,* Greifswald: Abel 1899.

Haiding, Karl, *Märchen und Schwänke aus Oberösterreich,* Berlin: De Gruyter 1969.

Haltrich, Josef, *Deutsche Volksmärchen aus dem Sachsenlande in Siebenbürgen* (1882) – Neuausg. München: Mechendorfer 1956. (CD-Eur)

Haupt, Karl, *Sagenbuch der Lausitz,* 2 Bde., Leipzig: Engelmann 1862–63.

Henssen, Gottfried, *Bergische Märchen und Sagen,* Münster: Aschendorff 1961.

Henssen, Gottfried, *Volksmärchen aus Rheinland und Westfalen,* Wuppertal-Elberfeld: Martini u. Grüttesien 1932.

Hermanowski, Georg, *Flämische Märchen,* Hamburg: Matari o. J.

Heyl, Johann Adolf, *Volkssagen, Bräuche und Meinungen aus Tirol,* Brixen: Verlag der Buchhandlung des Kath.-polit. Preisvereins 1897.

Hyltén-Cavallius, Gunnar Olof, *Wärend och wirdarne,* 2 Bde., Stockholm: Norstedt 1864–68.

Jahn, Ulrich, *Volkssagen aus Pommern und Rügen,* Berlin: Mayer & Müller 1889.

Jahn, Ulrich, *Schwänke und Schnurren aus Bauern Mund.* Berlin: Mayer & Müller [1890]. (CD-D)

Jahn, Ulrich, *Volksmärchen aus Pommern und Rügen.* Erster Teil, Norden, Leipzig: Soltau 1891. (CD-D)

Jech, Jaromir, *Tschechische Volksmärchen,* Berlin: Rütten & Loening 1961. Abdruck mit freundlicher Genehmigung, Akademie Verlag 1984.

Jecklin, Dietrich, *Volksthümliches aus Graubünden,* 3 Teile, Zürich: Orell Füssli 1874, Chur 1876, Chur 1878 (Nachdruck Zürich: Olms 1986). (CD-Eur)

Kerbelyte, Bronislava, *Litauische Volksmärchen,* Berlin: Akademie 1982. Abdruck mit freundlicher Genehmigung, Akademie Verlag 1982.

Knoop, Otto, *Volkstümliches aus der Tierwelt,* Rogasen: Selbstverlag des Herausgebers 1905.

Krauss, Friedrich S., *Sagen und Märchen der Südslaven,* 2 Bde., Leipzig: Wilhelm Friedrich 1883–84.

Krauss, Friedrich S., *Volkserzählungen der Südslaven. Märchen und Sagen, Schwänke, Schnurren und erbauliche Geschichten,* hrsg. von Raymond L. Burt und Walter Puchner, Wien, Köln, Weimar: Böhlau 2002. Abdruck mit freundlicher Genehmigung, Böhlau Verlag 2002.

Kuhn, Adalbert, und Schwartz, Wilhelm, *Norddeutsche Sagen, Märchen und Gebräuche,* Leipzig: Brockhaus 1848. (CD-D)

Kuhn, Adalbert, *Sagen, Gebräuche und Märchen aus Westfalen,* 2 Bde., Leipzig: Brockhaus 1859. (CD-D)

Künzig, Johannes, und Werner, Waltraut, *Authentische Tonaufnahmen 1952–1970. Schwänke aus mündlicher Überlieferung.* Kommentare von Hannjost Lixfeld. Freiburg: Rombach 1973. Drei Langspielplatten mit Textheft. (Quellen deutscher Volkskunde. Veröffentlichungen aus dem Volkskunde-Tonarchiv Freiburg des Instituts für ostdeutsche Volkskunde) Abdruck mit freundlicher Genehmigung, Dr. Waltraut Werner-Künzig.

Leoprechting, Karl Friedrich von, *Aus dem Lechrain. Zur deutschen Sitten- und Sagenkunde,* München: Literarisch-Artistische Anstalt 1855.

Leskien, August, *Balkanmärchen,* Jena: Diederichs 1915. (CD-Eur)

Meier, Ernst, *Volksmärchen aus Schwaben,* Stuttgart: Metzler 1852.

Menzel, Wolfgang, *Geschichte der deutschen Dichtung,* Leipzig: Zander 1875.

Merkens, Heinrich, *Was sich das Volk erzählt. Deutscher Volkshumor gesammelt und nacherzählt,* 3 Bde., 2. Aufl., Jena: Costenoble 1901.

Müllenhoff, Karl, *Sagen, Märchen und Lieder der Herzogtümer Schleswig, Holstein und Lauenburg,* Kiel: Schwerssche Buchhandlung 1845. (CD-D)

Müller, Friedrich, *Siebenbürgische Sagen,* Wien, Hermannstadt: Graeser 1885.

Oberfeld, Charlotte, *Volksmärchen aus Hessen,* Marburg: Elwert 1962.

Olsson, Helmer, *Folkliv och folkdikt i Vättle härad under 1800-talet,* Uppsala: Almqvist & Wiksell 1945.

Ortutay, Gyula, *Ungarische Volksmärchen,* Berlin: Rütten und Loening 1957. Abdruck mit freundlicher Genehmigung, Akademie Verlag 1967.

Panzer, Friedrich, *Bayrische Sagen und Gebräuche. Beitrag zur deutschen Mythologie,* 2 Bde., München: Kaiser 1848–1855.

Perger, Anton Ritter von, *Deutsche Pflanzensagen,* Stuttgart, Oehringen: Schaber 1864.

Peter, Anton, *Volksthümliches aus Österreich-Schlesien,* 2 Bde., Troppau: Peter 1867.

Pettersson, Olof Petter, *Sagor från Åsele Lappmark,* hrsg. von Herman Geijer, Sven Liljeblad und Karl-Hampus Dahlstedt, *Svenska sagor och sägner,* Bd. IX, Stockholm: Thule 1945.

Petzoldt, Leander, *Deutsche Volkssagen,* München: Beck 1970.

Röhrich, Lutz, *Adam und Eva. Das erste Menschenpaar in Volkskunst und Volksdichtung,* Stuttgart: Müller und Schindler 1968.

Róna-Sklarek, Elisabet, *Ungarische Volksmärchen. Neue Folge*, Leipzig: Dieterich 1909. (CD-Eur)

Russwurm, Carl, *Sagen aus Hapsal, der Wiek, Ösel und Runö,* Riga: Franz Kluge 1861.

Sahlgren, Jöran, *Svenska folksagor,* 4 Bde., Stockholm: Gidlunds förlag 1981.

Säve, Per Arvid, *Gotländska sagor,* hrsg. von Herbert Gustavson, *Svenska sagor och sägner,* Bd. X, Uppsala: Lundequistka bokh. 1952.

Schleicher, August, *Litauische Märchen, Sprichworte, Rätsel und Lieder,* Weimar: Böhlau 1857.

Schell, Otto, *Bergische Sagen*, Elberfeld: Baedeker 1897.

Schönwerth, Franz, *Aus der Oberpfalz. Sitten und Sagen,* 3 Bde., Augsburg: Rieger 1857–1859. (CD-D)

Schott, Arthur und Albert, *Rumänische Volkserzählungen aus dem Banat,* hrsg. von Rolf Wilhelm Brednich und Ion Talos, Bukarest: Kriterion 1975. (CD-Eur)

Simrock, Karl, *Deutsche Märchen,* Stuttgart: Cotta 1864.

Söhns, Franz, *Unsere Pflanzen,* 4. Aufl., Leipzig: Teubner 1897.

Strackerjan, L., *Aberglaube und Sagen aus dem Herzogtum Oldenburg,* 2 Bde., 2. Aufl., Oldenburg: Stalling 1909. (CD-D)

Strauß, Adolf, *Die Bulgaren. Ethnographische Studien,* Leipzig: Grieben 1898.

Temme, Joducus Donatus Hubertus, Die *Volkssagen von Pommern und Rügen*, Berlin: Nicolai 1840. (CD-D)

Treichel, A., »Zoologische Notizen«, in: *Schriften der naturforschenden Gesellschaft in Danzig,* Neue Folge VI, Heft 2.

Uther, Hans-Jörg, *Deutsche Märchen und Sagen,* CD, Berlin: Directmedia 2003. (CD-D)

Uther, Hans-Jörg, *Europäische Märchen und Sagen,* CD, Berlin: Directmedia 2004. (CD-Eur)

Viidalepp, Richard, *Estnische Volksmärchen,* Berlin: Akademie 1980.
Vonbun, Franz Josef. *Die Sagen Vorarlbergs,* 2. Aufl., Innsbruck: Wagner 1889.
Walde, Philo vom [= Reinelt, Johannes], *Schlesien in Sage und Brauch,* Berlin: Senff 1883.
Wigström, Eva, »Sagor och äfventyr upptecknade i Skåne«, in: *Nya bidrag till kännedom av svenska dialekter och svenskt folklif,* I,V: 1, Stockholm 1884.
Wlislocki, Heinrich v., *Märchen und Sagen der Bukowinaer und Siebenbürger Armenier,* Hamburg: Verlags- und Druckerei Actien-Gesellschaft 1891.
Wlislocki, Heinrich von, *Volksdichtungen der siebenbürgischen und südungarischen Zigeuner,* Wien: Graeser 1890.
Wolf, Johann Wilhelm, *Deutsche Märchen und Sagen,* Leipzig: Brockhaus 1845.
Wossidlo, Richard, *Mecklenburgische Sagen,* 2 Bde., Rostock: Hinstorff 1939.
Wossidlo, Richard, *Mecklenburgische Volksüberlieferungen,* 2 Bde., Wismar: Hinstorff 1897–1899.
Zaunert, Paul, *Rheinland Sagen,* 2 Bde., Jena: Diederichs 1924.
Zingerle, Ignaz Vincenz, *Sagen aus Tirol,* 2. Aufl., Innsbruck: Wagner 1891.
Zuccalmaglio, Vinzenz von, *Werke.* Neu herausgegeben von Rudolf Roth, Solingen: Nieder-Rhein Verlag 1912.

NACHWEISE UND ANMERKUNGEN

WELTALL

Sonne, Mond und Sterne

(1) Wie die Sterne an den Himmel kamen ✦ Bergvall, *Sagor från Edsele,* S. 22.

(2) Die Sterne ✦ Schönwerth, *Aus der Oberpfalz,* Bd. 2, S. 263.

(3) Ursprung der Sternschnuppen ✦ Schönwerth, *Aus der Oberpfalz,* Bd. 2, S. 264.

(4) Siebengestirn, Abendstern und Kuckuck ✦ Frischbier, »Zur volkstümlichen Naturkunde«, S. 294 (zit. n. Dähnhardt, *Natursagen,* Bd. 3, S. 426). Wann die verschiedenen Vogelarten ihren Gesang einstellen, läßt sich auf den Tag genau natürlich nicht bestimmen. In »Turteltauben und Kuckuck« (Nr. 146) heißt es, der Kuckuck, der sich in unseren Breiten zwischen Mitte April und Anfang September aufhält, rufe nach Sankt Johannes (24. Juni) nicht mehr. – Der Sternhaufen der Plejaden, das »Siebgestirn«, wird ab Mitte Mai am frühen Morgen – im Juni etwa gegen 3 Uhr – sichtbar.

(5) Das Siebengestirn ✦ Grundtvig, *Dänische Volksmärchen,* S. 110–114. Eines der seltenen Beispiele für ein erklärendes Zaubermärchen (AT 653: »The Skillful Brothers«), das mit der Befreiung der Prinzessin aus der Gewalt des Zauberers endet, in dem aber zugleich auch der Ursprung der Plejaden und außerdem die Herkunft der Feuersteine erklärt wird. Weitere ätiologische Zaubermärchen vgl. z. B. »Warum das Meerwasser salzig ist« (Nr. 21), »Warum der Tod so mager ist« (Nr. 66) und »Die Erschaffung der Geige« (Nr. 88).

(6) Die Milchstraße ✦ Dima, *Rumänische Märchen,* S. 234 bis 236.

(7) Ein Nebelstreif am Nachthimmel ✦ Schott, *Rumänische Volkserzählungen aus dem Banat,* S. 295.

(8) Die Sonne ✦ Krauss, *Sagen und Märchen der Südslaven,* Bd. 1, S. 299 f., Nr. 72.

(9) Warum die Sonne am Tag und der Mond in der Nacht scheint ✦ Schönwerth, *Aus der Oberpfalz,* Bd. 2, S. 57–59.

(10) Warum der Mond zu- und abnimmt ✦ Schönwerth, *Aus der Oberpfalz,* Bd. 2, S. 263 f.

(11) Gottvater erschafft den Mond ✦ Dähnhardt, *Naturgeschichtliche Volksmärchen,* Bd. 2, S. 102.

(12) Der heilige Elias auf dem Mond ✦ Krauss, *Sagen und Märchen der Südslaven,* Bd. 1, S. 277 f., Nr. 64. Elias, der mit dem Donnergott der slawischen Religion Perun identifiziert wird, gilt vor allem in Osteuropa als Schutzheiliger gegen Regen, Blitz und Donner. – Zur Geschichte des Elias (1. Könige 17 ff. – 2. Könige 2) gehören die Motive der wunderbaren Speisung und der Himmelfahrt.

(13) Warum der Mond Flecken hat ✦ A: Dähnhardt, *Naturgeschichtliche Volksmärchen,* Bd. 1, S. 59. – B: Dähnhardt, *Naturgeschichtliche Volksmärchen,* Bd. 1, S. 59. – C: *Am Urquell, Monatsschrift für Volkskunde* (1890–1896) 4 Jg., S. 68 (zit. n. Dähnhardt, *Natursagen,* Bd. 2, S. 78).

(14) Der Mond ✦ Grimm, *Kinder- und Hausmärchen,* Nr. 175, S. 721–723. Als Vorlage diente Wilhelm Grimm ein Text, »Das Mondenlicht«, aus der Sammlung *Märchen für die Jugend* (1854) von Heinrich Pröhle. Grimm war der Meinung, das Märchen atme »den Geist der ältesten Zeit«, während Pröhle es vermutlich erfunden hat. Vgl. H.-J. Uther, *Nachweise und Kommentare,* S. 323 f.

Die Erde und ihr Wetter

(15) Wie die Erde erschaffen wurde ✦ Dima, *Rumänische Märchen,* S. 232 f. Mircea Eliade zufolge ist die Geschichte vom »kosmogonischen Tauchen« *(le plongeon cosmogonique)* die einzige volkstümliche Kosmogonie in Südosteuropa. Vgl. M. E., *Von Zalmoxis zu Dschingis Khan. Religion und Volkskultur in Südosteuropa,* Frankfurt a. M.: Insel 1990, S. 85 ff.

(16) Warum der Himmel so hoch über der Erde ist ✦ Dima, *Rumänische Märchen,* S. 233.

(17) Wie Täler und Berge entstanden ✦ Schönwerth, *Aus der Oberpfalz,* Bd. 2, S. 263.

(18) Warum wächst das Gestein nicht? ✦ Krauss, *Sagen und Märchen der Südslaven,* Bd. 2, S. 69, Nr. 48.

(19) Wann die Steine die Größe bekamen, die sie heute haben ✦ Frischbier, »Zur volkstümlichen Naturkunde«, S. 334 (zit. n. Dähnhardt, *Natursagen,* Bd. 2, S. 20).

(20) Wie Feuer und Blitz entstanden ✦ Wlislocki, *Märchen und Sagen der Bukowinaer und Siebenbürger Armenier,* S. 1–3.

(21) Warum das Meerwasser salzig ist ✦ Colshorn, *Märchen und Sagen,* S. 173–175. Im Zentrum dieser und der folgenden Geschichte steht das Motiv der Zaubermühle (AT 565: »The Magic Mill«), die zunächst Überfluß verschafft und später, nachdem sie in falsche Hände geraten ist, nur noch die Fülle des Unheils vermehrt.

(22) Die Graupelmühle ✦ Colshorn, *Märchen und Sagen,* S. 78 f.

(23) Ursprung der Stürme ✦ Schönwerth, *Aus der Oberpfalz,* Bd. 2, S. 264.

(24) Wind und Sturm ✦ Schönwerth, *Aus der Oberpfalz,* Bd. 2, S. 108.

(25) Warum der Wind heult und winselt ✦ Schönwerth, *Aus der Oberpfalz,* Bd. 2, S. 194 f. – Die Erzählung weist zahlreiche Züge der bekannten Melusinen-Sage auf. Auf einer alten französischen Geschlechtersage beruhend, ist sie in die Literatur eingegangen und wahrscheinlich aus dieser erneut in die mündliche Überlieferung gewechselt. Die frühesten erhaltenen schriftlichen Fassungen sind die *Histoire de Lusignan,* ein Prosaroman von Jean d'Arras (um 1390) und ein Versroman von Couldrette. Auf diesen geht die deutsche Prosafassung des Thüring von Ringoltingen (1474) zurück, die zum Volksbuch wurde und Dramatisierungen von Hans Sachs (1556) und Jakob Ayrer (1598) angeregt hat.

(26) Warum die Sonne mehr Kraft hat als der Wind ✦ Viidalepp, *Estnische Volksmärchen,* S. 58.

(27) Der Tau ✦ Schönwerth, *Aus der Oberpfalz,* Bd. 2, S. 133.

(28) Das Nordlicht ✦ Hylten-Cavallius, *Wärend och wirdarne,* Bd. 2, S. XXVI.

(29) Der Regenbogen ✦ Schönwerth, *Aus der Oberpfalz,* Bd. 2, S. 129.

(30) Warum der Regenbogen nur ein Halbkreis ist ✦ Schönwerth, *Aus der Oberpfalz,* Bd. 2, S. 130 f.

(31) Die Schafwölkchen ✦ Müller, *Siebenbürgische Sagen,* S. 166.

(32) Warum der Schnee weiß ist ✦ Schönwerth, *Aus der Oberpfalz,* Bd. 2, S. 136 f.

(33) Wie Petrus der Pächter des Herrn wurde ✦ Sahlgren, *Svenska folksagor,* Bd. 3, S. 359–361.

Zeiten und Räume

(34) Die Monate ✦ Benzel, Ulrich, *Volkserzählungen aus dem oberpfälzisch-böhmischen Grenzgebiet,* S. 71. Aus dem Dialekt übers.

(35) Januar und Februar ✦ Dähnhardt, *Naturgeschichtliche Märchen,* Bd. 2, S. 78 f.

(36) Wie der April den März besuchte ✦ Dähnhardt, *Naturgeschichtliche Märchen,* Bd. 2, S. 79 f.

(37) Der Altweibersommer ✦ Menzel, *Geschichte der deutschen Dichtung,* Bd. 1, S. 146 (zit. n. Dähnhardt, *Natursagen,* Bd. 2, S. 254).

(38) Das Abendrot im Herbst ✦ Erzählt von Ruth Kaiser, Niederrhein, ca. 1955.

(39) Der Ursprung des Winters ✦ Strauß, *Die Bulgaren,* S. 35.

(40) Die Entstehung des Siebengebirges ✦ Zuccalmaglio, »Was die Sage über die Entstehung des Siebengebirges erzählt«, in: Zuccalmaglio, *Werke* (zit. n. *Rheinisches Lesebuch. Drittes und viertes Schuljahr.* Hrsg. von dem Katholischen Lehrerverband des Deutschen Reiches und dem Verein katholischer deutscher Lehrerinnen, Dortmund: Crüwell o. J. [etwa 1930] S. 7.). Mit diesem und den folgenden Stücken (ebenso wie mit den Erzählungen Nr. 83, 84 und 105) streift unsere Sammlung das weite Feld der ätiologischen Lokalsagen. Sie erklären die Herkunft oder Entstehung individueller geographischer Gegebenheiten, landschaftlicher Besonderheiten, bestimmter Städte, charakteristischer Bauwerke und dergleichen.

(41) Wie Eiger, Mönch und Jungfrau entstanden sind ✦ Büchli, *Schweizer Sagen,* S. 15 f.

(42) Die Insel Hiddensee ✦ Temme, *Die Volkssagen von Pommern und Rügen,* S. 166–169.

(43) Wie die Geißen ins Hessenland gekommen sind ✦ Oberfeld, *Volksmärchen aus Hessen,* S. 8 f.

(44) Wie die Ziegen in das Lumdatal gekommen sind ✦ Benzel, *Märchen, Sagen, Schwänke und Schnurren aus Lollar und dem Land an Lumda und Lahn,* S. 120 f. Aus dem Dialekt übers. Dieses sudetendeutsche Märchen wurde 1952 in Lollar bei Gießen aufgezeichnet. Die 63jährige Erzählerin hat es aus ihrer alten Heimat einfach in die neue verlegt.

(45) Des Teufels Haus ✦ Russwurm, *Sagen aus Hapsal,* S. 130.

(46) Die Legende vom Paradies ✦ Braga, *Contos tradicionaes do povo portuguez. [I:] Contos de fadas – Cassos e facecia.* Ms, S. 251 f.

(47) Wo das Paradies lag ✦ Zaunert, *Rheinland Sagen,* Bd. 1, S. 97 f. (zit. n. Röhrich, *Adam und Eva,* S. 167).

(48) Die Arche Noah in Südtirol ✦ Fink, *Volkserzählungen aus Südtirol,* S. 90–93.

MENSCHENWELT

Leib und Leben

(49) Gott erschafft die Menschen beim dritten Versuch ✦ Strauß, *Die Bulgaren,* S. 39 f. – »Židove« bezeichnet im Bulgarischen die Juden. Über die Gleichsetzung von Židove und Riesen schreibt Adolf Strauß: »Wer eigentlich diese Židove gewesen und wie das bulgarische Volk zu dieser Benennung gekommen – ist eine vielumstrittene Frage. Unserer Ansicht nach ist ›Židove‹ nach Analogie von Hunne-Hüne entstanden, und zwar höchst wahrscheinlich unter bogumilischem Einfluß. Das Volk hörte viel über die alten Juden und hielt dann dieselben für die Riesen seines Volksglaubens und schrieb ihnen die prähistorischen Knochen zu, die sich im Lande hin und wieder vorfinden.« (Strauß, *Die Bulgaren,* S. 40).

(50) Hund und Teufel bei der Erschaffung des Menschen ✦ Russwurm, *Sagen aus Hapsal,* S. 155.

(51) Wie der Herr die Menschen schuf ✦ Bergvall, *Sagor från Edsele,* S. 24.

(52) Die Erschaffung von Mann und Frau ✦ Bergvall, *Sagor från Edsele,* S. 26.

(53) Wie der Herr die Frauen schuf ✦ Bergvall, *Sagor från Edsele,* S. 26.

(54) Die Fortpflanzung der Menschen ✦ Strauß, *Die Bulgaren,* S. 40f.

(55) Herkunft der Kinder ✦ Jahn, *Volkssagen aus Pommern und Rügen,* S. 390.

(56) Warum der neugeborene Mensch nicht laufen kann ✦ Dähnhardt, *Naturgeschichtliche Volksmärchen,* Bd. 2, S. 43f.

(57) Warum die Haare dort wachsen, wo sie es tun ✦ Bergvall, *Sagor från Edsele,* S. 26ff.

(58) Wie dem heiligen Petrus die Haare ausgerupft wurden ✦ Kerbelyte, *Litauische Volksmärchen,* S. 277f. Mit freundlicher Genehmigung, Akademie Verlag 1982.

(59) Warum die Männer Glatzen haben ✦ Künzig und Werner, *Authentische Tonaufnahmen 1952–1970. Schwänke aus mündlicher Überlieferung.* Drei Langspielplatten. Textheft, S. 34. Aus dem Dialekt übers. nach einer Tonaufnahme, die 1966 in der jugoslawischen Baranya, dem heute zu Kroatien gehörenden Gebiet zwischen Donau und Drau, hergestellt wurde.

(60) Warum der dicke Zeh so dick und die anderen so mager sind ✦ Haltrich, *Deutsche Volksmärchen aus dem Sachsenlande in Siebenbürgen,* S. 192. – Offenbar handelt es sich um ein erklärendes »Zehenspiel«, ähnlich den zahlreichen Fingerspielen und Handmärchen der Volksüberlieferung.

(61) Warum die Nase eines Hundes und der Ellbogen einer Frau immer kalt sind ✦ Briggs und Michaelis-Jena, *Englische Volksmärchen,* S. 141. Das Leck in der Arche und die Schwierigkeit, es zu stopfen, bilden ein zentrales Motiv in der Gruppe der Erzählungen, die sich um Noah und die Sintflut ranken. Allerdings wird weder hier noch in der Geschichte von der Schwalbe und der Schlange weiter unten (Nr. 170) erwähnt, woher das legendäre Leck eigentlich stammt: Der Teufel wollte Noahs großangelegte Rettungsaktion zunichte machen. Er konspirierte mit Noahs Frau, gelangte mit ihrer Hilfe als Maus im letzten Augenblick auf die Arche und nagte ein Loch in die Bordwand. (Vgl. Dähnhardt, *Natursagen,* Bd. 1, S. 258ff., 276ff.)

(62) Warum die Frauen kratzen und beißen ✦ Benzel, *Volkserzählungen aus dem oberpfälzisch-böhmischen Grenzgebiet,* S. 69. Aus dem Dialekt übers.

(63) Woher kommen die Buckligen? ✦ Benzel, *Volkserzählungen aus dem oberpfälzisch-böhmischen Grenzgebiet,* S. 68 f. Aus dem Dialekt übers.

(64) Der Adamsapfel ✦ Jahn, *Volksmärchen aus Pommern und Rügen,* Bd. 1, S. 29 ff.

(65) Die Lebenszeit ✦ Grimm, *Kinder- und Hausmärchen,* Nr. 176, S. 723–724. Im Vorwort zur Ausgabe der Märchen von 1840 schreibt Wilhelm Grimm: »Das schöne Märchen von der Lebenszeit erzählte ein Bauer aus Zwehren [bei Kassel] einem meiner Freunde, mit dem er auf freiem Felde eine Unterredung angeknüpft hatte; man sieht, daß die Weisheit auf der Gasse noch nicht ganz untergegangen ist.« Zit. n. H.-J. Uther, *Nachweise und Kommentare,* S. 326, dort auch weitere Einzelheiten.

(66) Warum der Tod so mager ist ✦ Haiding, *Märchen und Schwänke aus Oberösterreich,* S. 136 f.

(67) Weshalb die Menschen ihren Todestag nicht wissen ✦ Dähnhardt, *Naturgeschichtliche Volksmärchen,* Bd. 2, S. 44.

Alltag, Arbeit, Lustbarkeiten

(68) Wie der Undank aufkam ✦ Düsel, *Deutsche Volkssagen,* S. 8 f.

(69) Von der Not in der Welt ✦ Jech, *Tschechische Volksmärchen,* S. 56–58.

(70) Wie Haß-und-Neid auf der Welt geblieben ist ✦ Hermanowski, *Flämische Märchen,* S. 75 f.

(71) Warum unsere Kochtöpfe nie voll sind ✦ Olsson, *Folkliv och folkdikt i Vättle härad under 1800-talet,* S. 265.

(72) Die Buttermilch ✦ Olsson, *Folkliv och folkdikt i Vättle härad under 1800-talet,* S. 265.

(73) Der Unsegen in der Butter ✦ Jecklin, *Volksthümliches aus Graubünden,* 3. Teil, S. 61 f.

(74) Die ungleichen Kinder Evas ✦ Grimm, *Kinder- und Hausmärchen,* Nr. 180, S. 739–741. Vgl. auch das folgende Stück

Nr. 75. Dort wird nicht nur die Entstehung der Berufsstände und der sozialen Klassen erklärt, sondern auch die Frage beantwortet, warum die Oberklasse aus Adel, Militär und Geistlichkeit über den für die übrige Menschheit geltenden Gesetzen stehen soll. In den skandinavischen Ländern finden sich zahlreiche Versionen dieses Märchens, die die Herkunft verschiedener Arten von übernatürlichen Wesen erklären. Auch Zwerge und Trolle seien Abkömmlinge der »ungestalten« Kinder Evas. Vgl. V. G. Geddes, *Various Children of Eve (AT 758),* Uppsala 1986. Siehe auch die Anm. zu Nr. 114: »Der Ursprung der Wildschweine«.

(75) Die verschiedenen Stände ✦ Jahn, *Schwänke und Schnurren aus Bauern Mund,* S. 45 f. Vgl. die Anm. zu Nr. 74.

(76) Warum die Frau die Hauswirtschaft führt ✦ Carnoy, *Littérature orale de la Picardie,* S. 167–171; dt. in: Blümml, *Schnurren und Schwänke des französischen Bauernvolkes,* S. 200 bis 202. Im Juli 1879 erzählt von dem alten Müller Auguste Gourdin in Warloy-Baillon (Somme).

(77) Warum arbeitet der Bauer so viel? ✦ Róna-Sklarek, *Ungarische Volksmärchen,* S. 280.

(78) Warum der Weber der ärmste aller Menschen ist ✦ Goyert, *Vlaemische Märchen,* S. 67.

(79) Der erste Müller ✦ Goyert, *Vlaemische Märchen,* S. 53.

(80) Warum keine Müller in die Hölle kommen ✦ Hermanowski, *Flämische Märchen,* S. 366 f.

(81) Warum keine Advokaten mehr in den Himmel kommen ✦ Goyert, *Vlaemische Märchen,* S. 62 f.

(82) Die Wirkung des Weines ✦ Dähnhardt, *Naturgeschichtliche Volksmärchen,* Bd. 2, S. 17 f.

(83) Warum der Wein am Bodensee sauer ist ✦ Merkens, *Was sich das Volk erzählt,* Bd. 1, S. 76 (zit. n. Dähnhardt, *Natursagen,* Bd. 2, S. 276).

(84) Warum die Weingläser an der Mosel so klein sind ✦ Merkens, *Was sich das Volk erzählt,* Bd. 1, S. 89 (aus dem Dialekt übers. n. Dähnhardt, *Natursagen,* Bd. 2, S. 282).

(85) Woher der Branntwein seinen Ursprung nahm ✦ Boehm und Specht, *Lettisch-Litauische Märchen,* S. 162 bis 164.

(86) Der Tabak ✦ Jahn, *Volksmärchen aus Pommern und Rügen,* Bd. 1, S. 265 f.

(87) Weshalb es in den Gasthäusern meist übel riecht ✦ Haas, *Schnurren, Schwänke und Erzählungen von der Insel Rügen,* S. 53.

(88) Die Erschaffung der Geige ✦ Wlislocki, *Volksdichtungen der siebenbürgischen und südungarischen Zigeuner,* S. 194 f. Vgl. Anm. zu Nr. 5. ✦ Die Matuya ist eine Feenkönigin, die den Armen und Verlassenen hilfreich beisteht.

(89) Der erste Frack ✦ Schott, *Rumänische Volkserzählungen aus dem Banat,* S. 266 f.

Völker, Glaubenssachen, Sprachen

(90) Ursprung der Sachsen und der Deutschen ✦ Grimm, *Deutsche Sagen,* S. 382. Aventin: Johannes Aventinus, d. i. Hans Turmair (1477–1534), Geschichtsschreiber, Verfasser der *Annales Bojorum* (1554), dt. *Chronika.*

(91) Wie der Herr die Westfalen schuf ✦ Simrock, *Deutsche Märchen,* S. 199 (zit. n. Dähnhardt, *Natursagen,* Bd. 2, S. 184 bis 185). Zu dieser und den folgenden Geschichten und zum Vorkommen ethnischer Stereotype in den Erklärungsgeschichten vgl. das Nachwort, S. 247 f..

(92) Wie der Herr die Böhmen, Slowaken und Kroaten schuf ✦ *Zeitschrift für deutsche Mythologie,* Bd. 2, S. 157 (zit. n. Dähnhardt, *Natursagen,* Bd. 2, S. 186–188).

(93) Wie der erste Franzose geschaffen wurde ✦ Goyert, *Vlaemische Märchen,* S. 52 f. Der Fluch des ersten Franzosen: »Laßt mir die Ruhe, zum Donnerwetter!«

(94) Wie Finnen und Russen geschaffen wurden ✦ Pettersson, *Sagor från Åsele,* S. 192.

(95) Die Erschaffung der Schweden und der Dänen ✦ Russwurm, *Sagen aus Hapsal,* S. 85. Russwurm deutet den historischen Hintergrund an, vor dem diese Geschichte überliefert worden ist: Als sich der schwedische General Magnus Stenbock (1664–1717) nach mehreren Siegen über die Dänen im Mai 1713 in Tönningen hatte ergeben müssen und in Dänemark gefangen saß, fragte ihn der dänische König Friedrich IV., wie es komme, daß Schweden im Vergleich zu Dänemark ein so unfruchtbares und schlechtes Land sei. Stenbock erklärte es ihm mit dieser

Geschichte. Vier Jahre später – noch immer im Kerker sitzend – starb er in Kopenhagen.

(96) Die Entstehung des Stechapfels und die Abkunft der Zigeuner ✦ Wlislocki, *Volksdichtungen der siebenbürgischen und südungarischen Zigeuner,* S. 187–189.

(97) Die Verteilung des Glücks unter den Völkern ✦ Strauß, *Die Bulgaren,* S. 90 f.

(98) Christus am Kreuz bestimmt das Schicksal der Serben, Türken und Katholiken ✦ Krauss, *Volkserzählungen der Südslaven,* S. 326.

(99) Der erste Mönch oder: Der Teufel ist unsers Herrgotts Affe ✦ Agricola, *Sybenhundert und fünfftzig Teütscher Sprichwörter verneüwert und gebessert,* S. 20 ff., Nr. 24.

(100) Woher die Lutheraner stammen ✦ Boehm und Specht, *Lettisch-Litauische Märchen,* S. 164 f.

(101) Warum der Beutel des Pfaffen immer leer ist ✦ A: Pettersson, *Sagor från Åsele,* S. 77. – B: Bergvall, *Sagor från Edsele,* S. 170. – C: Wigström, »Sagor och äfventyr upptecknade i Skåne«, S. 130. – Diese drei Geschichten geben unterschiedliche Erklärungen für jenen Tatbestand, der einer bekannten schwedischen Redensart zugrunde liegt: »prästsäcken är bottenlös«.

(102) Warum man spricht: »Der arme Teufel!« ✦ Boehncke und Derichsweiler, *Es war einmal ... in Hessen,* (CD).

(103) Wann das »muß sein« aufgekommen ist ✦ Müller, *Siebenbürgische Sagen,* S. 195 f. (zit. n. Röhrich, *Adam und Eva,* S. 158 f.).

(104) Das Niesen ✦ Boehm und Specht, *Lettisch-Litauische Märchen,* S. 161 f.

(105) Das Sprachgemengsel in Graubünden ✦ Jecklin, *Volksthümliches aus Graubünden,* 3. Teil, S. 5–7. – Eine auffällig »gebildete«, wahrscheinlich von einem anonym gebliebenen Verfasser stammende Erklärungserzählung, die mit der Erwähnung »indogermanischer« Sprachsamen einen deutlichen Hinweis auf ihr geringes Alter enthält. Die Erforschung der Verwandtschaftsbeziehungen zwischen den indogermanischen Sprachen begann im ersten Viertel des 19. Jahrhunderts mit Arbeiten von Rasmus Kristian Rask (1814), Franz Bopp (1816) und Jakob Grimm (1819).

TIERWELT

(106) Wie Adam den Tieren die Namen gab und der Storch das Klappern lernte ✦ Leskien, *Balkanmärchen,* S. 67–69.

(107) Wie die Tiere Waffen bekamen ✦ Petzoldt, *Deutsche Volkssagen,* S. 339.

(108) Des Teufels Tiere ✦ Russwurm, *Sagen aus Hapsal,* S. 155f.

Vierfüßler

(109) Wie der Wolf erschaffen wurde ✦ Dähnhardt, *Naturgeschichtliche Volksmärchen,* Bd. 1, S. 13–15.

(110) Warum der Wolf ein steifes Genick hat und hinkt ✦ Jahn, *Volkssagen aus Pommern und Rügen,* S. 437.

(111) Des Herrn und des Teufels Getier ✦ Grimm, *Kinder- und Hausmärchen,* Nr. 148, S. 659.

(112) Warum die Ziege einen so kurzen Schwanz hat ✦ Vonbun, *Die Sagen Vorarlbergs,* S. 145f. (zit. n. Dähnhardt, *Natursagen,* Bd. 1, S. 182).

(113) Warum ist das Schaf dümmer als die Ziege? ✦ Wlislocki, *Märchen und Sagen der Bukowinaer und Siebenbürger Armenier,* S. 12f.

(114) Der Ursprung der Wildschweine ✦ Braga, *Contos tradicionaes do povo portuguez. [I:] Contos de fadas – Cassos e facecia.* Ms, S. 246. – Die Parallelen zu dem Märchen »Die ungleichen Kinder Evas« (Nr. 74) sind deutlich. Auch hier werden die Unterschiede zwischen verwandten Arten damit erklärt, daß die Vertreter der weniger ansehnlichen Art dem Blick des auf Erden wandelnden Herrn entzogen werden sollen.

(115) Warum die Schweine Ringelschwänze haben ✦ *Obersteirische Zeitschrift für deutsche Philologie,* XII (1881), S. 348 (zit. n. Dähnhardt, *Natursagen,* Bd. 1, S. 201).

(116) Warum die Schweine in der Erde wühlen ✦ *Niedersachsen,* 14. Jg., 1908/09, Heft 4 (zit. n. Dähnhardt, *Natursagen,* Bd. 3, S. 280). Es ist schwer zu sagen, ob es sich hier um ein »echtes« Erklärungsmärchen handelt oder um ein Kettenmärchen mit

angehängtem ätiologischem Schluß. In etlichen Versionen dieses auch bei den Slawen (der bekannte russische »Kolobok«) weitverbreiteten Märchens wird der Pfannkuchen zuletzt von seinem schlauesten Verfolger, dem Schwein oder dem Fuchs, vollständig vertilgt. Zu den verschiedenen Versionen vgl. Dähnhardt, *Natursagen,* Bd. 3, S. 272–283.

(117) Warum der Esel lange Ohren hat ✦ Dähnhardt, *Naturgeschichtliche Volksmärchen,* Bd. 1, S. 94.

(118) Das Rückenkreuz des Esels ✦ Henssen, *Sagen, Märchen und Schwänke des Jülicher Landes,* S. 238. Aus dem Dialekt übers.

(119) Warum der Ochse langsam geht ✦ Dähnhardt, *Naturgeschichtliche Volksmärchen,* Bd. 1, S. 74.

(120) Die bunten Kühe ✦ Russwurm, *Sagen aus Hapsal,* S. 157f. Eine Abwandlung der bekannten Szene aus der Genesis, wo sich Jakob mit seinem Arbeitgeber und künftigen Schwiegervater Laban darüber einigt, daß ihm als Lohn für seine Arbeit alles gefleckte und bunte Vieh gehören soll: »Und Jakob nahm frische Stäbe von Pappeln, Mandelbäumen und Platanen und schälte weiße Streifen daran aus, so daß an den Stäben das Weiß bloß wurde, und legte die Stäbe, die er geschält hatte, in die Tränkrinnen, wo die Herden hinkommen mußten zu trinken, daß sie da empfangen sollten, wenn sie zu trinken kämen.« (1. Mose 30, 37–38) An die Stelle des listenreichen Jakob, der seinen Reichtum vermehrte, tritt hier der Schöpfergott selbst, der mit seiner List dem »Schöpferteufel« dessen Getier entwendet.

(121) Warum das Pferd nie satt wird ✦ Knoop, *Volkstümliches aus der Tierwelt,* S. 37.

(122) Jesus, das Pferd und der Krebs ✦ Bartsch, *Sagen, Märchen und Gebräuche aus Mecklenburg,* Bd. 1, S. 523. (zit. n. Dähnhardt, *Natursagen,* Bd. 2, S. 90).

(123) Warum auch die Pferde ihre Augen im Kopf tragen ✦ Haas, *Rügensche Sagen und Märchen,* S. 136 (zit. n. Dähnhardt, *Natursagen,* Bd. 2, S. 90).

(124) Warum das Pferd dem Menschen gehorcht ✦ Petzoldt, *Deutsche Volkssagen,* S. 340.

(125) Der erste Affe ✦ A: Wossidlo, *Mecklenburgische Sagen,* Bd. 1, S. 161 (Aus dem Dialekt übers. n. Röhrich, *Adam und Eva,* S. 155). – B: Jahn, *Volksmärchen aus Pommern und Rügen,* Bd. 1, S. 255f. – C: Krauss, *Sagen und Märchen der Südslaven,* Bd. 2,

S. 65f., Nr. 46. – Eine bekannte Variante zu B ist »Das junggeglühte Männlein« in der Sammlung der Brüder Grimm, KHM Nr. 147.

(126) Die Fledermaus ✦ A: Bergvall, *Sagor från Edsele,* S. 30. – B: Krauss, *Volkserzählungen der Südslaven,* S. 322. Zu A: Anders als in dieser Geschichte erscheint die Fledermaus oft auch als Geschöpf des Teufels, etwa als mißratenes Ergebnis von dessen Versuch, eine Schwalbe zu schaffen. Was es mit den »furchtbar vielen Mücken« auf sich hat, die von der Erschaffung der Frau übriggeblieben sind, kann man in »Wie der Herr die Menschen schuf« (Nr. 51) nachlesen.

(127) Der Fuchs als Hirte ✦ Asbjørnsen und Moe, *Norwegische Volksmärchen,* S. 109f.

(128) Warum der Fuchs des Hasen Feind ist ✦ Haltrich, *Deutsche Volksmärchen aus dem Sachsenlande in Siebenbürgen,* 4. Aufl., 1885, S. 313 f. (zit. n. Dähnhardt, *Natursagen,* Bd. 3, S. 48).

(129) Warum der Fuchs nie mit erhobenem Schwanz herumläuft ✦ Jahn, *Volkssagen aus Pommern und Rügen,* S. 458 ff.

(130) Warum der Bär einen Stummelschwanz hat ✦ A: Haltrich, *Deutsche Volksmärchen aus dem Sachsenlande in Siebenbürgen,* Nr. 84. – B: Asbjørnsen und Moe, *Norwegische Volksmärchen,* S. 88. Bei zahlreichen Versionen dieses Märchens, vor allem in Rußland, fehlt das ätiologische Ende. Im Mittelpunkt dieses Tiermärchens (AT 2: »The Tail-Fisher«) steht nicht die abschließende Erklärung, sondern die Konfrontation zwischen dem schlauen Fuchs und dem starken, aber etwas einfältigen Bären.

(131) Warum die Hasen ein geborstenes Maul und die Frösche einen zerbrochenen Rücken haben ✦ Strackerjan, *Aberglaube und Sagen aus dem Herzogtum Oldenburg,* Bd. 2, S. 93 (zit. n. Dähnhardt, *Natursagen,* Bd. 4, S. 100–101).

(132) Wie die Hunde entstanden sind ✦ A: Krauss, *Volkserzählungen der Südslaven,* S. 318. B: Wlislocki, *Märchen und Sagen der Bukowinaer und Siebenbürger Armenier,* S. 10–12.

(133) Warum der Hund so treu ist ✦ Benzel, *Märchen, Sagen, Schwänke und Schnurren aus Lollar und dem Land an Lumda und Lahn,* S. 124.

(134) Warum der Hund kein Haus hat ✦ Krauss, *Sagen und Märchen der Südslaven,* Bd. 2, S. 45, Nr. 32.

(135) Warum die Hunde nur Knochen fressen ✦ *Niedersachsen,* 14. Jg., 1908/09, Heft 4 (zit. n. Dähnhardt, *Natursagen,* Bd. 4, S. 131).

(136) Warum die Hunde einander beriechen ✦ Bolte und Polivka, *Anmerkungen zu den Kinder- und Hausmärchen der Brüder Grimm,* Bd. 3, S. 534.

(137) Warum die Hunde den Katzen spinnefeind sind ✦ *Wolfs Zeitschrift für deutsche Mythologie,* Bd. 1, S. 224 f. (zit. n. Dähnhardt, *Natursagen,* Bd. 4, S. 143). Eine andere der zahlreich überlieferten Geschichten, die die Feindschaft zwischen Hund und Katze erklären, findet sich am Ende der Sammlung der Brüder Grimm, Nr. 222 (Bolte und Polivka, *Anmerkungen zu den Kinder- und Hausmärchen der Brüder Grimm,* Bd. 3, S. 542 f.) Dort geht es, wie in Nr. 135, um den Verlust eines den Hunden äußerst wichtigen Dokuments.

(138) Warum sich die Katze erst nach der Mahlzeit den Mund wäscht ✦ Schleicher, *Litauische Märchen, Sprichworte, Rätsel und Lieder,* S. 100.

(139) Der Maulwurf ✦ Müllenhoff, *Sagen, Märchen und Lieder der Herzogthümer Schleswig, Holstein und Lauenburg,* S. 376 (zit. n. Dähnhardt, *Natursagen,* Bd. 3, S. 456 f.).

Vögel

(140) Der Stieglitz ✦ Firmenich, *Germaniens Völkerstimmen,* Bd. 3, S. 61 (zit. n. Dähnhardt, *Natursagen,* Bd. 3, S. 185).

(141) Warum die Taube ein so liederliches Nest baut ✦ Engelien und Lahn, *Der Volksmund in der Mark Brandenburg,* S. 114 (zit. n. Dähnhardt, *Natursagen,* Bd. 3, S. 197).

(142) Der Ganter ✦ Wossidlo, *Mecklenburgische Volksüberlieferungen,* Bd. 2, S. 54. Aus dem Dialekt übers.

(143) Warum das Huhn nicht fliegen kann ✦ Hermanowski, *Flämische Märchen,* S. 119.

(144) Warum der Kuckuck kein Nest baut ✦ Haas, *Schnurren, Schwänke und Erzählungen von der Insel Rügen,* S. 107 (zit. n. Dähnhardt, *Natursagen,* Bd. 3, S. 177).

(145) Warum der Kuckuck die eigenen Kinder nicht pflegen darf ✦ Asmus und Knoop, *Sagen und Erzählungen aus dem Kreise*

Kolberg-Körlin, S. 69f. (zit. n. Dähnhardt, *Natursagen,* Bd. 3, S. 380).

(146) Turteltauben und Kuckuck ✦ Dittmaier, *Sagen, Märchen und Schwänke von der unteren Sieg,* S. 146. Von den Schwierigkeiten, die die Tauben beim Nesterbauen haben, handelt auch Nr. 141. Der Johannstag ist der 24. Juni. Vgl. auch die Anm. zu Nr. 4.

(147) Warum die Weihe im Sommer Durst leiden muß ✦ Frischbier, »Zur volkstümlichen Naturkunde«, S. 285 (zit. n. Dähnhardt, *Natursagen,* Bd. 3, S. 319–320).

(148) Warum die Lerche immer singt ✦ Benzel, *Volkserzählungen aus dem oberpfälzisch-böhmischen Grenzgebiet,* S. 69. Aus dem Dialekt übers.

(149) Gimpel und Kreuzschnabel bei der Kreuzigung Christi ✦ Baumgarten, *Aus der volksmäßigen Überlieferung der Heimat,* Bd. 1, S. 91 (zit. n. Dähnhardt, *Natursagen,* Bd. 2, S. 218).

(150) Lerche und Krähe bei der Kreuzigung ✦ Panzer, *Bayrische Sagen und Gebräuche,* Bd. 2, S. 171 (zit. n. Dähnhardt, *Natursagen,* Bd. 2, S. 224).

(151) Warum die Krähen auf dem Feld hausen müssen ✦ Benzel, *Märchen, Sagen, Schwänke und Schnurren aus Lollar und dem Land an Lumda und Lahn,* S. 124.

(152) Die Schwalbe bei der Kreuzigung ✦ Zingerle, *Sagen aus Tirol,* S. 178 (zit. n. Dähnhardt, *Natursagen,* Bd. 2, S. 222).

(153) Spatz und Schwalbe bei der Kreuzigung ✦ Henssen, *Bergische Märchen und Sagen,* S. 18.

(154) Die Schwalbe ✦ Dähnhardt, *Naturgeschichtliche Volksmärchen,* Bd. 2, S. 101. In anderen Versionen dieser vor allem in Nordeuropa verbreiteten Erzählung treten in den Hauptrollen die Jungfrau Maria und eine diebische Dienerin auf.

(155) Die Schwalben ✦ Henssen, *Volksmärchen aus Rheinland und Westfalen,* S. 53.

(156) Wo bleiben die Schwalben im Winter? ✦ Jahn, *Volkssagen aus Pommern und Rügen,* S. 565. Diesem Stück liegt eine alte, in den skandinavischen Ländern verbreitete Vorstellung zugrunde. Der Historiker und Kartograph Olaus Magnus schreibt in seiner *Historia de gentibus septentrionalibus* (1555): »Wenngleich Autoren, die sich mit Naturerscheinungen befassen, davon berichten, daß die Schwalben zu Beginn des Winters ihren Aufenthalt wech-

seln und in wärmere Gegenden ziehen, kommt es doch vor, daß Fischer aus den Gewässern im Norden Schwalben, die eine Art kompakter Masse bilden, nach oben ziehen. Zu Beginn des Herbstes machen sich die Schwalben bereit, lassen sich Schnabel an Schnabel, Flügel an Flügel, Fuß an Fuß im Schilf nieder. Man hat beobachtet, daß sie (...) auf diese Weise unter Wasser tauchen und mit der Ankunft des Frühlings von den Schilfrohren wieder nach oben steigen und friedlich davonfliegen, um ihre alten Nester wiederzufinden oder neue zu bauen.« (Buch 19, Kap. 29)

(157) Warum die Rauchschwalben einen roten Fleck an der Kehle haben ✦ Jahn, *Volkssagen aus Pommern und Rügen,* S. 474.

(158) Der Schwarzspecht ✦ Russwurm, *Sagen aus Hapsal,* S. 171 f.

(159) Die Elster ✦ *Bidrag till Södermanlands äldre kulturhistoria,* Bd. 7, S. 99. Der Sankt Olofstag ist der 29. Juli.

(160) Der Zaunkönig ✦ Grimm, *Kinder- und Hausmärchen,* Nr. 171, S. 715–717.

(161) Warum sich die Eule nur des Nachts hervorwagt ✦ Jahn, *Volkssagen aus Pommern und Rügen,* S. 467.

(162) Rohrdommel und Wiedehopf ✦ Grimm, *Kinder- und Hausmärchen,* Nr. 173, S. 718 f.

(163) Die Nebelkrähe ✦ Wossidlo, *Mecklenburgische Volksüberlieferungen,* Bd. 2, S. 113. Aus dem Dialekt übers.

(164) Wie die Krähe graue Federn bekam ✦ Viidalepp, *Estnische Volksmärchen,* S. 27 f. Diese und die folgende Geschichte (Nr. 165) bieten zwei interessante Variationen des gleichen Erzählmodells. Die Rollenverteilung ist in beiden Fällen die gleiche: der böse Räuber (der Fuchs), das wehrlose Opfer (Singdrossel oder Nachtigall), der listige Helfer (die Krähe). Auch die zentralen Motive sind die gleichen: die Drohung, den Baum umzustürzen; der Fuchs, der sich totstellt, um seine Beute zu fangen, und sich schließlich betrogen sieht. Doch die Phänomene, die mit diesen Geschichten erklärt werden, sind völlig verschieden: hier die Färbung des Federkleids der Krähe, dort die Tatsache, daß die Nachtigall nur nachts singt. Im Zentrum steht ein verbreitetes Tiermärchen (AT 56 A: »The Fox Threatens to Push Down the Tree«), während die ätiologischen Enden nur beiläufige Zutaten sind.

(165) Warum die Nachtigall nicht mehr am Tage singt ✦ Behrend, *Verstoßene Kinder,* S. 5–7. Vgl. die Anm. zur vorigen Geschichte, Nr. 164.

(166) Der Storch und die Frösche ✦ Dähnhardt, *Naturgeschichtliche Volksmärchen,* Bd. 2, S. 54.

(167) Warum die Wachteln keinen Schwanz haben ✦ Goyert, *Vlaemische Märchen,* S. 60.

Kriechtiere und Fische

(168) Schlange, Aal und Eidechse ✦ Russwurm, *Sagen aus Hapsal,* S. 182. Russwurm merkt an: »Wenn der Wind am St. Georgstage (23. April) von der See her weht, so kommen die Aale ans Land und werden Schlangen, bei Landwind werden die Schlangen zu Aalen.« – Die Geschichte bietet ein schönes Beispiel dafür, wie die biblische Chronologie in den volkstümlichen Erklärungsgeschichten bisweilen durcheinandergerät: Jesus tritt hier in einem entschieden alttestamentarischen Zusammenhang auf und bekommt es im Paradies mit der Schlange zu tun. In vielen Geschichten läßt sich auch kaum bestimmen, wer eigentlich mit »Herr« gemeint ist – Gottvater oder Gottsohn.

(169) Warum kriechen die Schlangen auf dem Boden? ✦ Krauss, *Volkserzählungen der Südslaven,* S. 323 f.

(170) Weshalb die Menschen die Schwalbe lieben und die Schlange hassen ✦ Boehm und Specht, *Lettisch-Litauische Märchen,* S. 151 f. Zum Motiv des Lecks in der Arche vgl. die Anm. zu Nr. 61.

(171) Wie die Schildkröte entstanden ist ✦ Krauss, *Sagen und Märchen der Südslaven,* Bd. 2, S. 123, Nr. 69.

(172) Die Eidechse ✦ Wolf, *Deutsche Märchen und Sagen,* S. 562 (zit. n. Dähnhardt, *Natursagen,* Bd. 1, S. 198).

(173) Warum die Menschen Fische quälen dürfen ✦ Treichel, »Zoologische Notizen«, S. 166 (zit. n. Dähnhardt, *Natursagen,* Bd. 3, S. 179). Zur Frage der Bewaffnung der Tiere vgl. Nr. 107.

(174) Woher die Menschen das Recht haben, die Krebse zu kochen ✦ Treichel, »Zoologische Notizen«, S. 166 (zit. n. Dähnhardt, *Natursagen,* Bd. 3, S. 180).

(175) Warum die Fische kaltes Blut haben ✦ Panzer, *Bayrische Sagen und Gebräuche,* Bd. 2, S. 190 (zit. n. Dähnhardt, *Natursagen,* Bd. 2, S. 226).

(176) Woher das Rotauge rote Augen hat ✦ Wossidlo, *Mecklenburgische Volksüberlieferungen,* Bd. 2, S. 344.

(177) Die tauben Austern ✦ Dähnhardt, *Naturgeschichtliche Volksmärchen,* Bd. 1, S. 12 f.

(178) Der Schellfisch ✦ Kuhn und Schwartz, *Norddeutsche Sagen, Märchen und Gebräuche,* S. 302. – Zum Großen Fischzug des Petrus vgl. das Lukas-Evangelium 5, 1–11.

(179) Der Stör ✦ Haas, *Rügensche Sagen und Märchen,* S. 149 f. (zit. n. Dähnhardt, *Natursagen,* Bd. 3, S. 15–16).

(180) Die Scholle ✦ A: Dijkstra, *Uit Frieslands Volksleven,* Bd. 2, S. 137 (zit. n. Dähnhardt, *Natursagen,* Bd. 1, S. 248). – B: Grundtvig, *Svenske minder fra Tjust,* S. 37. – C: Kuhn, *Sagen, Gebräuche und Märchen aus Westfalen,* Bd. 2, S. 80 (zit. n. Dähnhardt, *Natursagen,* Bd. 3, S. 24). – D: Grimm, *Kinder- und Hausmärchen,* Nr. 172, S. 718.

(181) Die Schönheit der Brassen ✦ Menzel, *Geschichte der deutschen Dichtung,* Bd. 1, S. 87 (zit. n. Dähnhardt, *Natursagen,* Bd. 3, S. 87).

(182) Die Muschelperle ✦ Mitgeteilt von Lutz Röhrich in: »›Am Anfang war …‹ Erzählungen vom Ursprung der Menschen, Tiere und Dinge«, S. 89. Mit freundlicher Genehmigung von Lutz Röhrich. Gewährsmann: Dimitrios Koumendóuros, 1959. Übersetzung: Marianne Klaar.

Insekten

(183) Die Biene und die Laus ✦ Leoprechting, *Aus dem Lechrain,* S. 80. (zit. n. Röhrich, *Adam und Eva,* S. 159).

(184) Warum die Bienen den roten Klee nicht befliegen ✦ Frischbier, »Zur volkstümlichen Naturkunde«, S. 314 (zit. n. Dähnhardt, *Natursagen,* Bd. 3, S. 306).

(185) Wie der Schneider den Flöhen, Bienen und Hornissen die Stacheln einsetzte ✦ Meier, *Volksmärchen aus Schwaben,* S. 122 f. (zit. n. Dähnhardt, *Naturgeschichtliche Volksmärchen,* Bd. 1, S. 54 f.)

(186) Spinne, Fliege und Milbe ✦ Säve, *Gotländska sagor,* S. 162.

(187) Warum die Ameisen ein zerbrochenes Kreuz haben ✦ Frischbier, »Zur volkstümlichen Naturkunde«, S. 313 f. (zit. n. Dähnhardt, *Natursagen,* Bd. 3, S. 39).

(188) Die Ameise und die Spinne ✦ Russwurm, *Sagen aus Hapsal,* S. 185.

(189) Wie die Ameisen ihre Gestalt erhielten ✦ Benzel, *Volkserzählungen aus dem oberpfälzisch-böhmischen Grenzgebiet,* S. 67. Aus dem Dialekt übers.

(190) Ursprung der Fliegen ✦ Peter, *Volkstümliches aus Österreichisch-Schlesien,* Bd. 2, S. 133 f. (zit. n. Dähnhardt, *Natursagen,* Bd. 2, S. 116).

(191) Die Wanze ✦ Russwurm, *Sagen aus Hapsal,* S. 187.

(192) Wie die Seidenraupen entstanden sind ✦ Krauss, *Volkserzählungen der Südslaven,* S. 323.

(193) Die Kreuzspinne ✦ Dittmaier, *Sagen, Märchen und Schwänke von der unteren Sieg,* S. 145.

PFLANZENWELT

Gewächse des Waldes

(194) Warum die Bäume nicht gehen können ✦ Wlislocki, *Volksdichtungen der siebenbürgischen und südungarischen Zigeuner,* S. 191–193.

(195) Warum die Bäume nicht mehr reden ✦ Russwurm, *Sagen aus Hapsal,* S. 188.

(196) Warum das Holz Knoten hat ✦ Simrock, *Deutsche Märchen,* S. 136 f. (zit. n. Dähnhardt, *Natursagen,* Bd. 2, S. 174 f.).

(197) Warum manche Pflanzen im Winter ihre Blätter behalten ✦ Schell, *Bergische Sagen,* S. 536 (zit. n. Dähnhardt, *Natursagen,* Bd. 1, S. 178).

(198) Der Hagebuttenstrauch ✦ Müllenhoff, *Sagen, Märchen und Lieder der Herzogtümer Schleswig, Holstein und Lauenburg,* S. 377 (zit. n. Dähnhardt, *Natursagen,* Bd. 1, S. 176). Angeln

heißt die Landschaft zwischen der Flensburger Förde und der Schlei.

(199) Die Blätter der Eiche ✦ Alpenburg, *Mythen und Sagen Tirols,* S. 391 (zit. n. Dähnhardt, *Natursagen,* Bd. 1, S. 179).

(200) Warum der Blitz nicht in die Buchen schlägt ✦ Benzel, *Volkserzählungen aus dem oberpfälzisch-böhmischen Grenzgebiet,* S. 68. Aus dem Dialekt übers. Die in Ägypten ansässigen Kopten haben dem zeitweiligen Aufenthalt der Heiligen Familie in ihrem Land schon in den ersten Jahrhunderten der christlichen Zeitrechnung besondere Aufmerksamkeit geschenkt. Den Bericht über die Flucht nach Ägypten haben sie in viele verschiedene Etappen aufgeteilt, an die sich schon früh zahlreiche Legenden knüpften. Etliche dieser Lokalsagen sind als ätiologische Erzählungen in die europäische Volksüberlieferung eingegangen. Vgl. auch Nr. 201 und 206.

(201) Woher der wilde Rosenstrauch seinen Geruch hat ✦ *Zeitschrift für deutsche Mythologie,* Bd. 1, S. 156 (zit. n. Dähnhardt, *Natursagen,* Bd. 2, S. 29). Vgl. die Anm. zu Nr. 200.

(202) Die Haselrute ✦ Grimm, *Kinder- und Hausmärchen,* Kinderlegenden, Nr. 10, S. 825.

(203) Warum die Tanne ihre Äste niederhängen läßt ✦ Perger, *Deutsche Pflanzensagen,* S. 337 f. (zit. n. Dähnhardt, *Natursagen,* Bd. 2, S. 45 f.).

(204) Der Schlehdorn ✦ *Leipziger Tageblatt* (zit. n. Dähnhardt, *Natursagen,* Bd. 2, S. 204).

(205) Warum manche Birken ihre Zweige zur Erde niederhängen lassen ✦ v. Walde, *Schlesien in Sage und Brauch,* S. 87 (zit. n. Dähnhardt, *Natursagen,* Bd. 2, S. 233 f.).

(206) Die Espe und der Haselstrauch ✦ *Mitteilungen der Schlesischen Gesellschaft für Volkskunde,* Heft 4 (1901/03), S. 75 (zit. nach Dähnhardt, *Natursagen,* Bd. 2, S. 43). Vgl. die Anm. zu Nr. 200.

(207) Warum die Espe bebt und zittert ✦ Haupt, *Sagenbuch der Lausitz,* S. 193 (zit. n. Dähnhardt, *Natursagen,* Bd. 2, S. 239 f.).

(208) Warum der Holunder stinkt ✦ Bartsch, *Sagen, Märchen und Gebräuche aus Mecklenburg,* Bd. 2, S. 524.

(209) Der Brombeerstrauch ✦ *Sonntagszeitung für Deutschlands Frauen,* 1902–1903, Heft 47, Beilage: »Praktische Mitteilungen«, S. 1 (zit. n. Dähnhardt, *Natursagen,* Bd. 2, S. 201).

(210) Die Nelken ✦ *Quellwasser fürs deutsche Haus,* 30 (1905), S. 15 (zit. n. Dähnhardt, *Natursagen,* Bd. 2, S. 229).

(211) Herkunft der Pilze ✦ *Mitteilungen der Schlesischen Gesellschaft für Volkskunde,* Heft 2 (1896/97), S. 42 (zit. n. Dähnhardt, *Natursagen,* Bd. 2, S. 110).

(212) Warum es giftige und eßbare Pilze gibt ✦ *Zeitschrift für den deutschen Unterricht,* 1890, S. 416 (zit. n. Dähnhardt, *Natursagen,* Bd. 2, S. 110).

(213) Die Morchel ✦ *Mitteilungen der Schlesischen Gesellschaft für Volkskunde,* Heft 2 (1896/97), S. 42 (zit. n. Dähnhardt, *Natursagen,* Bd. 1, S. 199).

Wiesen und Felder

(214) Das Vergißmeinnicht ✦ Jecklin, *Volksthümliches aus Graubünden,* 2. Teil, S. 16.

(215) Des Teufels Glockenblume ✦ Freisauff, *Salzburger Volkssagen,* S. 536 (zit. n. Dähnhardt, *Natursagen,* Bd. 1, S. 171). Gemeint ist das Alpenglöckchen (Soldanella alpina).

(216) Die Preiselbeere ✦ Zingerle, *Sagen aus Tirol,* S. 371 (zit. n. Dähnhardt, *Natursagen,* Bd. 1, S. 176).

(217) Warum man von Erdbeeren nicht satt wird ✦ *Zeitschrift für deutsche Mythologie,* Bd. 4, S. 414 (zit. n. Dähnhardt, *Natursagen,* Bd. 2, S. 97).

(218) Das Immergrün ✦ Heyl, *Volkssagen, Bräuche und Meinungen aus Tirol,* S. 44 f. (zit. n. Dähnhardt, *Natursagen,* Bd. 2, S. 266). Dieses Motiv findet sich schon in den Apokryphen zum Neuen Testament, etwa im Pseudo-Matthäus-Evangelium, aber das Wunder ist dort ein doppeltes: Josephs Stab ergrünt, und eine Taube läßt sich darauf nieder – das Sinnbild seiner Auserwählung verbindet sich mit dem der Keuschheit seiner Beziehung zu Maria. Vor dem Hintergrund der überlieferten Vorstellung, Joseph sei zum Zeitpunkt seiner Hochzeit mit Maria schon sehr betagt gewesen (im Pseudo-Matthäus-Evangelium sagt er selbst, sie könnte seine Enkeltochter sein), gewinnt der grünende Stab zusätzliches symbolisches Gewicht.

(219) Muttergottesgläschen ✦ Grimm, *Kinder- und Hausmärchen,* Kinderlegenden, Nr. 7, S. 822.

(220) Die Schlüsselblume ✦ Söhns, *Unsere Pflanzen,* S. 144 (zit. n. Dähnhardt, *Natursagen,* Bd. 2, S. 190).

(221) Der Enzian ✦ Dähnhardt, *Naturgeschichtliche Volksmärchen,* Bd. 1, S. 20–21.

(222) Die Kornähre ✦ Grimm, *Kinder- und Hausmärchen,* Nr. 194, S. 791 f.

(223) Warum die Ähre handgrifflang ist ✦ Krauss, *Volkserzählungen der Südslaven,* S. 325.

(224) Strohhalm, Kohle und Bohne ✦ Grimm, *Kinder- und Hausmärchen,* Nr. 18, S. 133 f.

Epilog

(225) Wer hat den Zaun geflochten? ✦ Ortutay, *Ungarische Volksmärchen,* S. 518. Es handelt sich zwar nicht um eine Erklärungsgeschichte, wohl aber um einen ironischen Kommentar zu jenen die Erschaffung der Menschen erklärenden Erzählungen, in denen der Schöpfer seine aus Erde, Ton oder Lehm geformten Geschöpfe zum Trocknen ablegt. Vgl. Nr. 49 und 99.

DANKSAGUNG

Unser besonders herzlicher Dank gilt Galina Kabakova in Paris. Mit der Einladung, innerhalb ihrer Reihe »Aux origines du monde« einen Band mit deutschen Erklärungsgeschichten zusammenzustellen, hat sie den Anstoß zu unserer Such- und Sammelarbeit gegeben, aus der dann auch dieser Band hervorgegangen ist. Mit freundlichem Rat und wichtigen Hinweisen haben uns die Übersetzerin und Märchenerzählerin Hannelore Marzi, Frankfurt am Main, und die Leiterin der Phantastischen Bibliothek in Wetzlar, Bettina Twrsnick, unterstützt. Lutz Röhrich, Freiburg, hat uns die freundliche Erlaubnis zum Abdruck der von ihm erstmals aufgezeichneten und publizierten Geschichte von der Entstehung der Muschelperle aus dem Licht des Blitzes (Nr. 182) gegeben. Großer Dank gilt der Arbeitsstelle der »Enzyklopädie des Märchens« in Göttingen für die Genehmigung zum Abdruck zweier Übersetzungen aus der Sammlung portugiesischer Märchen von T. Braga (Nr. 46 und 114) und ganz besonders für die freundliche Aufnahme und die Geduld, mit der uns ihre Angehörigen die Bestände ihrer Bibliothek zugänglich gemacht und unser Projekt mit Ratschlägen, Hinweisen und praktischer Hilfe unterstützt haben – vor allem Hans-Jörg Uther, Christine Shojaei Kawan und Axel Füllgrabe.

R. K. & E. B.
Frankfurt am Main / Chartres, Herbst 2004.

REGISTER

Die Zahlen verweisen auf die *Nummern der Märchen*. Bei längeren Stücken ist zur leichteren Orientierung gelegentlich auch die Seitenzahl in Klammern angegeben.

Aal 168
Abel 132 A
Abendrot 38
Adam 8, 47, 56, 64, 74, 75, 103, 106, 125 A, 132 A, 180 A, 183, 225
Adamsapfel 64
Adel, Edelleute 74, 75, 139
Adler 160
Advokat 81
Affe 65 (S. 82), 125
Ähre, Kornähre 222, 223
Alpenglöckchen, Glockenblume des Teufels 215
Alpenregion 41, 48, 105, 215, 221
Altweibersommer 37
Ameise 187–189
April 34
Ararat 142
Arbeit, Arbeitszeit 77, 97, Arbeit der Tiere 106, 119, Arbeitsteilung 74–76, *vgl.* Berufe
Arche Noah 48, 62, 142, 186, Leck in der Arche 61, 170
Armut, Knappheit, Not 69, 71, 72, 78, 97 (S. 125), 102
Arzt 70, 96
Aschanes, Askanius, König der Sachsen 90
Auerhahn 51
Auster 177
Aventinus, Johannes 90

Bär 109 (S. 147), 127, 129, 130
Barsch 180 D
Bauer 13, 74, 75, 77, 85, 86, 187, *passim*
Bäume 18, 20, 69, 194–197, 199–200, 203–207, B. der Erkenntnis 64
Beeren 209, 216
Berge 17, 40, 41
Berufe 74–76, 185, *vgl.* Advokat, Arzt, Bauer, Dienstboten, Fischer, Fuhrmann, Hirte, Kaufmann, Maurer, Metzger, Müller, Priester, Schmied, Schneider, Schreiner, Schuhmacher, Weber
Betrügen 97, 99
Biene 107, 129 (S. 167), 183–185
Birke 205
Birkhuhn 51
Blitz 20, 182, 194, 200, 206

Blocksberg 159
Blumen 214–215, 218, 221
Blut 51, 53, 92 (S. 118), 126 A
Bodensee 83
Böhmen 92
Bohne 224
Branntwein 85
Brasse 181
Bremse 51, 57, 108, 120
Brombeere 209
Brot 79, 85, 158, 187, 188, 211, *passim*
Brückenbau 112
Buche 200
Buchfink 160
Buchsbaum 197
Bucklige 63
Bulgaren 97
Butter, Buttermilch 72, 73

Dänen, Dänemark 95
Deutsche 89–91, deutscher Engel (Michael) 103
Dieb 104
Dienstboten, Knechte 74, 75, 154
Dionysos 82
Dudelsack 108

Efeu 197
Eiche 111, 194, 199, 200
Eichelhäher, Markolf 197
Eidechse 168, 172
Eiger 41
Eitelkeit 97
Elefant 137
Elias, hl. 12
Elster 159
Ende der Welt 28
Engel 6 (S. 23), 11, 13, 27, 30, 37, 38, 103, 105
Ente 160 (S. 189)
Enzian 221
Erdbeere 202, 217
Erde, Erschaffung 15–17, 75 (S. 95) als Grab des Menschen 46
Erle 195
Esel 65 (S.82), 106 (S.144), 117, 118
Espe 206, 207
Eule 160, 161
Eva 8, 47, 56, 64, 74, 75, 103, 183

Farbengeben 32, 140
Februar 34, 35
Feldwinde, Ackerwinde, »Muttergottesgläschen« 219
Feuer 20
Feuerstein 5 (S. 22)
Fichte 195
Finnen 94
Fische 173–181, *passim*
Fischer 181, 182
Fledermaus 126
Fliege 51, 186, 190
Floh 185
Florian, Erzengel 103
Fortpflanzung des Menschen 54
Frack 89
Franzosen 93, 97
Frau 46, 51–53, 57, 61, 62, 126 A, 213
Frieden, auf der Welt 20, unter den Tieren 107

Frosch 39, 131, 160 (S. 188), 166, 170
Frost 36
Fuchs 107, 127–130, 164, 165
Fuhrmann, Karrenführer 74, 219
Fußzehen 60

Gabriel, Gabor, Erzengel 103
Gans, Ganter 142, 160 (S. 189)
Gasthaus 87, 167
Gebirge *siehe* Berge
Geige 88, 196
Geld 21, 42, 70, 92 (S. 119), 94, 98, 102, 166, 167, 207
Germanen 90
Gesang 89
Geschlechtsteile 51, 53, 57
Gesellschaft 74, 75, *vgl.* Arbeit, Armut, Berufe, Haushalt, Herrschaft, Krieg, Leiden, Ungleichheit, Völker
Gestein *siehe* Steine
Gesundheit! (Redewendung) 104
Gift 107, 212
Gimpel, Dompfaff 149
Glatze 58, 59
Glück 97, 153, 155
Gold 20
Gott erschafft Himmel und Erde 1, 4, 5 (S.22), 6, 11, 15, 18, 32, 39, die Menschen 46, 49–54, 56, 57, 63, 65, 125, die Tiere 65, 117, 120, 126A, 140, 141, 144, 165, die Pflanzen 214, 216, 222, ahndet Verfehlungen von Menschen und Tieren 4, 6, 71, 103, 110, 126B, 145, 147, 168, 173, 174, 222, korrigiert, ordnet und ergänzt seine eigene Schöpfung 16, 62, 67, 74, 75, 77, 97, 105, 143, 179, 184, 187, 188, G. und der Teufel als Schöpferkollegen und -konkurrenten 15, 45, 95, 108, 109, 111, 113, 125, 215, 216, G. und das Paradies 46, 47, 64, 103, 168, *vgl.* Jesus, Teufel, Petrus, *passim*
Gras 18, 32
Graubünden 105
Graupeln 22
Gregorius, hl. 132 B
Griechen 97
Gründling 180 D

Haar der Menschen 57–59, Schamhaar 57
Habicht 51
Hagebutte 198
Handwerker *siehe* Berufe
Harz 90
Hase 107, 128, 131
Haselstrauch 202, 206
Haß 70, 107
Haus des Teufels 45, des Hundes 134
Haushalt, Hauswirtschaft 76
Hecht 180 D
Heilkräuter 49
Herbst 38
Hering 179, 180 C–D
Herodes 125 C
Herrschaft 75, 97
Hessen 43, 44
Hiddensee 42

Himmel 1, 2, 16, 23, 66 (S. 85), 81, 221
Hirschkäfer 107
Hirte, Schäfer 31, 35, 75, 80, 127, 163, 187
Hölle 15, 30, 64, 66 (S. 85), 80
Holunder 208
Holzknoten 196
Hornisse 185
Huhn, Hahn 56, 107, 143, 160 (S. 188)
Hund 50, 61, 65 (S. 82), 132–137

Igel 107, 173
Immergrün 218
Insekten 183–192, *passim*

Jahreszeiten 35–39
Januar 34, 35
Jasmund 55
Jesus, Christus 77, Geburt 19, 125 C, Flucht nach Ägypten 148, 200, 201, 206, Kindheit 13c, 155, 202, Zeit der Kreuzigung 78, 98, 118, 149–153, 175–176, 192, 193, 204, 205, 209, 210, auf Erden wandelnd 72, 121–123, 133, 158, 195, 203, 207, 222, ahndet Verfehlungen von Menschen und Tieren 72, 121, 122, 150–153, 168, 175, mit Petrus unterwegs 16, 33, 58, 59, 69, 79, 83, 84, 91–94, 114, 189, 190, 196, 211, *vgl.* Gott, Teufel, *passim*
Johannes, der Täufer 81
Johannes, hl., Apostel 54, 207
Joseph, hl. 13 C, 125 C, 148, 201, 218
Judas 198, 207, 208
Juden 13C, 97, 125C, 155, 207
Jungfrau (Berg) 41

Kain 132 A
Karpfen 180 D
Kartenspieler 34, 87, 207
Katholiken 98, 99
Katze 62, 107, 137, 138
Kaufmann 74, 75
Kiebitz 160
Kinder, ihre Herkunft 54, 55, Laufenlernen 56, Heranwachsen 57 B, Evas ungleiche K. 74, 75
Klee 184
König 5 (S. 20) 74, 75, Wahl eines K. unter den Tieren 160, 180 D
Königswinter 40
Korn 222, 223
Krähe 51, 141, 150, 151, 160, 165, Nebelkrähe 163, 164
Krankheiten 50, 64 (S. 81), 70
Krebs 107, 122, 174
Kreuzschnabel 149, 153
Kriechtiere 168–172
Krieg, Streit 75, unter den Tieren 107, 129, 143
Kroaten 92
Kuckuck 144–146, 160
Kuh *siehe* Rind

Laster 99
Laus 183
Leben verleihen 109, 125 A, Verjüngung 125 B, *vgl.* Tod

Lebenszeit 65, 67, 79 (S. 91), 119
Leiden des Menschen 50, 64 (S. 81)
Lerche 148, 150, 160
Licht 8, 9, 11, 14
Lindau 83
Löwe 106 (S. 144), 136
Lumdatal 44
Lutheraner 100
Luzifer 27, 57, 85, 126 A

Mai 36
Mann 51, 52, 57, 59
Mann im Mond 13
Maria, hl. 13 c, 29, 37, 180 B, 192, 201, 202, 205, 206, 210, 217–219, 223
März 34
Maulwurf 139
Maurer 112
Maus 107, 126B, 160 (S. 190)
Meer 21, 23, 35 (S. 49 f.)
Melusine 25
Mensch, Erschaffung 46, 49–53, 57, 63, 225, *vgl.* Adamsapfel, Fortpflanzung, Frau, Fußzehen, Geschlechtsteile, Glatze, Haar, Kinder, Leben, Lebenszeit, Mann, Menstruation, Tod
Menstruation 51, 126 A
Metzger, Schlachter 139
Michael, Erzengel 11
Milbe 186
Milchstraße 6, 7
Mistel 197
Monate, Länge der 34, 35, Witterung 35, 36
Mönch (Berg) 41
Mönch 99
Mond 9–14
Mosel 84
Mücke 51, 108, 126, 129 (S. 167), 170, 193
Mühle 79, zauberkräftige 21, 22
Müller 79, 80, 160 (S. 187)
Muschel, Muschelperle 182, *vgl.* Auster
Musik 88, 89, 108, 196
Muß sein! 103

Nachtigall 165
Namengeben 47, 48, 99, 106, 117, 214
Neid 70
Nelke 210
Nester der Vögel 141, 144
Niederrhein 47
Niesen 104
Noah *siehe* Arche Noah
Nordlicht 28
Not *siehe* Armut

Ostsee 55

Panzer, der Tiere 107
Paradies 8, 46–48, 64, 103, 183
Paulus, hl. 58
Petrus, hl. 7, 14, 16, 33, 58, 59, 66 (S. 86), 69, 77, 79, 81, 83, 84, 91–94, 114, 125 B, 178, 189, 190, 196 207, 211, 220
Pfannkuchen, auf der Flucht 116
Pferd 56, 108, 121–124, 126 A

Pflanzen, des Waldes 194–213, der Wiesen und Felder 214–224, immergrüne 197, 199, 218, *passim*
Pilze, 211, 212, Judasohr 208, Morchel 213
Preiselbeere 216
Preußen 100
Priester, Pfarrer, Geistliche 101, 225, *vgl.* Mönch
Protestanten 100

Rabe 51
Rechnen 97
Redewendungen 102–104, *vgl.* Sprache, Namengeben
Regen 33, 46
Regenbogen 29, 30
Religion 98–101, *vgl.* Juden, Katholiken, Mönch, Priester, Protestanten
Rhein 40
Riesen, Riesinnen 2, 3, 10, 17, 23, 40, 41
Rind, Kuh, Stier, Ochse 107, 108, 119, 120–122, 126 A, 173
Rohrdommel 162
Rose 32
Rosenstrauch 201
Rotauge 176
Rotes Meer 53
Rügen 42
Russen 94

Sachsen (Volk) 90
Salz, im Meer 21, der Empfängnis 54
Saßnitz 55
Schaf, Widder, Lamm 31, 35, 107, 113, 120
Schäfer *siehe* Hirte
Schafwölkchen 31
Schellfisch 178
Schildkröte 107, 171
Schlange, Natter 51, 64, 107, 109 (S. 147), 168–170, 202
Schlehdorn 204
Schleswig 181
Schlüsselblume, Petersschlüssel 220
Schmetterling 51
Schmied 66, 74, 75, 125 B, 160 (S. 187)
Schnecke 107
Schnee 32, 36, 39
Schneeglöckchen 32
Schneider 74, 185, 224
Scholle, Flunder 180
Schreiner, Tischler, Zimmermann 160 (S.187), 196
Schuhmacher 74, 101 B
Schwalbe 152–157, 170
Schwan 28
Schweden 95
Schwein 91, 114–116
Schweiz 41, 73, 105
Seidenraupe 192
Serben 98
Siebengebirge 40
Siebengestirn 4, 5, *vgl.* Sterne
Singdrossel 164
Singvögel 51
Sintflut 48, 61, 62, 142, 170
Sinti und Roma *siehe* Zigeuner
Slowaken 92
Sommer 39

Sonne 8, 9, 26, 27, 33
Sonnenblume 32
Sonnenfinsternis 9
Spatz, Sperling 51, 138, 153, 160
Specht 106 (S. 143), Schwarzspecht 158
Spinne 188, Kreuzspinne 107, 193, Weberknecht 186, Wasserspinne 185,
Sprache, Sprachgemisch 105, S. der Tiere 106 (S. 144), 107, 145, 146, 151, 160, 162, S. der Bäume 20, 195, *vgl.* Namengeben, Redewendungen
Stachel 107
Standesunterschiede *siehe* Ungleichheit
Stechapfel 96
Stechpalme, Hülse 197
Steine 18, 19, 20, Schwansteine, Adeborsteine 55
Sterne 2–7
Sternschnuppen 3
Stieglitz, Distelfink 140
Stör 178
Storch, Adebar 55, 106, 166
Sträucher 198, 201–202, 206, 208, 209
Sturm 23, 24, 35
Südtirol 48

Tabak 86
Täler 17
Tanne 191, 195, 197, 203, 207
Tau 27
Taube 107, 141, 143, 146
Teufel als Schöpfer 85, 86, 198, 213, seine Tiere 108, 109, 111, 113, 120, 172, 177, T. als Imitator Gottes 20, 29, 30, 85, 86, 94, 99, 120, 125, 177, 215, 216, verdirbt die göttliche Schöpfung 49, 50, 52, 57, 64, 95, 100, 107, 223, sein Umgang mit Gott 45, 68, 197, 199, sein Umgang mit Menschen 6, 47, 87, 89, 99, 104, 115, 213, Teufelspakt 80, 86, 102, 112, dummer, armer Teufel 30, 66, 102, *vgl.* Gott, Jesus, Luzifer, *passim*
Theodor, hl. 169
Tiere, Fische 173–181, Insekten 183–192, Kriechtiere 168–172, Vierfüßler 109–139, Vögel 140–167, Namen der T. und ihr »Handwerk« 106, *vgl.* Gott, Teufel (seine Tiere), Waffen der T.
Tod 67, als Figur 64, 66, 69, 70, *vgl.* Lebenszeit
Türken 97, 98

Überschwemmung 36, 40, 42 (S. 57)
Undank 68, 91, 92
Ungleichheit 74–76
Unterwelt 14 (S. 32), 70, *vgl.* Hölle

Veilchen 32
Venus, Abendstern 4, Morgenstern 64 (S. 82), Göttin 7
Vergißmeinnicht 214
Vierfüßler 109–139, *passim*

Vögel 140–167, *passim*
Vogtland 203
Völker, ihre Erschaffung und ihre Eigenschaften 90–98, 103, *vgl.* Böhmen, Bulgaren, Dänen, Deutsche, Finnen, Franzosen, Germanen, Griechen, Juden, Kroaten, Preußen, Russen, Sachsen, Schweden, Serben, Slowaken, Türken, Westfalen, Zigeuner

Wacholder 197
Wachtel 167
Waffen der Tiere 107, 173, 185
Wanze 191, Beerenwanze 107
Wasserratte 126 A
Weber 74, 78
Weihe (Raubvogel) 147
Wein 82–84
Wespe 51, 107, 108, 120, 129 (S. 167), 193
Westfalen 91
Wetter 22–33, 35, 36, 182, *vgl.* Blitz, Regen, Schnee, Sturm, Wind
Wieck 55
Wiedehopf 160 (S. 187), 162
Wildschwein 107, 114
Wind 24–26, 32, 33, 39, 46
Winter 35, 39, 156, 197, 199
Wittow 55
Wolf 43, 107, 109–111, 127, 166
Wolken 31

Zaun 67, 99 (S. 126), 225
Zaunkönig, Nesselkönig 129, 160, 197
Zeit 34, 39 *vgl.* Arbeitszeit, Jahreszeiten, Lebenszeit, Monate
Zeugung *siehe* Fortpflanzung
Ziege, Geiß 43, 44, 108, 111–113, 120
Zigeuner 96, 97
Zufluchtsstätten der Tiere 107, *vgl.* Haus, Nester

REINHARD KAISER, Schriftsteller und Übersetzer, wurde 1950 in Viersen am Niederrhein geboren und lebt in Frankfurt am Main. Zu seinen jüngsten Publikationen gehören: *Eos' Gelüst* (1995), *Königskinder. Eine wahre Liebe* (1996), *Literarische Spaziergänge im Internet* (1996), *»Dies Kind soll leben«. Die Aufzeichnungen der Helene Holzman 1941–1944* (2000) und *Unerhörte Rettung. Die Suche nach Edwin Geist* (2004).

Der ***Anderen Bibliothek*** ist Reinhard Kaiser seit ihren Anfängen als Übersetzer und Essayist eng verbunden. Zuletzt erschien dort in seiner Übersetzung E. H. Carrs russischer Familienroman *Romantiker der Revolution* (2004).

ELENA BALZAMO, Literaturhistorikerin und Übersetzerin, wurde 1956 in Moskau geboren und lebt in Chartres. Sie hat Werke von Almqvist, Strindberg, Söderberg und anderen sowie eine Auswahl der großen Märchensammlung von Hyltén-Cavallius und Stephens aus dem Schwedischen ins Französische übersetzt.

In den letzten Jahren sind von ihr erschienen: *August Strindberg. Visages et destin* (1999), *Den engagerade skeptikern. Hjalmar Söderberg och politiken* (2001), *Soljenitsyne. Aux origines de la Russie contemporaine* (2002), *Contes et légendes de Suède* (2002), *Contes et légendes d'Allemagne* (zusammen mit Reinhard Kaiser, 2004), *Olaus Magnus – Carta Marina* (2005).

WARUM DER SCHNEE WEISS IST, eine Sammlung von märchenhaften Welterklärungen, gesammelt und mit einem Essay versehen von Reinhard Kaiser & Elena Balzamo ist im Mai 2005 als zweihundertsechsundvierzigster Band der *Anderen Bibliothek* im Eichborn Verlag, Frankfurt am Main, erschienen.

Das Lektorat lag in den Händen von Rainer Wieland.

DIESES BUCH wurde in der Korpus Plantin von Wilfried Schmidberger in Nördlingen gesetzt und bei der Fuldaer Verlagsanstalt auf 100 g/m² holz- und säurefreies mattgeglättetes Bücherpapier der Papierfabrik Schleipen gedruckt. Gebunden bei der Buchbinderei G. Lachenmaier in Reutlingen.

Ausstattung & Typographie von franz.greno@libero.it

1. bis 8. Tausend, Mai 2005. – Von diesem Band der *Anderen Bibliothek* gibt es eine handgebundene Lederausgabe mit den Nummern 1–999; die folgenden Exemplare der limitierten Erstausgabe werden ab 1001 numeriert. Dieses Buch trägt die Nummer:

* 2630